U0529679

火種

徐光耀在华北联大

周永战 著

人民文学出版社

图书在版编目（CIP）数据

火种：徐光耀在华北联大 / 周永战著 . ―― 北京：人民文学出版社，2024
ISBN 978-7-02-018629-7

Ⅰ.①火… Ⅱ.①周… Ⅲ.①传记文学－中国－当代 Ⅳ.① I25

中国国家版本馆 CIP 数据核字（2024）第 073043 号

责任编辑　陈建宾　李佳悦
装帧设计　刘　远
责任印制　王重艺

出版发行　人民文学出版社
社　　址　北京市朝内大街166号
邮政编码　100705

印　　刷　北京新华印刷有限公司
经　　销　全国新华书店等

字　　数　202千字
开　　本　710毫米×1000毫米　1/16
印　　张　19　插页7
版　　次　2024年5月北京第1版
印　　次　2024年5月第1次印刷

书　　号　978-7-02-018629-7
定　　价　66.00元

如有印装质量问题，请与本社图书销售中心调换。电话：010-65233595

徐光耀文学馆

饶怀牛 二〇二三年十月

永战先生：记实作品贵在真实，最忌虚构。

九十八岁 徐光耀

◎ 徐光耀为本书作者周永战所作的题签

火種

人民的大學

——介紹華北聯大——

那时我们年轻气盛，苦嘛，并不甚在意；乐嘛，也过及不太经心。后来战争打完了，大家进城了，转眼又过了四十五年的太平生活，可是，认真地咂摸一下过去，我还真想把那华联大经历，再重新过上一遍呢……

摘自《昨夜西风凋碧树》78页

徐光耀摘抄

濟南新華書店印行

◎《人民的大学》，1949年6月出版。这是第一本较全面介绍华北联大的书，97岁的徐光耀先生在封面题签，对联大的眷恋溢于言表。

火種

華北聯合大學校歌

跨过祖国的万水千山，
突破敌人的一层层封锁线，
民族的儿女们，联合起来，
在敌人后方开展国防教育，
为了坚持华北的抗战。
同志们，我们团结，我们前进，
我们刻苦，我们坚定，
国土要收复，人民要自由，
新社会的创造，要我们担任。
努力学习革命的理论，
培养我们革命的品质，
我们誓死绝不妥协投降，
战斗啊，胜利就在明日！

敬录老校长成仿吾为华北联大写的校歌

九十八岁 徐光耀

© 徐光耀手抄《华北联合大学校歌》

○ 贺敬之致徐光耀信札

光耀同志：

寄来《小兵张嘎》、《志不死的游击队员》、《冷暖寒星》三本大著收到，谢谢！我当重读并珍藏。

苏军我曾两次去白洋淀，参观新安镇、白洋淀历史陈列馆后，触发了要重访白洋淀去看一看，已经决定漏去了。

一副楹联。去年孙犁同志逝去后，我改动了其中的二个字（"轨"改成"经"），

用毛笔大字写成条幅，以应赏理部门征求题箴，但以浅末见四者，不知他们如何处理。

火種

艾青詩選

1947年2月28日
下午，自由听艾青讲国文，很有兴趣，使我了解到他的语汇也是极丰富的。今天又启示我一新问题，收集语汇还要注意名人、名教授自己所创作的，不要只限于老百姓。这样一来，许多歌词中的好比喻，小说中很形象的句子，又何尝不可以收集起来呢？呀！这真是一件广泛、复杂、富有许多宝藏的伟大工作。坚持下去，多么有意义，多有趣！
　　　摘自《徐光耀日记》一卷290页
　　　九十七岁徐光耀抄

◎ 2022年，97岁高龄的徐光耀将当时所记日记抄写在艾青诗集和纪念集封面上，深情回忆那段让人难以忘怀的师生情。

人民的诗人——艾青同志逝世十周年纪念集

火種

1955年2月10日
中饭后，去东四五条13号找李纳。呵哈，一屋子人，不久，朱丹也回来了，还有他妈、娘、表妹。我跟他们扯了几句农村情况，突然，艾青来了。他一坐下就说了不少的笑话和故事，也说了不少绘画、雕塑、建筑的事。大约梁思成的复古风派形式，快要遭到批判了。

艾青这人很有才气，聊起天来，滔不绝，饶有趣味。表现很机智。一直穷聊到天黑朱丹提议，让他她大姆娘炸元宵。后来，还是共同出去，跑到便宜坊吃了一顿烤鸭。

在桌上，艾青又讲了几个悲剧故事，一桌人听呆呆了，说是一篇最美妙的小说。

情调、结构都很好。但一定要用极朴素和的情调和词藻写出，这才能伤感，一华丽便完蛋了。一旦色彩太浓，一铺张，便完蛋了。艾青说，一定要用散文能力很高，很有修养的人写才成。

他们用那么大兴致，像细品滋味似的来欣赏这样一个感伤故事，咕这感情上不会太容易脆弱吗？

然而，跟这些人聊天，是有极大好处的，可是不知不觉中学到很多东西，能提高艺术修养和欣赏能力，也无形中受到一些鼓舞。

七点，散，回到家来，我把艾青的故事抢着记在日记本里记完，已是12点了。

摘自《陈企霞日记》七卷142→143页
九十七岁陈企霞抄

作家出版社

火種

地 道 戰

李克　　李微含

1947年3月21日
晚飯后,跟步克谈了半天写文章及语汇问题,很投机。
1947年7月11日,上午,铁肩突然找我说有事商量,到村北之派。她说她早就知道我是共产党员,约我介绍她入党,我答道"可以。"于是又去找步克,步克便找了我来,共到村北,舒着她的表,坐在浓荫下,商量着填了款来。一边漫谈着,倒也畅快万分。到把表填完了,心中感到一种愉快。我生平以来,苐一次介绍同志入党。
摘自《徐光耀日记》一卷357页
九十七岁徐光耀抄

◎ 徐光耀在李克、李微含合著的《地道战》封面题签

目 录

序 / 001

引子 / 001

第 一 章　一出大戏 / 005

第 二 章　旁听"百家"课，三访陈企霞 / 014

第 三 章　知差距，求进步 / 030

第 四 章　陈企霞点头，徐光耀摇头 / 039

第 五 章　"民歌王子"贺敬之 / 050

第 六 章　"名士"于力 / 057

第 七 章　战斗的春节 / 062

第 八 章　《周玉章》火了 / 078

第 九 章　热情心细的厂民 / 084

第 十 章　诲人不倦的萧殷 / 095

第十一章　浪漫平易的艾青 / 107

第 十 二 章　形式多样的课堂 / 117

第 十 三 章　丰富多彩的课外生活 / 130

第 十 四 章　鱼水情 / 148

第 十 五 章　大生产 / 153

第 十 六 章　热血诗人蔡其矫 / 167

第 十 七 章　立功，留校 / 174

第 十 八 章　陈企霞的期盼 / 180

第 十 九 章　同学情 / 193

第 二 十 章　战斗在大清河北 / 209

第二十一章　崔嵬和创作研究室 / 214

第二十二章　周巍峙的赏识 / 223

第二十三章　石家庄解放了 / 228

第二十四章　终于来到石家庄 / 234

第二十五章　郭兰英声震石家庄 / 244

第二十六章　土改中的洗礼 / 251

第二十七章　冷遇 / 260

第二十八章　两出联大 / 268

第二十九章　《红旗歌》的刺激 / 278

第 三 十 章　终成《平原烈火》 / 284

后记 / 289

参考文献 / 293

题记

火种
是热,是光
是心中的伟大理想
是为收获果实而播撒的希望

序

时至今日,我与周永战尚未谋面。虽未谋面,却也不甚生疏,曾多次见其文字。如今又见此《火种》书稿,其心其面在焉,自此后,敢说不识?

此书的写作缘起于《徐光耀日记》。因一次机缘,周永战得到徐老亲手所赠《徐光耀日记》一套。他如获至宝,日日捧读。殷杰闻之,嘱曰:"不能只读,你是作家,须写些东西。"永战正有此意,复经鼓动,遂有此书。包括我写此序,也是殷杰殷切之心所致。

全是因为徐老日记!

当年,因为写《小兵张嘎之父》,徐老慷慨,让我读了他全部的日记。读此日记,有如宝矿探宝,灿兮烂兮晃人眼目。我之所用,不过海之数瓢。此处珍宝无尽,纵一言一句,即有大用,况皇皇如是!若任其沉寂,则自知匿罪难脱。如能够整理出来,济人济世,岂不是好?然苦无谋划,直到遇到潘海波,才有了程序。出版《徐光耀日记》,海波有至功。

所谓宝,大朴不散,是一种。散之成器,是另一种。该散之成器时,殷杰起用。

殷杰与徐老有深缘，自小迷恋《小兵张嘎》，现为"小兵张嘎博物馆"馆长。于《徐光耀日记》，他沉浸其间，穷尽按图索骥、穿针引线之能，只为裁锦为衣、聚米成饭。殷杰之心，乃是至心。

我读永战书稿，如在故乡遇故知，亲切莫名。其中的诸多人物、场景、情节、言句，再次彻我心扉。这都是我与海波等人当年见识过，触摸过，反复订正、揣摩过的，如今再见，怎不教人屡生感念！

《徐光耀日记》资料丰富，记录详备，应有尽有，但当时徐老只为私藏，哪想日后公之于众，更没想到会有人用到它。因此，材料现成，却不能即用，须因人眼目与识见，披沙沥金，种种拣择、连缀、提炼、铺衍等等，使芜者纯、乱者序、冗者简、断者续、隐者显。作者与材料，一而二，二而一，虽非我有，却为我所用，它因我而新，我因它而富。作者与传主，我因他而不再是我，他因我而更是他。相关细节及关捩点，千锤百炼，为的是凸显其本质精神。作者面对传主，无创造之能，唯识见第一，能够发现，能够用发现统摄材料，从而锻炼成文。周永战所著之《火种》，做的即是此等事。他下了大功夫，不但读透了日记，而且参照了大量的与之相关的资料。徐老的资料自不用说，其他日记中涉及的人、事，凡是能搜罗到的他都尽己所能，参考了成仿吾、沙可夫、陈企霞、艾青、萧殷、蔡其矫、周巍峙、崔嵬、彦涵、伍必端、白石、黎白等多人的传记及文字资料，采访了百岁老艺术家孟于及萧殷、舒强的后人。日记中有的，他有。日记中没有的，他也有。两者相互呼应、比对、印证，如众珠相映，璀璨互生。他得发现之喜，生连缀之能，享成文之乐。由此，则百般劳倦，诸多烦恼，顿成成功前戏，直落得个欢喜无尽。

《火种》所取，乃是以徐老1947年初入华北联大学习为事因，到1950年出版长篇小说《平原烈火》为事果，旁及前后左右，道尽徐老从战士到作家人生转换之志、之能。其中所历，除了能记录当年，亦能让读者饱见闻，增感悟。其中蕴含甚丰，均因永战之笔而焕发，而圆融。

此生中，我因遇到徐老而获春风之益，相信永战亦是。读永战此作，我感悟良多，相信读者也是。永战之名，则是战而不休，每一部书，每一篇文，乃至每一步路，都应该是新起点。我之所言，并非我有，而是永战一直做的。

姑且为序。

闻　章

2022年11月1日于鹿泉花开堂

引 子

1939年7月7日，根据中共中央决定，鲁迅艺术学院、陕北公学、延安工人学校、安吴堡战时青年训练班四校合并成立华北联合大学，不久即开赴抗日前线办学，以便同时对学生开展国防教育。华北联大师生，东渡黄河，翻越太行山，冲过敌人的一道道封锁线，经过三个月的长途跋涉，到达晋察冀边区的阜平县。

抗日战争时期，华北联大一直坚持在晋察冀前线办学，练就了"敌人'扫荡'我转移，放下背包就学习"的战时本领，被誉为"中国共产党领导下的一支教育兵团，一支铁的文化纵队"。抗战胜利后，1945年底，华北联大迁到张家口，第一次在城市办学。不久，国民党挑起内战，傅作义所部疯狂进攻张家口，1946年9月，华北联大开始撤出张家口，经过一个多月的艰苦行军，跋山涉水到达河北束鹿农村继续办学，为保密，对外称"平原宣教团"。石家庄解放后，华北联大迁往正定城内，1948年8月与北方大学合并成立华北大学。

抗战时期，华北联大是插入敌人心脏的一把利剑。把大学开办在战争的最前沿，这是中国共产党的一个创举，在历史上、在全世界范围内都是绝无仅有的。联大的教育教学方式也不同于任何一所大学——到人民中去，到生活中去，到战斗中去，在文化中浸润，在实践中锤炼——这是华北联大办学的光荣传统。

华北联大是新中国高等教育的摇篮。1950年10月以华北大学为基础成立的中国人民大学是新中国成立后创办的第一所新型正规大学。进京后，华北联大美术系师生组建了中央美术学院，并抽调干部教师南下筹建浙江美术学院，成为新中国美术的奠基者。中央音乐学院、中央戏剧学院、北京外国语大学、北京理工大学、北京农业大学等也都是以华北联大的院系为基础创办的；北京人民艺术剧院、北京青年艺术剧院、中央歌剧院、中央京剧研究院等文艺机构也都从华北联大脱胎而来。

华北联大孕育了革命和文化的火种。她坚持文艺为工农兵服务的方向，始终扎根民众，宣传和普及新民主主义文化；强调把政治工作放在首位，注重为革命斗争的需要培养干部，办学九年多，培养了大批学员。他们每一个人都是一颗火种，在抗日战争、解放战争时期及新中国成立后遍布文化领域的各行各业，为文化繁荣、为中国革命和建设事业做出了巨大贡献。

华北联大的办学过程是一个不断壮大和完善的过程，到在束鹿办学时，华北联大已设有政治学院、文艺学院、教育学院、外国语学院以及文艺工作团、延安平剧研究院等院系和团体，时任校长成仿吾、教务长林子明。华北联大云集了一大批著名的革命家、教育家、哲学家、政治经济学家、作家、诗人、翻译家、画家、音乐家和表演艺术家等，是解放区文化人才最集中的地方，为华北联大的教学水准提供了可靠保障。他们大都是来自延安的"老革命"，好多人都有在延安鲁迅艺术学院、陕北公学等院校工作或学习的经历，其中艾青、江丰、陈企霞、李又然、李元庆、王朝闻、古元、胡一川、丁浩川、吕骥、张庚等人出席过延安文艺座谈会，政治立场坚定，学养深厚。他们是文化界精英，从抗日战争开始，一直到新中国成立后的几十年里，他们和他们的学生都是中国文化和教育的中坚力量。

华北联大文艺学院设有文学系、美术系、音乐系、戏剧系、新闻系等，此外还有文艺工作团，创作研究室，并经常开办短期培训班、乡艺培训班，

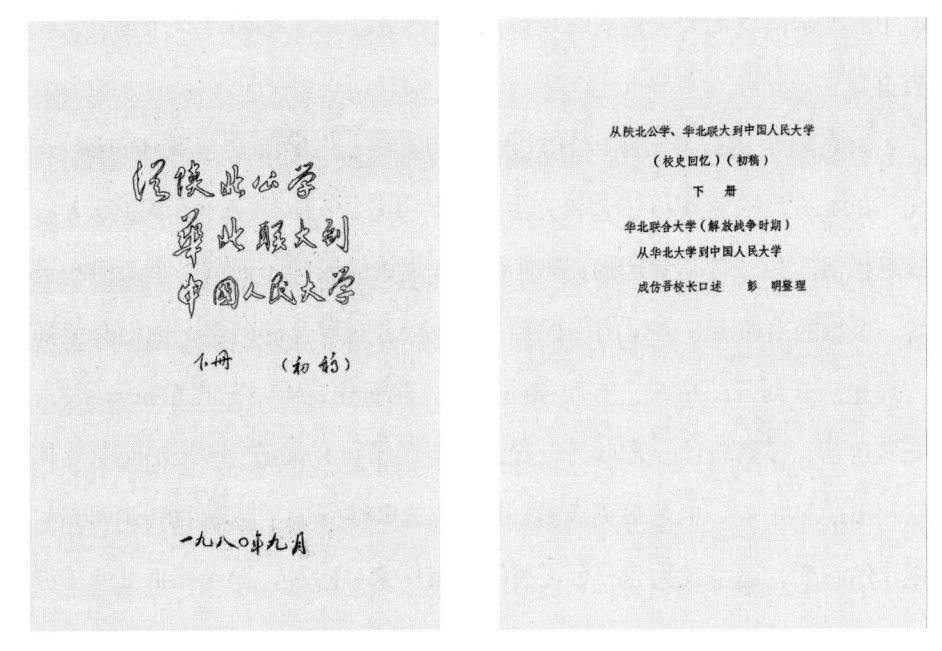

成仿吾口述《从陕北公学、华北联大到中国人民大学》（下册）油印本

院长沙可夫、副院长艾青。文艺学院一直秉承联大"团结、刻苦、前进、坚定"的校训，教学采取教员授课、学员自学、集体互助、讨论交流、深入生活、创作实践等多种方式相结合的模式，注重营造民主讨论、平等交流的学习氛围，激发学生们学习的积极性、主动性和创造性，这种因地制宜、因时制宜、理论联系实际、密切联系群众的教学方法，也是在当时条件下行之有效的方法。那时在联大形成了一种现象：老师都想方设法把自己觉得最好的东西尽可能多地教给学生，学生则竭尽全力地多学知识，而且无论是领导还是老师，都活跃在教学第一线，学生拼命学，老师使劲教，教学气氛民主而热烈，师生关系平等而融洽，学生收获丰硕且实用。

华北联大在束鹿县办学仅一年多的时间，但这一时期正是她从一所硝烟中的大学向现代大学转变的开端，是一个承上启下的阶段，历史意义相当重要。

徐光耀于1947年1月10日进入华北联大文艺学院文学系插班学习，同年8月23日毕业并留校念研究生，1948年6月8日离校，结束在联大的学习生活。徐光耀是幸运的：这里有非常优秀的老师，他们是革命的布道者、思想的启迪者、文化的传播者；这里有志同道合的同学，他们有崇高的理想，有刻苦的精神，有顽强的毅力。他抓住这难得的机会拼命学习，充实自己，提高自己。在联大，徐光耀实现了自我突破：这是他向职业作家迈出的第一步，也是最关键的一步；在这里他完成了从新闻写作到文学创作的转变，逐步成长为一名优秀的军旅作家。同时，徐光耀也见证了华北联大一段光辉的历史和激情澎湃的岁月。

第一章　一出大戏

1946年11月22日，冀中平原已到了初冬，天气寒冷，可在束鹿胡合营冀中十一分区司政两部的大院里却热热闹闹，操场上正搭戏台，一片喜气洋洋。

徐光耀在前线剧社时与社长沈雁合影

"怎么，要演戏？就在司政大院里，当着司政两部领导演？"徐光耀有些诧异，他思来想去总觉得他们前线剧社可不敢如此"造次"，但谁敢到这里来"逞威风"呢？

从1946年5月算起，徐光耀调到十一分区前线剧社任创作组副组长已半年有余了。在剧社，创作之余他也登台演出，当群众演员。前线剧社演戏都是下连队、进乡村、上前线，目的是丰富战士和群众的业余生活，搞好宣传，鼓舞士气，若要说把台子搭在领导们眼皮底下汇报演出，那一定是"吃了熊心豹子胆"了。徐光耀一打听，原来是华北联大文工团要来演出。"怪不得，原来是大剧团要来了。"

徐光耀早就听说华北联大要转移到冀中平原了。抗战结束后，国共两党签订了"双十协定"，晋察冀响应中央号召，认真履行和平协定，部队都在精简、复员，谁知国民党背信弃义，又发动了内战。傅作义攻占张家口，在张家口的华北联大只好转移，没想到这么快就来到了这里。不过这时，出于保密需要，华北联合大学对外不叫"华北联合大学"，而称"平原宣教团"。对联大文工团，徐光耀早有耳闻，团里可是有好多从延安来的艺术家呀，《晋察冀日报》也多次登过他们的消息，他们演出的《白毛女》早就名震解放区了，谁不想一睹为快呢。在徐光耀他们心目中，联大文工团就是一座辉煌的艺术殿堂，与前线剧社比可有天壤之别。

徐光耀对联大文工团的演出充满了期待。连晚饭都没吃利索，徐光耀就迫不及待地来到了戏台前。然而一个晚上，联大文工团只演了《小姑贤》《夫妻识字》等几出歌舞小戏，远没有徐光耀预想中的精彩，台上演员年龄大、穿得多，棉裤棉袄棉帽子，圆圆墩墩的，只露出碗口大小的一块脸,该有的舞台动作做不出来,即使勉强做出来了,动作幅度也太小,大大限制了演员艺术水平的发挥,也大大影响了舞台效果。徐光耀感觉这大剧团不是糊弄人就是有点徒有虚名了,还比不上他们前线剧社呢,他们演戏时,一帮小青年在台上,英姿飒爽,充满活力。再者,台上演员的歌声受山西、河北西部山区民歌的影响,那声音总是出人意料,就像从炮筒子里打出来一样,又愣又硬,味道怪怪的,把台下这些冀中人和来自天南海北的战士都听得直傻眼,大家后来开玩笑索性把这怪里怪气的声音叫"山杠子味儿"。

这一晚上的戏,徐光耀看得有些失望,也不过瘾。戏散了,徐光耀躺在房东的土炕上,还在琢磨晚上的几出小戏。可能是联大文工团名气太响亮了,自己的期望值过高了,实际一看有落差也是正常的事。可人家毕竟是大剧团,细细品味,值得学习的地方还是很多的。联大文工团那些节目都很成熟,有一个演一个,不像前线剧社瞎凑节目,磨蹭时间;而且人家装备轻便、讲究战斗化,随时搭上台子就能演;节目形式多样,与台下观众互动也多,就连一个音乐过门都十分讲究。尤其是他们的化装和动作,真让人眼前一亮。反派老太婆,上眼圈很大,眼角耷拉,满脸横肉,眼下面的一块肌肉非常明显,化出了她的顽固、骄横的性格。她擤鼻涕的那个动作,一掐鼻子一甩,往鞋上一蹭,往袖子上一擦,再双手对擦,最后用衣襟擦下鼻子,一气呵成,丝毫没有表演痕迹。还有烟鬼,灰乎乎的头发、灰乎乎的脸、高颧骨、黑牙、黑眼皮、灰溜溜的眼,瘦高个、长脖子,衣服领子反着,更显瘦;披黑衣、内白衫、敞着怀,长手指、黑脚跟、露骨头,趿拉着鞋,挽着裤腿,流着鼻涕,活脱脱一个大烟鬼。这个演员把烟鬼打喷嚏也刻画得惟妙惟肖，先把鼻子皱起来，张开嘴，两眼瞪着前方，最后越张越大，鼻子越来越往上皱，忽然"啪"的一声喷出来，真是绝了。

徐光耀越琢磨越觉得，这才是演员演的戏，别看穿得厚实发挥不好，透过现象看本质，人家的功夫功底的确深厚，前线剧社除了年轻有活力，要跟人家学的东西可太多了。

第二天白天，整个军区大院，男男女女、老老少少都在模仿昨晚那"山杠子味儿"的歌声，"手榴弹呀么吼——嗨""山药蛋呀么哪呀嗨"的"土腔愣调"一时竟成了时髦。

傍晚徐光耀又早早地来到大操场，站到戏台下，今天是华北联大第二场演出，演整出的《白毛女》。《白毛女》也是前线剧社的重头戏，联大到来之前他们刚在前方演了十几场，后来为贯彻为兵服务的方针及开展乡村文艺运动，又分散深入到连队和乡村演出。为此，徐光耀还写了一篇通讯《十一分区（即六分区）前线剧社下乡访爆炸英雄李混子并赴各连队开展部队文娱工作》，刊发在1946年11月15日的《冀中导报》上。徐光耀虽然只是群众演员，但《白毛女》里面的歌他都会唱，人物、情节、对话他也都熟悉。而联大文工团的一些演员是最早演出《白毛女》的，他们演出时间长、场次多、艺术水平高，他们的演出可以说是最正宗的。徐光耀也实在好奇，这将是一出怎样精彩的大戏呢。

台下的观众正在叽叽喳喳议论的时候，尚未拉开的大幕中缝处钻出一个帅气的年轻人，以报幕员的身份说了几句客气话，包括初来乍到，第一次给大家演出，演得不好的地方请大家原谅，多提宝贵意见之类的。报幕

三位"白毛女"。1949年,郭兰英、王昆、孟于(左起)随华北大学文工团进入北平,参与接收文化机关和管理文艺队伍的工作。

员器宇轩昂,口齿伶俐,嗓音洪亮,可真不简单。台下有人认出来,这就是《白毛女》的作者贺敬之。戏还未开始先让徐光耀吃了一惊:好家伙,作者亲自报幕呀!更让徐光耀震惊的还在后面。贺敬之退到幕后,紧接着开戏的第一通锣鼓响起来。这锣鼓点打得可非同一般,一开槌就节奏分明、活泼跳脱、蓬勃响亮,真有"大珠小珠落玉盘"的气势,好一场先声夺人的"帽儿戏",台下一片叫好声。冀中一带,有丰厚的戏剧土壤,人们爱看戏,也爱唱戏,经常演的剧目,村里好多人都能哼上几句,戏迷多得是。但这鼓点实在摄人心魄,离大幕近的忍不住掀开大幕一角偷看,有认识的人禁不住惊叹:嘿,周巍峙,打鼓的是周巍峙,团长哎。周巍峙一向严肃端庄,不苟言笑,可这鼓打得行云流水,铿锵有力。再往里看,坐在周巍峙旁边吹短笛的是李焕之①，笛声辽阔悠远，珠圆玉润。一个前奏早吊足了大家的胃口。看阵势，这回真有好戏看了。

周巍峙是联大文工团的团长，李焕之是音乐系主任，徐光耀对他们充满了崇拜之情："大师烹小鲜，'玩儿'得如此精道，着实令人叹服。今天看戏，可算来着了！"台下的徐光耀心里又惊又喜，惊的是团长、主任居然亲自操槌打鼓、吹笛伴奏，喜的是今天晚上的好戏，准过瘾。原来昨天晚上的几出小戏只是热场，真的好戏在后头啊。

《白毛女》确实把人们给震住了，伴奏拔得高，演员个个演得精彩。喜儿出场，一声"我不死，我要活——"，高亢激昂，声音气贯长虹，荡气回肠，把对旧社会的恨和发自内心的无奈的抗争表现得淋漓尽致，台下立马掌声雷动。扮演喜儿的孟于，当时只有二十几岁，毕业于延安鲁艺，参加过延安的《黄河大合唱》，受过冼星海等音乐家的亲自指导。新中国成立后《白毛女》拍成电影时，孟于是喜儿的配唱者之一。

扮演杨白劳的是牧虹②，牧虹演得驾轻就熟，演员和人物似乎已化为一体了。杨白劳喝卤水后那一大段舞蹈，把人物悲痛凄绝的感情表现得相当透彻，演员在台上舞，好多观众在台下抽泣。

---

① 李焕之（1919—2000），福建晋江人。1938年8月到延安，11月加入中国共产党，在鲁迅艺术学院师从冼星海学习作曲指挥。毕业后留校任教员。抗战胜利后，任华北联合大学文艺学院音乐系主任。新中国成立后，历任中央音乐学院音乐团团长、中央歌舞团艺术指导、中央民族乐团团长。代表作品有《春节组曲》《社会主义好》《红旗颂》等。

② 牧虹（1918—1989），原名赵鸿模，江苏徐州人。曾与赵丹、白杨、章曼萍合演《雷雨》《放下你的鞭子》。在延安，在冼星海的《黄河大合唱》中担任朗诵任务，被评为"延安模范青年"，由毛泽东同志亲自颁发纪念章。他到晋察冀边区后，于1942年经崔嵬、胡苏介绍参加了中国共产党，不久被任命为西北战地服务团戏剧队队长。牧虹以卓越的表演才能，成功地塑造了《带枪的人》中的列宁、《前线》中的盖达尔政委、《白毛女》中的杨白劳等光辉的艺术形象；同时，他还创作了《女八路》《红袄子》《我爱八路军》《团结就是力量》等一批话剧和歌剧。

黄世仁是个狠角色，舞台上，他俩眼珠子一拧，台下看戏的人后脊梁沟子都发凉。观众都说，幸亏最后枪毙了他，不杀他实在不足以平民愤。能把一个坏蛋演得人人恨，且恨得咬牙切齿，亦是演员演技精湛的体现。黄世仁的扮演者是后来著名的喜剧表演艺术家陈强，联大文工团时期的陈强正以演反派而闻名。

"穆仁智"演得含蓄，却在含蓄中见真功夫。演员动作幅度不大，把穆仁智的阴险、奸诈、冷血、卑劣都表现在轻言巧笑之中，韵味深沉悠长。

而在徐光耀看来，那天晚上最成功的演员应该是邸力[1]。她扮演王大婶，虽然只是个配角，但她出场只一笑，台下便爆发出了雷鸣般的掌声，这碰头彩是观众发自内心的褒扬。邸力的表演已完全把自己与角色合二为一了，不但貌合而且神合，因而演员的一个动作，乃至一颦一笑，都能直戳观众的心窝。

那天晚上，台上台下融为一体。大戏开始之前，观众还冻得搓手跺脚呢，戏开始不久，人们就被台上的演出深深地吸引了。随着情节变换，观众一会儿哭，一会儿笑，一会儿恨，一会儿悲痛，一会儿欢呼，一会儿愤怒。戏散了，回家的路上大娘、大嫂们还在抹眼泪，大叔、大哥们还在愤愤不平，战士们个个都攥紧了拳头。这戏真是精彩，然而那天晚上徐光耀还是有一个小小的遗憾：没看到他的偶像王昆和郭兰英登

---

[1] 邸力（1914—2004），原名邸俊容，内蒙古土默特右旗人。1927年开始登台参加话剧演出，1932年在北平参加左翼戏剧家联盟，演出了许多话剧，1937年在上海加入上海救亡演剧一队，参加救亡演出，1938年4月到延安入鲁迅艺术学院戏剧系学习，后在鲁艺实验剧团、鲁艺文工团、晋察冀军区120师战斗剧社、张家口华大文工团任演员及宣传干事。1944年开始在《白毛女》中饰演王大婶，有丰富的表演实践和深厚的表演功底。新中国成立初期，她曾任北京电影学院副教授，协助苏联专家培养出了陈强（文中黄世仁扮演者）、于洋等一批卓有成就的表演艺术家。

台亮相。

联大文工团演出的《白毛女》在前线剧社引起的震动久久不能平息，大家似乎着了魔，一连十几天，话题都离不开《白毛女》，经常聊天聊着就讨论起相关剧情和演员：谁演得好，谁哪些地方还不尽如人意，不同观点相互碰撞，红脸的、抬杠的都大有人在，这让分区政治部都坐不住了，决定把前线剧社全体拉到华北联大接受几个月的训练，以提高整体素质。这个决定一公布，立刻受到了前线剧团的一致欢迎，徐光耀更是举双手赞成。

11月30日，徐光耀又观看了一场联大文工团的演出。第二天前线剧社练歌，唱的正是贺敬之创作的《歌唱解放区》。徐光耀觉得这歌特别有味道。直到这时，徐光耀才知道贺敬之其实是一个才23岁的青年人，仅比自己大一岁。徐光耀想，贺敬之这么年轻就已经写出了那么多好作品，固然离不开天资聪明、刻苦努力，再有就是环境也造就了他，延安鲁艺、华北联大，他待过的尽是"高等学校"，进步当然更快。一个人的成长多么需要一个有利于自己成长的环境呀，徐光耀灵光一现：华北联大来了，这是多么好的学习和成长的环境呀，干脆"放弃中灶去吃干饭吧"①。此时，徐光耀已暗下决心，自己将发奋努力，争取在三年内赶上他们。

一出大戏让徐光耀着了魔，他萌生了一种比原来更强烈的求知欲，他简直跃跃欲试了。

这种激情憋在心里，让徐光耀有些难受，也有些苦闷，他想找一个人诉说、排解，慷慨激昂一番才痛快。正在这时，战友郑剑来了，徐光耀向

---

① 意指放弃营职待遇去当普通学员，那时在部队营级干部吃的是中灶。

他透露了这个刚刚萌发的还不算坚定的想法。郑剑十分赞同徐光耀的想法，并告诉他："文学艺术非专门专心不可。艺术工作是各种工作的总和，做艺术的，什么工作都可能会搞，搞别的工作的不见得能搞艺术。"没想到郑剑还这么有理论水平，这么有见地，说得这么有道理，真是一位知己。郑剑的鼓励更坚定了徐光耀的信心，他决心要找一个"搞艺术"的理想环境，以推动个人理想的实现。就在眼前，华北联大"送上门"来了，简直是"天赐良机"。

一出大戏紧紧抓住了徐光耀的心。

2024年3月17日，著名收藏家、白毛女艺术陈列馆馆长牛双跃，辛集市贾李庄周巍峙、王昆旧居展览馆馆长赵振良拜访孟于。103岁高龄的孟于老人展示她演《白毛女》时的照片，并题赠留念。

第二章　旁听"百家"课，三访陈企霞

华北联大文工团的戏着实震撼了徐光耀，冀中十一分区政治部要把前线剧社拉到联大训练几个月的决定，更是合乎徐光耀的心意。或许徐光耀当时并未意识到，分区政治部这一决定正悄悄改变着他的命运。

十一分区政治部的行动相当迅速，1946年12月3日，前线剧社便已前往联大文艺学院学习，和文工团驻扎在一起，接受文工团的辅导。虽然听说前线剧社到华北联大文艺学院学习的时间可能只有两个月，但能迈出这一步已经足够让徐光耀心花怒放了。

联大文工团对前线剧社的辅导是从陕北大秧歌开始的。一大早，联大文工团就开始教前线剧社扭秧歌，陕北大秧歌扭起来动作幅度大，加之唢呐吹出的陕北民歌的曲调粗犷、高亢，非常具有感染力。教大家扭秧歌的有陈强、桑夫、吴坚等，他们刚从张家口、察北来到冀中大平原，还穿着厚棉袄、皮背心，扭不了三两圈就已经汗流浃背了，于是果断脱掉厚棉袄、皮背心，顶着一头大汗，在排头位置领着大伙继续扭，个个生龙活虎，徐光耀真佩服他们的精气神。

扭秧歌队伍里最吸引人目光的还数陈强。这位舞台上的黄世仁一皱眉、一瞪眼都能让人倒吸一口凉气；在台下，则待人极为热情，一笑起来两眼眯缝，很是温暖。台上台下判若两人，这让徐光耀总觉得有些怪怪的，一时还真难把二者统一到一起。

文工团和剧社的同志们领头跳，村里的老乡会先在边上看着，不一会儿，围观的老乡有人开始手脚痒痒，不由自主地加入进来，随后，加入的老乡越来越多，干部、战士、老乡纷纷跳在了一起，热热闹闹，其乐融融。有一次，大家正跳着，艾青来了，他打了声招呼，就加入到了扭秧歌的行列里，后来他和吴坚①对着扭，比赛似的，伴着嘹亮的歌声，周遭叫好声不断，又把扭秧歌带向了一个高潮。吴坚能歌善舞，他演《夫妻识字》，每次台下都掌声雷动，跳秧歌自然不在话下。

听学员们讲，华北联大人人爱唱歌，处处有秧歌。在张家口时，各院、各系、各班就都把扭秧歌当成了早操的一项重要内容，联大的一天是从扭秧歌开始的，今天一看，果真如此。事实上，徐光耀当时还未完全了解，1942年延安文艺座谈会后，革命圣地延安的文艺工作者深入生活，向民间艺术学习，因而兴起了秧歌运动——学习秧歌、发展秧歌、研究秧歌，最突出的成就便是出现了《白毛女》《兄妹开荒》等一大批优秀剧目。从延安来的校、院领导，教员、学员都是扭秧歌的行家里手，难怪陈强、吴坚这些"大演员"都跳得这么好呢。

徐光耀并不满足于只有文工团的老师给他们辅导业务，只和文工团的

---

① 吴坚（1920—2008），曾用名常延青，河南孟县人。1944年至1949年先后任陕、甘、宁三边分区文艺工作团副团长、团长、编导。新中国成立后，曾担任中共甘肃省委常委、省委宣传部部长等职务。

演员们学些演出技巧也并不是徐光耀所期望的,他知道自己不是上台演出的材料,而他想要学习的东西还有很多:文学、音乐、美术……他都有兴趣。那时的徐光耀是一个不折不扣的"文艺青年",他热爱文学,也喜欢美术,作词作曲都搞得像模像样,在报刊上发表过不少战地通讯、报告文学、新闻报道、歌曲等,这对于一个在战争年代,在行军打仗中全靠自学的年轻人来说,是非常难得的。大学就在眼前,课堂就在身边,他想听更多的课,学更多的东西。住进联大文艺学院,他有了得天独厚的条件,或者最起码有了近水楼台的便利。12月4日,刚吃过早饭,徐光耀和前线剧社社长沈雁等就顶着寒风直奔华北联大文艺学院院部驻地,又在几个村子来回奔波,找学院领导联系学习事宜。进了小李庄,正碰上联大文工团在休息喝水,文工团的人们很热情,看他们匆匆赶来,一再招呼他们:"同志,渴不渴,累不累,喝点水吧,喝点水休息一会儿。"几个人虽已走得又渴又累了,可嘴里却一再谦让:"不渴不渴,不累不累。"在他们看来,这些文工团的工作者才是真正的文化人、大演员,即便有需求也不好意思接受款待。

华北联大文艺学院院部驻在小李庄,文工团和各系分散驻在小李庄、贾家庄、郝家庄、沈家庄等村子。12月4日这一天,徐光耀他们在各个村子转了一圈,虽没能找到要找的人,但也算开了眼界长了见识。

第二天,徐光耀他们打算继续去联大文艺学院,正要出发时,有人赶忙过来报信:"沙院长来了。"不一会儿,迎面走来两个人:戴眼镜的小个子是沙可夫,高个子是艾青。后面又有位细高个、深眼窝的人,正是周巍峙。徐光耀顿感荣幸,在八路军的文艺队伍里,这些都是响当当的人物:

沙可夫是联大文艺学院的院长，艾青是副院长，周巍峙是联大文工团团长。观看《白毛女》时，徐光耀已见识过周团长的风采。徐光耀本来就不大习惯见生人，这时站在几个大名人旁边更是拘束得两手无处安放，脸也紧张得通红。但三个"大人物"穿着朴素，说话和蔼，徐光耀这才在极力克制中逐渐坦然了下来。

直到中午才和沙可夫、艾青、周巍峙聊完，徐光耀他们赶忙又到联大文艺学院音乐系，在这里见到了作曲家李焕之和他妻子李群①。二人都穿的是旧军装，但身上散发出来的音乐家气质让徐光耀迷恋、向往。那天李焕之正好上指挥课，机会难得，徐光耀他们干脆就坐下来旁听。这是徐光耀第一次听联大的课，也是第一次听音乐课，正听得如醉如痴时，剧社的战友田申一脸兴奋地来叫大家，赶紧回剧社去包饺子，今天改善伙食。在那样艰苦的条件下，吃顿饺子真是太难得了，可徐光耀心里却有一万个不愿意，听这样的课，他舍不得走，但没办法，命令难违，他只好极不情愿地随大家悻悻而归。

自那时起，徐光耀对音乐发生了浓厚的兴趣。有一次去联大文工团音乐组看《小姑贤》演员们对词，他很快就学会了"过门儿"的使用，这让徐光耀骄傲不已：莫非自己也有些音乐天赋？自己曾经在报刊上发表歌曲，连联大的学员们都羡慕不已。还有一次，徐光耀到联大文工团音乐组，组长边军②正在教一位叫星河的演员拉手风琴，边军手把手地教，一个动作

---

① 李群（1925—2003），毕业于延安鲁艺，时任联大音乐系教员，新中国著名作曲家、音乐教育家和音乐编辑出版家，原人民音乐出版社副总编辑、中国儿童音乐学会会长、《儿童音乐》主编。

② 边军（1919—2001），安徽蚌埠人，新中国成立后曾任中央民族歌舞团团长、中央民族学院文艺系主任、中央歌舞团团长。

一个动作地纠正，一个音符一个音符地辅导，语调和蔼，不厌其烦，那态度就像父母对自己的儿女一般。这样的场景让徐光耀好生感动，他梦想自己若也到这样的集体里学习，那该多幸福呀。大音乐家的平易近人、和蔼可亲让徐光耀又萌生了一个新想法，如果文学系去不了，那就来音乐系。后来徐光耀正式到联大文学系插班学习，头一天下午，有幸又听到了边军的音乐课，虽然有些专业名词听不懂，但边军讲课十分生动有趣，引得徐光耀流连不已，晚上接着又听了一节，着实圆了一次音乐梦。

12月6日那天，徐光耀他们趁热打铁，和沈雁几人壮着胆子找到沙可夫院长和艾青副院长，说明了他们想到文艺学院学习培训的想法，还大谈前线剧社创作组的学习计划，努力引起两位院长的兴趣。可惜争取了半天，最后沙可夫、艾青都说了一堆理由婉拒了他们到文艺学院学习的请求。一时间，同来的几个人谁都想不出一个如何让剧社创作组到联大文艺学院学习的办法来。这可怎么办？徐光耀焦急万分。

沙可夫、艾青不同意，那就另辟蹊径。徐光耀他们直接来到戏剧系，找到舒强、胡沙，跟他们谈了前线剧社想来文艺学院学功课的事。院长们没答应，作为戏剧系主任的舒强也只好敬谢不敏了。徐光耀他们几个很失落，但第一次见舒强，徐光耀对他的印象就非常好：虽然没同意，但舒强为人很柔和、诚恳、虚心、热情，拒绝的话很委婉，让人容易接受。不像别人，一拒绝就让你觉得跟对方有了很大差距，自尊心大受打击。徐光耀看到的是舒强为师为人的一面，他还没有了解舒强对艺术的执着和维护，为了艺术，他在徐光耀他们面前还曾有过一次"雷霆之怒"。

文学系所驻的贾家庄和文工团所驻的小李庄是连在一起的两个自然村

第二章 旁听"百家"课,三访陈企霞

(土改时合并成了一个村,称"贾李庄"),中间只有一口水井相隔,这口井是两村人共用的吃水井。能与文学系近在咫尺,徐光耀求之不得,之前只要有空,徐光耀就会去听文学系的课。而这段时间,徐光耀对联大文艺学院简直到了痴迷的程度,当文学系没课可听时,就到别的系"寻课"听,戏剧系、音乐系的课都没少听,简直有些"饥不择食"。

好在联大的课堂是敞开的,谁单独去听课都没问题。在正式进入联大文学系之前,徐光耀已经旁听了沙可夫、艾青、胡沙、蔡其矫、牧虹、舒强、萧殷、于力、贺敬之等人的课,对他来说,每个人的课都是那么新鲜、那么富于吸引力,受限于当时的文化水平,有的课听下来只能是一知半解,但每堂课都有意想不到的收获。

那段时间,沙可夫讲授的是文艺观点和文艺政策,理论性很强,徐光耀听不太明白,因而并没有提起太大的兴趣。艾青则主讲艺术观点问题,深入浅出,特别是论及趣味问题时,他的诗人特质被发挥得淋漓尽致,时不时引得学员们满堂大笑。胡沙①讲秧歌,把这样一种人们所喜闻乐见的民间艺术形式讲出了许多内涵,让徐光耀觉得民间艺术形式大有深意。蔡其矫的课堂主要教大家如何搜集材料、辨别和运用材料。讲课时的蔡其矫跟私底下看见时一样,一点也没架子,讲课不空洞,善用故事形式。虽有浓重的南方口音,但并不妨碍他把故事讲得生动感人,好多人听着听着就会流下眼泪,徐光耀甚至觉得,蔡其矫讲的这些故事拍成电影都可以。

---

① 胡沙(1922—2005),原名徐茂庭,湖北汉川人。1938年加入中国共产党,后入延安青年干部学校学习。曾在华北大学三部任教。新中国成立后导演过评剧《小二黑结婚》《祥林嫂》《金沙江畔》等,曾任中国评剧院院长。

火　种

　　牧虹教授的是演技课，在舞台上跑过龙套的徐光耀知道自己不是演戏的材料，所以对演技课没有太大兴趣，但一想到自己当着人发言总是腼腆脸红，因此觉得还是很有必要学一学、锻炼一下自己。舒强①讲的也是演技课，徐光耀同样不感兴趣，但舒强的课一直为学员们所称道，这引起了徐光耀的强烈好奇。亲临现场，徐光耀不得不感慨，舒强不愧是老导演、老演员，课讲得果然厉害。舒强舞台经验丰富，口才好，讲起课来滔滔不绝，再配合恰到好处的肢体语言，幽默风趣，引人发笑，有的同学甚至会笑得流出了眼泪，半天直不起腰来。这课听一节还真不过瘾，过了两天，徐光耀又主动去听了舒强的演技课。那天下午的课直到深夜才讲完，没有一个人抱怨课讲得太长了，反而都赞叹："这课讲得真好，真是讲到家了。"大家看起来都意犹未尽，离开课堂时有着满满的不舍。

　　萧殷主讲创作与美，在这个课上，徐光耀第一次见到了萧殷。萧殷时任《冀中导报》副刊主编，其时是受邀请来联大讲课的。美学本身相当抽象，但萧殷总能讲得具体而浅显。比如，萧殷在讲美的阶级性和立场时说，美不是孤立的，而是有阶级性和立场的，离开这些，单独讨论美的客观存在，是讲不通的。萧殷举例道："比如一门大炮，当它对着人民时它就是丑恶的，我们可以用'残酷的怪物从街上轧过去'去形容它；当大炮在人民手上对着敌人时，它就是美的，我们可以用'大炮雄伟地轰隆隆地驶过莫斯科大街'去形容它。"这比喻多么生动形象啊，徐光耀虽然没有一点美

---

① 舒强（1915—1999），原名蒋树强，江苏南京人。著名戏剧艺术家、戏剧教育家、戏剧理论家和戏剧活动家。1944年赴延安，任鲁艺教员。参加了新歌剧《白毛女》的导演工作。1946年加入中国共产党。后任华北联合大学文艺学院戏剧系主任、华北大学文工团团长。新中国成立后他担任过中央戏剧学院表演系主任，中央实验话剧院院长、总导演。

1946年12月10日,徐光耀听艾青的"文艺观点"课时所做的笔记

1946年12月13日,徐光耀在小李庄听沙可夫讲"文艺政策"课时所做的笔记

1946年12月24日，徐光耀听萧殷讲"创作与美"课时所做的笔记

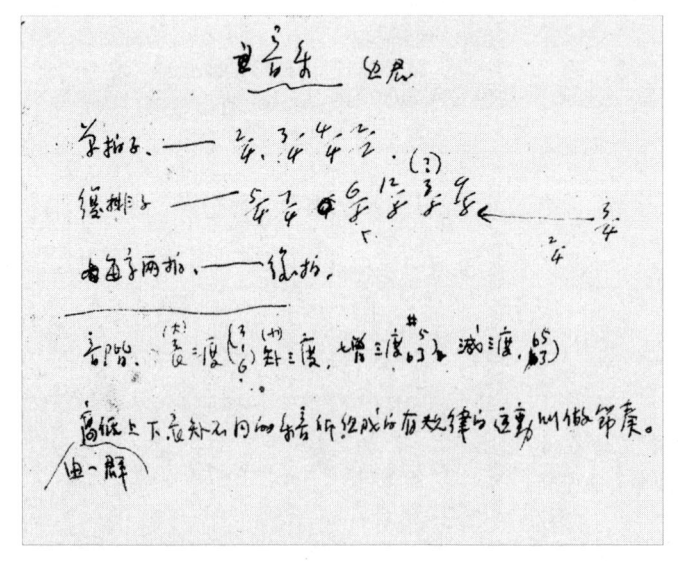

徐光耀听边军（笔记误记为边君）音乐课时所做的笔记

学基础也听得明明白白的。关于这堂课，徐光耀在日记中记录道：这门课让自己"满载而归，很满意所获的东西"。此时的徐光耀当然还意识不到，未来萧殷将成为文学之路上对自己帮助最大的老师之一。

这段时间的旁听经历让徐光耀的心里发生了更大的动摇，他反复思量是否应该离开剧社进入联大学习。徐光耀当前是营职干部，如果到联大学习，那就是学员，职务降到战士。这对徐光耀来说是一个较为艰难的选择：他1938年13岁参加八路军，抗战中出生入死，由一个红小鬼晋升到了营职，一当学员就又要从战士做起。但学知识、学文化对他的吸引力太大了。他决定，再观察几天看看，如果文学系的确能学些东西，那就发发狠，再吃几年苦。

12月7日又发生了两件事，更坚定了徐光耀想要去文艺学院学习的想法。一是晚上前线剧社集合到联大文艺学院驻地小李庄开联欢会，开始前，大家一同欣赏墙壁上的画作，一个美术系的学生正画一个小孩，徐光耀凑到近旁看着，学生年岁不大，但手法非常娴熟，寥寥几笔，一个简笔人物就成型了，虽然技术说不上完美，但线条生动，在墙上能画成这样已很不简单了。借助壁画宣传发动群众在当时的社会环境中很实用，这让徐光耀切实感觉到华北联大确实有人才，也确实能出人才。

第二件事是，晚上的联欢会前线剧社和文艺学院同台表演，让徐光耀大受刺激。别的节目不用说了，就连舒强七岁的女儿上台演《小姑贤》，都演得那么生动，台下观众笑得前仰后合，可这孩子就绷着脸不笑，台上一站稳稳当当、顾盼生情，唱念做打有板有眼。"一个孩子都能演这么好，肯定是父亲平时教得好，这舒强教学生肯定有两下子。"徐光耀他们不知道的是，舒强的女儿舒晓鸣年岁不大，其实已经是个"老演员"了，在延安时就登台演过小白毛女、小英雄王二小等。"人家文艺学院一个孩子上台都演这么好，再看前线剧社演的几个节目，不是歌唱得稀松没劲，就是二胡拉得跑调，尤其是小贝贝那个清唱，可能是被文工团的气势压住了，没了信心，调起得太低，越唱越没劲，罗成章那曲子都拉不成调了"，徐光耀坐在台下都觉得脸红发烧。不比不知道，一比吓一跳，同台一看，这差距就更明显了。想要赶超人家，没别的好办法，就得跟人家学，徐光耀去文艺学院学习的决心此时更加坚定了。

这些日子，徐光耀把大李庄、小李庄、贾家庄、郝家庄、沈家庄①等几个村子跑了个遍，也实地见识到了联大的氛围。联大的课堂不拘形式，厅堂里、院落里、场院里、礼堂、祠堂、打谷场、小树林，都可以做教室，都可以是课堂。年轻的师生们各自学习，唱歌、跳舞、游戏、运动，每个人脸上都洋溢着青春的笑容，充满了自信和革命乐观主义精神。"这真是一所神奇的大学"，徐光耀心里无比羡慕，和十来年前在家乡看到纪律严明、官兵一致的八路军时的感觉一样，他迫切地想加入他们。徐光耀想要加入联大的渴望不亚于当年对参加八路军的渴望，那时为了参加八路军他跟父亲哭闹了七天七夜，父亲虽然舍不得还是个孩子的儿子，但最终还是拗不过徐光耀，只好答应了他。这次徐光耀也下定了决心，无论遇到多大阻力，自己一定会竭力争取。

文学系的主任是陈企霞，徐光耀要想去联大文学系学习，就必须先征得陈企霞的同意。12月8号一吃过晚饭，徐光耀和沈雁就直奔小李庄找陈

---

① 河北束鹿县下属村庄，华北联大校部驻地。

企霞商量前线剧社创作组去学习的事。冀中的冬天，晚上很冷，呼呼的北风卷着黄沙，刮在脸上像被小刀子刺一样，沙子不时灌进嘴里，碜得他俩不停地呸呸往外吐。迎面的北风吹在身上，徐光耀感觉自己身上的棉袄就像是草席做的，风从窟窿里钻进去，直吹进骨头里，连喉咙似乎都被冻住了，一张嘴风就噎人，闭着嘴又憋得难受，好像要窒息一样。天气的恶劣对徐光耀和沈雁来说似乎算不上多大困难，毕竟比这更加糟糕的天气他们过去也没少经历。这天恰逢农历的十五，但风沙、阴云使得夜晚漆黑一片，揣着一颗火热的心，徐光耀和沈雁顶着寒风，冒着黄沙，摸摸索索、跌跌撞撞到了小李庄，找到陈企霞屋里，室内却空无一人。旁边有人提示陈企霞可能在蔡其矫处，两人赶紧找过去，不但陈企霞没在，就连蔡其矫也不见人影。这令他们二人大失所望，没办法，二人只好抖抖瑟瑟地无功而返。

第二天，前线剧社跟联大文工团学了一早晨的大秧歌，吃过饭大家到大李庄参加"一二·九""一二·一六"纪念大会。徐光耀在会上碰到了几个联大文学系的学生，其中一个叫刚果，人非常客气又热情诚恳，他主动介绍了联大的课程、教员、学习、生活，还有吸收学员的情况等，一下子更激发了徐光耀的兴趣。徐光耀趁热打铁，下午和寒光又赶到小李庄，还找陈企霞。

不巧，陈企霞这次依然没在办公室。但在街上碰到了头天晚上给他们指引蔡其矫办公室的那位同学，赶紧互通了姓名，这位叫陈淼的学生比刚果更健谈，把文学系的情况描述得更加具体。正谈话间，陈淼突然叫住了一个路过的男同志，转头向徐光耀他们介绍："这是何洛同志。"何洛停下脚步，微笑着和大家握手，因自己有事要忙，而后礼貌告辞。陈森告诉徐光耀,何洛同志是教授他们文学概论的老师,这让徐光耀有些吃惊:联大的老师居然没有一点架子,也太平易近人了。这样的学校怎不让人向往!

正当徐光耀沉浸在对联大的热爱之中时,陈淼远远地看见了陈企霞,然而徐光耀他们还没来得及赶过去,陈企霞已跟别人走掉了。这是徐光耀第一次"远望"陈企霞的场景,目之所及只剩一个高挑的背影。徐光耀对陈企霞可谓是久仰大名:陈企霞早年加入"左联",是《北方文化》①的编辑,那时徐光耀是这个刊物的忠实读者。"企霞"这个名字有些女性化,因此,在见到"真人"之前,徐光耀还一度以为陈企霞是个女同志呢。徐光耀正在惋惜与陈企霞擦肩而过,这时又有一位男同志走过来,陈淼赶紧介绍:"这是蔡其矫同志。"然后拦住蔡其矫,"蔡其矫同志,有人找您。"徐光耀他们找蔡其矫的目的是找陈企霞,那已经是昨天的事了,陈淼阴错阳差地给胡乱安到了今天。徐光耀和寒光也只好将错就错,顺着陈淼的意思,赶紧怯怯地上前握手致意,并不知道找蔡其矫要谈些什么。松开手,蔡其矫略含歉意地说:"先等一下啊,我买包烟,咱到我屋里谈。"来到蔡其矫的办公室,徐光耀他们赶紧说明来意,想请他帮助想一个前线剧社创作组来联大文学系学习的方法,怎奈蔡其矫也做不了主,但态度是那么诚朴可亲,也跟何洛一样没有一点架子。说来奇怪,生性腼腆、遇人拘谨、爱脸红的徐光耀在蔡其矫面前居然一点也没觉得拘束。

了解到徐光耀他们的来意,蔡其矫亲自带着他俩去找陈企霞,可惜陈

---

① 1946年3月在张家口创刊,同年8月停刊,共出版12期。该刊是在晋察冀出版的有重大影响的刊物,主编成仿吾,副主编张如心,陈企霞曾参与编务,编委有周扬、萧三、沙可夫、艾青、丁玲等。

第二章 旁听"百家"课，三访陈企霞

企霞还是不在。蔡其矫邀请徐光耀、寒光回他那里接着谈。第一次见面，又是老师，徐光耀和寒光不好意思总是打扰，说了番感谢的话，赶紧告辞了。告辞时徐光耀特意问了问学员入系和旁听的手续。徐光耀太喜欢这里了，这里无论教员还是学员都是那么诚恳、热情，就像一炉火，温暖人心。

但此时，徐光耀还没有最后下脱离前线剧社入联大文学系的决心，因为对徐光耀来说这毕竟是一个重大的抉择。

12月12日上午，徐光耀他们到文学系旁听，上课前先到了主任室，

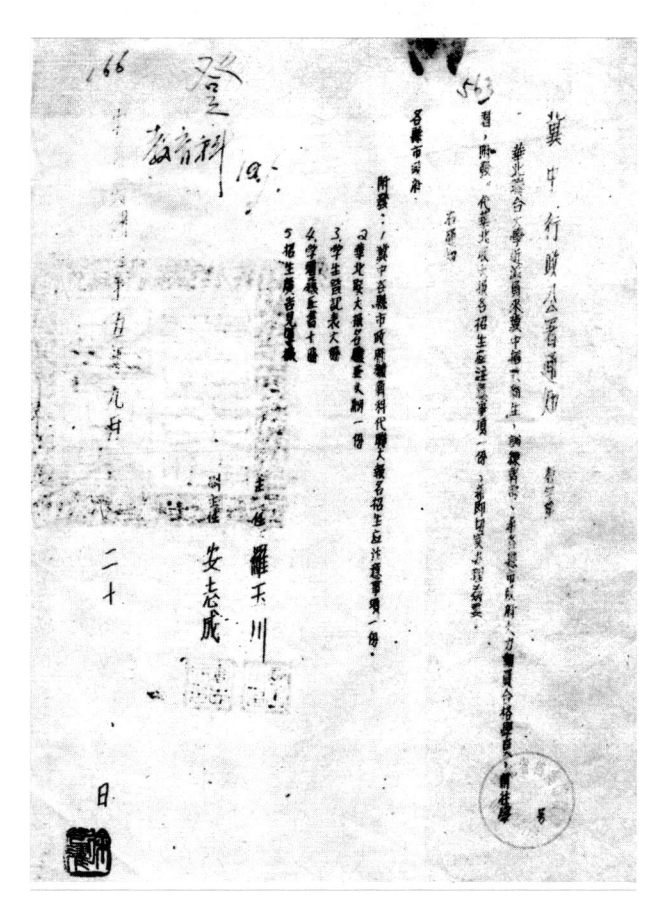

冀中行政公署发出的关于华北联大招生工作的通知

陈企霞，于华北联大转移至束鹿前摄于张家口

这回终于见到了陈企霞。陈企霞拉过两个凳子，让他们先坐下，态度和蔼，面带微笑。说明来意后，陈企霞爽快地答应了，还给徐光耀他们开了课程表，并立马起身带着他们去教室听厂民（严辰）的文章选修课。徐光耀早就听人说过，陈企霞不怒自威，爱憎分明，发起怒来如晴天霹雳，大笑时如大吕洪钟，今天一见倒感觉如沐春风。也许这就是缘分吧。去教室的路上，徐光耀问陈企霞文学系还招不招生，陈企霞告诉他："招，还招，最近还有几个冀中的同志要入学呢。"

有了主任的首肯和亲手开的课表，徐光耀觉得再到文学系听课就"名正言顺"了。本来联大就是一所没有围墙的大学，课堂也不固定，钟声一响学生们就集合上课，自己也可以随时来听，但那毕竟没有得到人家的认可，属于"蹭课""偷艺"，但无论如何能到文学系听课学习就是自己心向往之的。

从这天起，徐光耀的心就飞到联大文学系了。

第三章　知差距，求进步

"旁听"开阔了徐光耀的眼界，更激发了他内心一种不断萌发的强烈欲望。徐光耀不只是热衷于联大的课程，联大的民主气息和学习氛围也都让徐光耀着迷。这让徐光耀不止一次地想起十来年前自己参加八路军时的情形：那时自己年纪尚小，是怀着一种朴素的感情参加八路军的；而此时的徐光耀已有所不同，他已经从一个小孩蜕变为一名意志坚定的革命战士了，因此，联大令他沉醉的还有一个因素，就是徐光耀清楚地看到了自己在专业方面的差距，知道想要有所进步就必须得继续深造。

徐光耀发现，文艺学院的老师尽是一些大作家、大艺术家，个个知识渊博、学富五车；不仅如此，他们还平易近人，没一点架子，跟学员和当地群众打成一片、亲如一家。他们在课内外的讨论中对自己所从事的专业领域所表现出来的深刻和执着，让徐光耀充满敬畏。而正是这些和蔼可亲的人，在维护艺术之高尚纯洁时，也会毫不留情地表达批评乃至大发雷霆。

有一次，前线剧社特别组织了一台晚会，目的是让文工团的老师们了解一下自己的水平，其实也有借机表现的意思，好让文工团老师夸奖甚至赞扬两句。表演有说有唱，相当热闹，台下还不时爆发出笑声和掌声。徐光耀当时觉得，虽然那天前线剧社的节目演得不算好，但是和以前相比效果还算是不错。其中一个小独幕剧《捉俘虏》最为出色。这出小戏是前线剧社的"拿手好戏"，向文工团的老师们汇报演出，若想露一手，《捉俘虏》当然必不可少。戏的内容讲的是解放军捉俘虏，两个国民党兵被解放军吓得到处乱窜，实在走投无路时，一个国民党兵逃到了另一个的胯下，另一个再钻到这一个的胯下，如此反复，总会引得台下阵阵大笑，现场的徐光耀感觉自己的耳朵都嗡嗡作响了。这出小戏在一片热烈的掌声中谢幕，成了当场晚会的最高潮。然而这样一出现场人人叫好的小戏，却受到了舒强的厉声斥责。

对于一出戏好坏的评判，舒强当然具备发言权。舒强早年从事左翼戏剧工作，饰演过抗战剧《三江好》的三江好、《北京人》中的曾皓、《家》中的觉慧等角色；到延安后，舒强同王滨、王大化导演了新歌剧《白毛女》，首演就受到中央领导的充分肯定，深受干部、战士、人民群众的欢迎，大获成功。舒强不仅是一位颇有成就的艺术家，待人也极为谦逊和善，无论走到哪里，碰到年轻学员时舒强都会点头微笑。对于艺术创作，舒强十分严肃，对于戏谑、亵渎艺术的行为，绝不容忍。

舒强有回正好讲到有人在舞台上胡编乱造、随意胡闹的案例，原本平和的态度转而声色俱厉，他怒斥道："胡编乱造根本不是表演，更不是艺术创造。把虚伪的、扭曲的、违背生活真实、胡编滥造的东西强加给人民群众，这是糟蹋艺术，是对人民的亵渎！演的那叫什么戏，只能叫'王八

舒强在华北联大时的手稿《对目前导演工作的意见》

戏'。"大家正在惊愕得不知所措时,舒强补充道:"那天你们演的那个'抓俘虏',两个人争着往裤裆里钻,就应该是'王八戏'!"此言一出,前线剧社几个人个个臊得面红耳赤。说来也怪,台下前线剧社的同志大小也都算是知识分子,脸皮都薄,自尊心强,当面挨骂,常常接受不了,这天舒强骂完,没有一个人表示不满,虽然心情沉重,但是服气。实际上这一骂也让徐光耀终身受益,他明白了什么样的艺术是高雅的,什么样的艺术

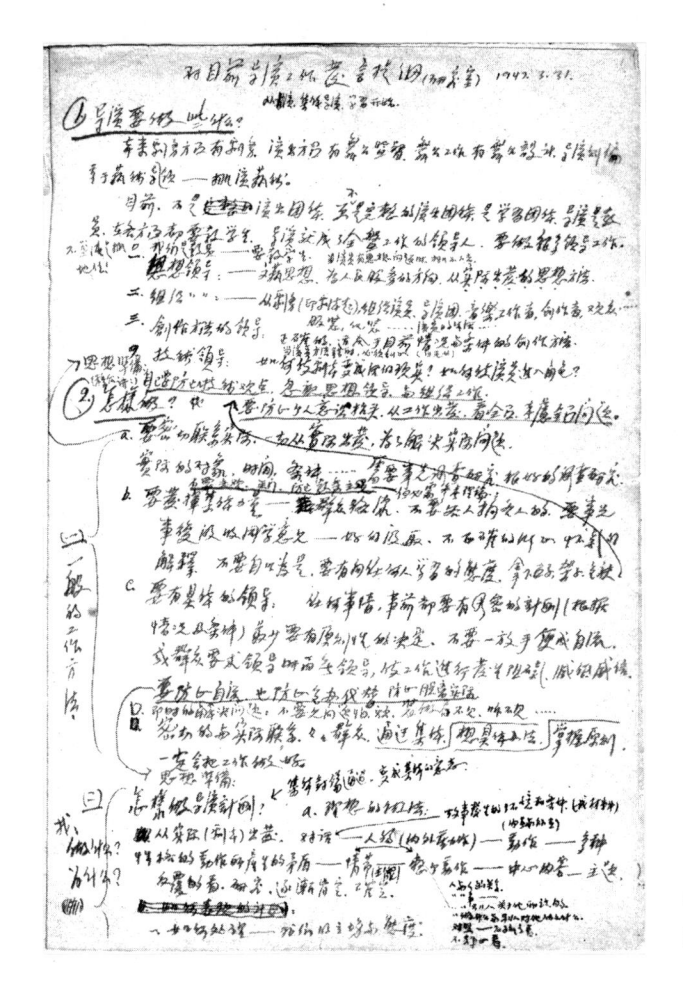

舒强在华北联大时的手稿《对目前导演工作的意见》

是低俗的。这堂课直抵人的内心，让徐光耀终生难忘。

联大文艺学院的领导和老师们对前线剧社是关注和关心的，他们不时来到前线剧社，或现场指导彩排，或开座谈会，给大家提意见和建议。1946年12月23日晚上，沙可夫、艾青、周巍峙和文工团的一些同志到前线剧社开座谈会。三位领导都没有一点架子，微笑、和蔼地跟大家寒暄。座谈会正式开始前，为了表示对三位领导和文工团老师的欢迎和感谢，前

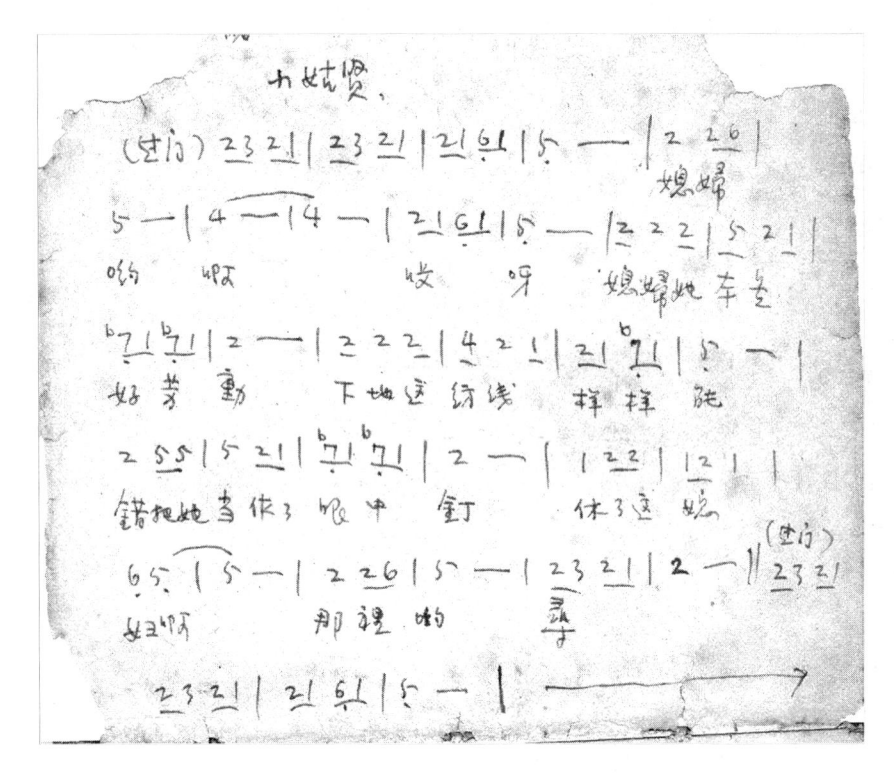

徐光耀听音乐课时记录下来的歌词和曲谱

前线剧社先唱了一首《文工队歌》，大家唱得热情饱满，自我感觉效果还不错，心里美滋滋的。

座谈会自然就由这首歌说起了。"你们觉得这支歌怎么样？"艾青问道。大家七嘴八舌，大都是对这首歌的肯定，艾青却微微沉了沉脸，有些严肃地开口了："同志们，你们都是搞文学艺术的，实话实说，严格说来你们唱的这根本不能叫歌，这只能算是押韵的社论。"此言一出，不啻给了大家当头一棒：所有人一致推崇的一首歌，在大诗人眼里原来这连歌都算不上。在场的前线剧社的同志期盼领导表扬的心情也立马荡然无存。接下来的座谈会开得有些压抑,轮到大家自由发言时,个个都闭口不谈,大概是见了真"神"了,怕一说就露了怯,给人笑话,等到要散会了才有几个人吵吵嚷嚷了几句。沙可夫和周巍峙也各自讲了几点,切中肯綮,很符合剧社的实际。

说实在的,徐光耀当时虽然文化水平不算高,可在野战部队也算得上是个"文化人"了:在报刊上发表过一些作品,还是前线剧社创作组的副组长,心里多少还是有一些年轻人的小傲气的。但经过舒强的"王八戏"一骂,艾青的"押韵的社论"一讽,徐光耀兜头淋到了一盆冷水,让他看清了自己的问题。他深刻地感知到,身处一个小剧社,若不思进取,就永远是"井底之蛙"。

"哀莫大于心死,身体次之。"这是当时徐光耀写在日记里的一句话。他深知,现在剧社里一片死气沉沉,人们故步自封,稍有成绩就容易满足。有的人整天不知道学习,不知道工作,不知道生活,缺乏奋斗和进取精神。大环境使然,自己又何尝不是如此呢?在野战部队的那种敢打敢拼、奋发有为的劲头都快不见了,若长此以往后果不堪设想。

非但如此,还有人想方设法压制别人。就比如去联大听课吧,有人总以剧社有自己的活动为由阻止别人去听课。前段时间,徐光耀采访了"爆炸英雄"李混子,回来后写了通讯《李混子和他的爆炸组》发表在了《冀中导报》,还自己作词作曲写了一首歌《李混子变成千百万》,发表在《歌与剧》上。联大文学系的学员陈淼、刚果等人看到后都十分钦佩,羡慕得不得了。可剧社里就有许多"异见",认为徐光耀到李混子那儿采访了那么些天,只写了一篇通讯,也没写剧本,对剧社没什么贡献。其实采访完李混子后，面对那些材料，连社长沈雁在内都认为不适合写剧本，还是写通讯更具时效性、更能鼓舞人。因此徐光耀愈发感觉到，要冲破这些阻力，就得要到更广阔的天地中去。

那些日子，徐光耀的脑海里总是回旋着一句诗："山重水复疑无路，柳暗花明又一村"，他是下决心要去联大文学系学习深造了，哪怕放弃出生入死得来的营职待遇也在所不惜了。塞翁失马，焉知非福，徐光耀把这一段时间的日记命名为"失马"。

这么重要的决定，他必须告诉姐姐。在这个世界上，姐姐是徐光耀最亲近和最信任的人。徐光耀四岁时母亲就去世了，他是在姐姐的拉扯下长大的。那时村里农家孩子很少有上学的，在姐姐的极力争取下，节俭无比的父亲才拿出钱来让徐光耀进了学堂。徐光耀清楚记得，那时晚上父亲会给孩子们讲一些旧时农村经久流传的故事，等父亲的故事讲尽了，就由徐光耀独自在昏暗的灯光下读《精忠岳传》《三侠五义》《隋唐演义》等，连蒙带猜，徐光耀还是把书磕磕绊绊读下来了，这些书籍在徐光耀幼小的心里埋下了朴素的侠义的种子，也埋下了美好的文学的种子。1937年，七七事变爆发，日本侵略者很快占领了华北，偌大的华北已放不下一张安静的书桌，徐光耀只上到四年级就辍学在家了。1938年夏天，又是在姐姐的极力劝说下，老父亲才答应让徐光耀参加八路军。在姐姐看来，国家有难，男孩子就得挺身而出，窝在家里也不会有出息。事实证明，姐姐每一次帮助徐光耀做出的选择都是相当正确的，这次的选择又怎么能缺少了姐姐呢。

在部队的这些年里，徐光耀对文学的追求越来越强烈。行军途中、战斗间隙，每到一个地方，他都会想方设法找些书来读，就这样他逐渐接触了鲁迅、郭沫若、冰心、叶圣陶、孙犁、丁玲、赵树理等人的作品，他的眼界愈发开阔，他的文学梦也不断放大再放大。而现在，联大文学系就在身边，机会就在眼前。他在给姐姐的信中写道，他想要重新从战士做起，追求自己的文学梦。"为了我的前途，我打算要求脱离剧社去联大文学系学习，文学系都是些有名的和有本领的人当教员。去后，一定进步很快，一定可以大大提高一步。姐姐，我虽然想去，但没有下决心，因为当学生便免去了营级干部待遇，便要吃干饭，我怕吃不下这苦去。这决心恐怕还是得下了，因为连吃干饭的苦都吃不下去，是没出息的表现。"写信那天徐光耀正好在裱糊屋子，冬天的院子里很冷，但徐光耀已顾不了这些了，他的心里像有一团火一样，他伏在院子里的长凳上，很快就把给姐姐的信写完了。徐光耀信里虽然跟姐姐说"没有下决心"，其实他为这事单独给姐姐写信正说明他决心已下，因为他非常清楚，只要是自己要求进步的，姐姐一定会全力支持。

想脱离前线剧社去联大文学系，等于是脱离部队的文艺团体到学校学习，这并非易事，因此给姐姐写完信后，徐光耀马上又给部队的钟华农副政委、梁达三主任、尹肇之科长各写了一封信，正式向领导提出了脱离剧社去联大学习的要求，还阐明了几个原因：一是多年战斗和工作，徐光耀不曾系统学习过，应该脱离工作岗位好好学习学习了；二是工作上常遇见一些问题，但凭徐光耀自己现在的知识水平根本解决不了，应该学习充实自己；三是虽被调来剧社，但徐光耀编剧、填词、作曲、演出都不内行，发挥不出自己的作用，待在这里等于是把个人"坚壁"起来了；四是联大来到徐光耀的身边，这个机会非常难得。

把信寄出后，徐光耀心里感觉轻松了许多，甚至感觉联大就在向自己招手了，似乎马上就能名正言顺地坐在文学系的课堂上了。

徐光耀去联大文学系之意已决。

第四章　陈企霞点头，徐光耀摇头

陈淼、刚果、吕唐、米粒这些联大文学系的朋友着实让徐光耀羡慕，无论是上课也好，还是课下讨论问题也好，他们总是朝气蓬勃，他们的老师都那么有学问，他们的生活都那么充实，徐光耀十分想要加入他们，成为他们中的一员。

徐光耀想进联大文学系读书，难度不小。原先前线剧社想旁听，他和沈雁几个人多次找沙可夫、艾青，他们都不同意，现在要去当学员，他们会同意？难啊！想来想去，徐光耀不知如何是好。木讷、倔强的徐光耀，闷头干工作、写东西还行，"走关系"还真外行，见生人脸红，人多的场合说话吞吞吐吐，好像口吃一样，有时他自己都责怪自己怎么这么"不堪大用"，怎么跟有些上级或同志的关系总不像别人似的搞得那么熟分呢。但为争取上学的机会，他也只好硬着头皮去干了。

徐光耀把想进联大文学系的念头告诉了陈淼、刚果几个人，也表达了沙可夫、艾青他们可能不同意的担心，想探探他们的口风，看看有多大希望。陈淼他们都欢迎徐光耀成为同学，于是纷纷帮徐光耀出主意，告诉他进入文学系的关键是得征得陈企霞同意,这让徐光耀一下子燃起了希望。徐光耀见过陈企霞,也听过他的课,陈企霞的爽快、热情让他一直充满好感。前些天徐光耀和前线剧社的战友来联大文学系听课,陈企霞答应得非常爽快,徐光耀心里真希望陈企霞还能和那次一样畅快。

入学心切的徐光耀很快就找到了陈企霞。陈企霞的意思,前线剧社的来听课他们欢迎,但入学就有些困难了:一方面,这学期已经开始挺长时间了,不宜再招新生,前阵说的冀中的几个同志入学是有组织手续的;另一方面,原来招的学员都是社会上的一些有一定文化水平的进步青年,野战军的不单招。陈企霞解释得耐心而细致,但徐光耀心里却凉了半截,以为近在眼前的联大文学系似乎一下子离自己远了许多。

徐光耀有些丧气之时,正好陈淼他们来剧社玩,徐光耀忍不住发了些牢骚,失望之情溢于言表。陈淼是个活跃分子,点子也多,他告诉徐光耀:"你不是发表了许多文章吗,找出一些来,给陈企霞看,陈企霞可是爱才如命啊,说不定爱你的才,就同意了呢。"大家都觉得陈淼说得有理,投其所好,是个好办法,徐光耀也觉得这办法的确可以一试。

徐光耀有两个好习惯:写日记和剪报。写日记能记录自己的成长历程,为以后留下许多珍贵史料;剪报则能帮自己积累大量资料,便于随时学习。尤其是战争年代,时常行军打仗,谁也不可能带着大量报纸,把其中对自己有用的剪下来,不失为一个很好的选择。徐光耀还会特意把自己发表过的文章剪裁下来,专门粘贴在一个本子上,一方面作为一个小小的可以骄傲的资本,另一方面能够时常回看,激励自己或鞭策自己。没想这个自己的"作品"剪贴本现在还真派上了大用场。

第四章 陈企霞点头，徐光耀摇头

第二天吃过早饭，徐光耀赶紧把那本剪贴本揣在怀里，直奔陈企霞的住处。到了陈企霞门口，徐光耀不免忐忑起来：自己当宝贝一般的剪贴本，上面大都是一些"豆腐块"般的战地通讯，这样的文章能入得了陈企霞这样大人物的法眼吗？但来都来了，"丑媳妇总要见公婆的"，徐光耀鼓起勇气敲了敲门。

陈企霞早已清楚徐光耀的来意，他热情地让座，表现出一副很愿意倾听的姿态。平时说话讷讷，尤其是当着领导面一开口就脸红的徐光耀，关键时候也能打开话匣子滔滔不绝。他从自己十三岁参加八路军说起，一直讲到前线剧社，对面的陈企霞越听眼睛越亮，从心底里对这个小八路、"老战士"产生了敬佩。当徐光耀说到自己爱好文学、喜欢写作时，陈企霞还表现出相当的兴趣。于是徐光耀赶紧从怀里掏出剪贴本，呈给陈企霞，请求指导。陈企霞的眼睛更亮了，一边翻看剪贴本，一边赞叹："一个整天在枪林弹雨中的战士还写出了这么多东西，真了不起。"一个相貌堂堂、刚毅英武的小伙子，13岁参军、入党，如今已是身经百战、奖章无数的营职干部，还在报刊上发表过这么多篇文章，别说文学系，哪怕是联大也没有几个人有如此傲人的经历呀。看完剪贴本，陈企霞站起身，握住徐光耀的手："光耀同志，来吧，来文学系吧，文学系欢迎你。"徐光耀没想到陈企霞居然能这样"轻易地"同意了。他不清楚到底是自己的"小八路"经历还是自己的剪贴本起到了神奇的作用，他感到陈淼这家伙的主意还真管用。

看着高兴得手足无措的徐光耀，陈企霞告诉他，来文学系还需征得部队领导的同意，入学时得有部队政治部门的介绍信。

徐光耀知道，争取部队领导同意甚至比争取陈企霞点头还要难得多。此前他早已给尹肇之科长、梁达三主任写过信，表示自己想要脱离剧社去联大学习，这次又接连写了两封，表明自己的态度，可好几天都没见回音，这让徐光耀又着急又憋屈：到底如何，领导得有一个态度呀。没想到自己几番请求，几个领导都不同意他去联大，还都能说出一大堆理由，看来只有自己一个一个地去争取了，这对不善言辞的徐光耀来说难度太大了。

其实十一分区政治部是支持有能力的干部、战士去学习深造的，陈企霞同意后，徐光耀写了申请，很快政治部就做出了决定，并把决定发到了分区剧社社部。社部大概是怕徐光耀脱离剧社到联大学习会引起连锁反应，对这件事很谨慎，悄悄把政治部的决定压了下来。

1947年1月5日，徐光耀终于接

身着八路军军服的徐光耀。这张照片摄于1945年秋天辛集部队驻地，当时徐光耀在十一分区司令部任军事报道参谋

第四章 陈企霞点头，徐光耀摇头

到尹肇之一封短信，说科里对他脱离剧社去联大学习不同意，原因见面后详谈。距离第一次给领导们写信已过去十多天了，一直如石沉大海一样，终于盼到了回音，可也不说明原因，就是不同意，这让徐光耀有些恼火，更让徐光耀恼火的是，原来分区政治部早同意了，社部故意压着不告诉自己，这真是有点"岂有此理"。

第二天，匆匆吃过早饭，徐光耀便直奔胡光（分区宣传科驻地），到宣传科，找尹肇之科长"见面详谈"。见徐光耀进来，尹肇之招呼道："看报吧，净新来的。"态度似乎不冷不热，一副"王顾左右而言他"的架势，对徐光耀要求上学之事，只字不提。这让徐光耀心里急得像要起火一样，于是礼节性地看了两眼报纸，可这时他实在没心情看报纸，再说自己可不是没事过来蹭报纸看的。徐光耀如鲠在喉，再不爱说、再不想说也得说了。徐光耀要求跟尹肇之谈谈自己去联大学习的事，尹肇之漫不经心地说道："这没什么好谈的。"随便解释了几句，不能脱离剧社去联大似乎已决定了，是板上钉钉的事了。"见面详谈"原来是"当面告知"，情急之下，徐光耀冲口而出："我得学习去，我早想好了，决定了。"接着发了几句牢骚，说自己在剧社学不到什么东西，不利于自己的发展。徐光耀这一发牢骚不要紧，尹肇之也发起火来："同志，你是个共产党员呀，回顾一下历史你就知道自己为什么变成这样子了……"后面的话越来越难听，居然说，"把你由特派员调锄奸科是组织不对，由锄奸科调司令部也不对，由司令部调政治部还不对……你决定了，什么是你的决定……就咱聪明，就咱了解，就咱什么都知道？……"尹肇之好一通批评，却也没解释为什么不同意。徐光耀想不明白，跟尹肇之也说不明白，最终两人没有谈拢。尹肇之给徐光耀开了个条，让他去政治部找梁达三主任，"去吧，你去找梁主任吧，看梁主任怎么说。"听尹肇之的话外之音，似乎找到梁主任他也不会同意。徐光耀愈发感觉到了这事的难度，但再难也得努力争取。

几经周折，直到晚上徐光耀才找到梁达三主任，梁达三和尹肇之的方法截然不同，尹肇之是硬拦，梁达三是一脸和气，但左说右说就是不放徐光耀走：徐光耀想离开前线剧社可以，但还要在宣传科当记者。谈了两个钟头，说来说去梁达三主任就是要让徐光耀当记者。这太极打得熟练，不善言辞的徐光耀没办法，索性就一言不发，梁达三再说什么，他就是一愣地摇头，是左也摇头右也摇头，眼泪都快掉下来了，就坚持一句话，反正就得去联大。碰到这么犟的同志，梁达三也没好办法，只好告诉徐光耀："你再想想，咱们下来再谈。"

看来"摇头策略"有点收效，起码梁主任态度有了些松动，不再像一开始那样铁板一块了。但事情定不下来，徐光耀心里像长了草一样。从梁主任屋里出来后，徐光耀决定：等！一定要争取到这次机会。

徐光耀就住在了政治部，第二天又熬了一天，直到晚上梁达三主任闲下来，徐光耀又找到他。这次梁达三退了一步，告诉徐光耀："我和叶副司令员商量了，有个意见，你先在这工作一两个月，等找出记者人才来，你再去学习，好不好？"徐光耀真是一刻也不想等了，他不想再虚度时光了，因此和昨天一样，还是一味地摇头，并毫不遮掩地说："等有了人才，还得一两个月，那就不必等了，要不，让我在这等着我也干不踏实，工作也干不好。"梁主任叹了口气："好吧，你硬要去，那你就去吧。不过得对你提出批评，一个同志应服从工作，你太强调个人意见了，对组织上的意见没有很好考虑，应该检讨。好了，明天回去吧，准备去联大上学。"

摇头战术虽然有些不雅，但总算是"成功"了，梁主任放行了，徐光耀心里轻快了许多，他就势要了介绍信，第二天飞也似的赶回了驻地。徐光耀感觉自己有一种"胜利"后的轻松，不过以前是和敌人较量胜利了，可这回是和自己的领导，而且还是软磨硬泡获得的"胜利"，这里面肯定有领导对年轻人关心的成分，想想还真有点"胜"之不武。

徐光耀管不了这些了，能去联大文学系就是大好事，该想想怎么学习了。这时的徐光耀神清气爽、兴高采烈，在日记中形容这三天，他说是"乾坤转矣"，这当然还不至于乾坤扭转，但对徐光耀来说这确实是他人生中的一个巨大转折，一位作家正在进入他该走的轨道。在徐光耀面前的是一片崭新的天地。

刚到华北联大文学系时，徐光耀制订了写墙头小说（板报小说）的计划

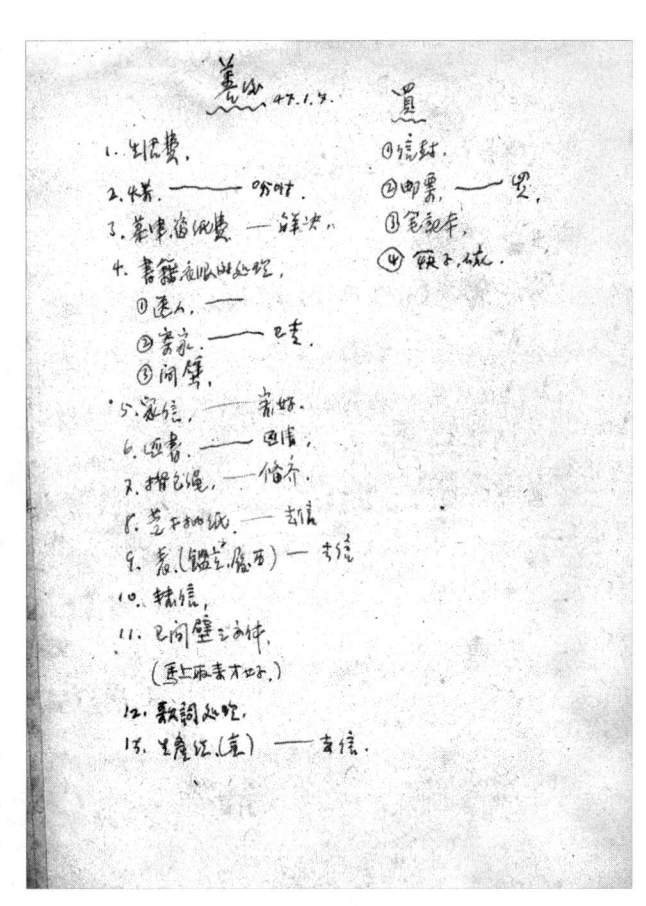

1947年1月7日晚上，梁达三主任答应放徐光耀去华北联大后，徐光耀连夜列出的"善后"事项，其欣喜、急切之情可见一斑

努力再三，终于梦想成真。徐光耀不敢迟疑，赶紧准备去联大文学系报到。

徐光耀洗了澡、买了新皮带，还买了一本《北方杂志》，徐光耀要从头开始，他在用行动表达自己的决心。他还给父亲和姐姐各写了一封信，报告了这个大好消息，徐光耀有按捺不住的喜悦，他需要与亲人分享。

1月9日吃过早饭，徐光耀就迫不及待地来到小李庄文艺学院的院部，

1947年1月7日晚，徐光耀写的打油诗《自嘲》

找沙可夫院长报到，沙可夫让找院教务长李又华①。找到李又华换了介绍信，晚上赶紧去找陈企霞，陈企霞屋里一屋子教员在开会，让他第二天9点半来谈。入学在即，令徐光耀兴奋不已，他一刻也不想耽搁。

1947年1月10日，这是一个徐光耀终生难忘的日子。9点半徐光耀准时来到文学系，陈企霞先让徐光耀在自己面前的凳子上坐下，看了一下徐光耀的履历表，当即表示："没问题，你来吧。"其实陈企霞对徐光耀的履

---

① 李又华（1912—2000），广东兴宁人。1938年6月赴延安，先后在陕北公学、延安鲁迅艺术学院、晋察冀华北联合大学、华北大学学习和工作，历任教员、秘书、区队长、科长等职。1949年8月，从北京随解放军南下工作团到达广州。新中国成立后，协助组建南方大学，并任校团委书记，后一直在宣传、教育部门任职，出版哲学、政治经济学、科学社会主义理论著作10余部。

历早已了解了，但还是带着欣赏的眼神又仔细看了一遍。然后说了些需要注意的问题，开了张便条，把徐光耀编到了一班第三组。

下午，徐光耀向前线剧社告辞后，背起背包直奔文学系驻地贾家庄，一路上脚步轻快了许多，天气寒冷，他心里却是热乎乎的。他不再是那个营职干部了，他已经又是一名战士了，是一名文艺战士，是一名新学员。他终于走进了他梦寐以求的这所北方闻名的战火中的大学。

组长周延找他谈了话，让他订好学习计划，包括看书的计划、写文章的计划、交农民朋友的计划、做学习笔记的计划等；还嘱咐他要认真遵守各项制度，联大学生是自治管理，没有老师直接管，都靠学生会，因此自觉遵守制度非常重要。

陈企霞也找徐光耀谈了话，特别讲了班里学员的成分，告诉徐光耀目前的学员以从城市来的进步青年知识分子为多，像他这样从部队红小鬼成长起来的很少。还讲了学习的课程、看书的态度、交农民朋友的必要性等。最后还特别夸奖了徐光耀，对他在入学第一天交给陈企霞的入学材料底稿，给了很好的评价，系主任对一个刚入学的学员当面颇多赞扬，这可能是不多见的，这让徐光耀有些"警惕"，怕自己的骄傲，但陈企霞喜欢并看重这个小伙子，已喜形于色。

徐光耀自己也订了一个半月学习计划：

（1）写一篇短篇小说，民歌形式的，暂定名《鸡》；

（2）看看讲义，补补课，再学习马克思著作以及文艺或新文学教程；

（3）找一个交农民朋友的对象；

（4）尽快熟悉全系的情况。

几天里，在联大，徐光耀感到哪里都那么新奇，有些东西是以前接触不到的，这真是一片新天地，他做好了充分的思想准备，要在联大"大干一场"，凝心聚力学习新知识，打造一个新的自己。

第五章 "民歌王子"贺敬之

来联大几天，徐光耀光忙于做准备工作了，还没有来得及上课，这让他心里有些着急。听说贺敬之要去前线剧社讲课，徐光耀不惜"吃回头草"，追着贺敬之回前线剧社听课。那时不只徐光耀，联大好多老师、同学都很敬佩贺敬之，年纪轻轻就对民歌研究得那么透，能唱、能写、能讲，人也帅气，简直就是大家心目中的"民歌王子"。

入学之前，徐光耀和前线剧社的战友在联大听课时，就听过贺敬之讲"民歌研究"。贺敬之本不是联大的教员，他是属于联大文工团的，文艺学院请他讲课应该算是破例了，可见联大办学的灵活性。贺敬之和学员们年龄差不多，甚至比个别学员的年龄还要小，但他对陕北及山西、河北太行山一代的民歌颇有研究，又是新歌剧《白毛女》的执笔人，让他讲民歌研究是文艺学院的领导慧眼识珠了。贺敬之的民歌研究讲了两天，课堂效果出奇地好。贺敬之讲课条分缕析，他辟了许多条目，每条都能举出很多贴切的例子，绝大部分例子采自"信天游"。由于生活积累丰厚，这些例子他信手拈来，连讲带演，妙趣横生，场内的人一会儿鸦雀无声、一会儿又

1946年12月23日，徐光耀听贺敬之的"民歌研究"课时所做的笔记

1946年1月13日，徐光耀回前线剧社听贺敬之讲"下乡问题"时所做的笔记

会心大笑，共同沉浸在了活跃又深邃的学术氛围中。那次听课的不只有学员，连各系的教职工都被吸引来了，许多教员和学生的笔记本自始至终就没离开过膝头，一直在认真听，认真记，生怕落下哪一条内容。副院长艾青给了贺敬之这堂课很高的评价，特别肯定了贺敬之在深入生活方面的确下过大功夫、真功夫。贺敬之的课让徐光耀越听越有意思，越听越有收获，可惜那两天的课徐光耀并没有听全，这让他一直感觉有些遗憾。

贺敬之给予徐光耀更大的收获是1946年12月17日晚上的《白毛女》座谈会，在场的王昆①、陈强、牧虹都发了言，贺敬之谈了《白毛女》的创作经过，这给了徐光耀很大的启示：创作来源于生活。他决定要向人民群众学习，向贺敬之学习，收集民歌，学习民间语言，努力汲取民间营养。在之后的日子里，包括徐光耀进入华北联大学习之后，他在走进人民群众，在收集民歌，学习民间文化、民间语言方面下了不少功夫。一有时间他就向同学、战士、当地老乡，甚至学院伙房里的师傅们请教，悉心收集、记录、整理，很快就取得了不错的成绩，还写一些关于民间文化方面的文章，比如介绍民间顺口溜、民歌民谣、民间故事等，最初写这些东西徐光耀就参照了贺敬之的民歌报告。徐光耀曾把一段民间故事《县官和他的仆人们》经过改写后拿到系里的晚会上去说，很受大家欢迎，又被推荐到学院晚会上去讲，赢得了热烈的掌声，更让徐光耀没想到的是晚会后艾青居然找到

---

① 王昆（1925—2014），河北唐县人。著名歌唱家、歌剧表演艺术家。1945年，出演共产党领导下创作的第一部歌剧《白毛女》中的女主角喜儿。1982年，任东方歌舞团艺委会主任、东方歌舞团团长。1989年，荣获巴基斯坦总统授予的"卓越明星"勋章。

自己，对他说："听了你讲的故事很感动，能不能把稿子抄给我一份？"这无疑是一种对徐光耀热心民间文学的肯定。真和贺敬之一比，徐光耀感觉自己又有明显差距了，但这种深入群众、深入生活的作风使徐光耀在日后的文学创作中受益匪浅。

徐光耀对《白毛女》非常熟悉。刚调到前线剧社不久，剧社要在"八一五"胜利日演出《白毛女》，社领导要求大家每天早起三小时，学习《白毛女》的歌曲。为此，徐光耀下了苦功夫，不仅学会了《白毛女》所有歌曲，还参加了剧社里《白毛女》的排练和演出，虽然只是扮演了一个"农民乙"，但这算是徐光耀不可多得的舞台形象，让他终生难忘。《白毛女》也锻炼了徐光耀，从一上场就脸红耳热，紧张得唱错词，到演得挥洒自如，他成长为了一名成熟的"群众演员"，不但大过"戏瘾"，还学到不少东西，通过排练和演出，徐光耀更深层次地理解了《白毛女》，这让徐光耀更感觉到贺敬之的了不起。

在徐光耀眼里，贺敬之是一个全才，写、演、讲，样样在行。有一次文艺学院开联欢会，贺敬之正坐在台阶上看得带劲呢，突然有人带头欢迎贺敬之唱支歌，有人大声喊，有人跟着起哄，贺敬之知道是躲不过去的，于是在袖筒里抄着手慢慢站起来，这神态倒有几分与冀中地区的老乡们相似，光这一亮相就先赢得了大家的一阵笑声，徐光耀也不由感慨这贺敬之吸收民间营养真是吸收到骨子里面去了。再看贺敬之，腼腆中带着那么一点顽皮，似乎卖个关子，大家更加卖力地逗他，拍着手，齐声喊："唱一个，唱一个……"贺敬之温和地笑了笑，扯开嗓子唱了几句陕北"信天游"，实在是唱得太好了，一时间掌声雷动，欢声四起。那时在联大文艺学院，郭兰英的山西梆子、王昆的眉户戏都是热门节目，是各类晚会的压轴节目，徐光耀觉得贺敬之的"信天游"比她们一点不差，那声音先细后粗，凤头豹尾式的拖腔，雄浑醇厚、旷远悠长，这韵味真是学到家了。多年后回忆起来，徐光耀还记忆犹新，感慨这么多年再也没有听到过如此地道、"土"味十足的信天游了。

贺敬之做事不同寻常，而且总能有一些闪光点。那段时间，联大老师、同学自发教当地老乡们识字，而这方面做得最有吸引力的，还数贺敬之。贺敬之唱、跳、写样样在行，口才也好，在联系群众、团结群众、宣传群众方面似乎有"先天"的优势，教老乡识字这样的事，做起来当然也得心应手。他先唱歌、跳舞把大家的情绪调动起来，提起老乡们学习的兴趣，然后再教识字。一次，他把"贺敬之"三个字写在黑板上，一边写一边说："大家都认识我贺敬之，知道我贺敬之长这个样子，他也可以长成这个样子。"一边说一边写，一边指着"贺敬之"三个字，分析字的意思，教给大家怎么写，然后语气一转，"大家想不想知道黑板上自己长得什么样子，从今天开始，我一个一个教给你们。"讲得风趣幽默，趣味横生。

通过看表演、听课和座谈会，多次见识贺敬之的不同凡响，徐光耀在日记中感叹："贺敬之真算得个人物"。其实对徐光耀来说，贺敬之的出现也是一种激励，他急于脱离剧社到联大上学，贺敬之对此也起到了"催化剂"作用。这个时期，徐光耀对贺敬之是崇拜的，他羡慕贺敬之成长的经历、所处的环境，更佩服仅比自己大一岁的贺敬之这么年轻就取得了显赫的成绩。在一段时间里，贺敬之成了徐光耀努力的方向，在有意无意中，徐光耀会用自己的所作所为对标贺敬之。

有一件事最具代表性。1947年6月开始，华北联大在全校开展"立功运动"。在"立功运动"中，徐光耀和贺敬之都立过一功，徐光耀立一功是因为发表小说《周玉章》，贺敬之立一功是因为参加"青沧战役"，作战英勇。据部队的同志讲，本来贺敬之是下部队实习，对这样的"大文化人"他们是要保护的，可谁知部队发起冲锋时，贺敬之率先冲了出去，这可把营长刘政吓坏了：本应该受他保护的年轻诗人、《白毛女》的作者，居然奋不顾身冲进了战火里。年轻的刘政急得大喊："老贺，老贺，回来，回来，你他妈给我回来！"贺敬之只顾冲锋了，哪里还听得见。好在战斗结束，贺敬之没有牺牲，也没有受伤，真是万幸。作战部队觉得他实在精神可嘉，令人敬佩，写信到学校为他请功，他才因此立了一功。徐光耀觉得，像贺敬之这样不惧生死，在火线上真枪真刀战斗立的功，才是实实在在的，值得人佩服的。一位笔杆子、写过著名歌剧《白毛女》的诗人、作家，在敌人的枪林弹雨中，和突击部队的战士们一起突击，爬上城头，冲锋在前，英勇作战，久经沙场的徐光耀从中感受到一位意气风发的书生在战场上展现出来的血性，"民歌王子"更是一位勇于牺牲的战士，这使徐光耀更加敬佩贺敬之了。这样一比，自己这一功来得太容易了，真有点受之有愧。

离开华北联大后二人一直保持了一种亦师亦友的亲密关系。1990年5月9日，徐光耀和华北联大文学系同学白石、黎白重访联大文艺学院旧址后，写下了《神游故校》一文，文章提到了贺敬之，发表后，徐光耀寄给贺敬之一份，这让贺敬之十分感慨，很快给徐光耀写了一封长达5页纸的信，深情回忆了曾经的联大时光。2000年，贺敬之到石家庄陆军指挥学校参观、考察，徐光耀全程陪同。贺敬之公务在身，徐光耀尽地主之谊。这也是贺敬之和徐光耀离开华北联大后"亲密接触"时间最长的一次，这时和联大时期已隔了半个多世纪，二人已都是七十几岁的老人了。

  贺敬之对徐光耀的文学创作一直是十分赞赏的，2003年贺敬之在给徐光耀的一封信中拟了一副对联："百里芦苇塘常思小兵张嘎，千顷荷花淀永怀巨笔孙犁。"高度概括了写白洋淀的两位著名作家和作品，精辟而贴切。2015年，河北出版传媒集团释读、整理、出版了皇皇十巨册的《徐光耀日记》，贺敬之担任该书的顾问。2019年，白洋淀文化苑筹建徐光耀文学馆，贺敬之时年已95岁高龄，依然欣然命笔，为徐光耀文学馆题写了馆名。

第六章 "名士"于力

1947年1月14日，徐光耀终于以一名华北联大学员的身份上了入学后的第一堂课，是于力的《文法与修辞》。其实早在正式成为联大文学系学员之前，他就听过于力的课，那天讲的也是《文法与修辞》。

那次听课是1946年12月31日，是一个辞旧迎新的日子。早晨剧社指导员张文苑就告诉徐光耀，他写的歌《李混子变成千百万》在《歌与剧》上发表了，这让徐光耀心中一喜，这1946年的最后一天在徐光耀心里一下子显得特有意义。来到文学系蹭课时，陈森告诉徐光耀他看到《歌与剧》的目录登出来了，问徐光耀歌是谁谱的曲，徐光耀告诉他曲子也是自己"瞎弄"的，陈森满脸钦佩："嘿，真了不起。"旁边几位学员也都投来羡慕的目光，陈森还扬言毕业后要去前线剧社这样的单位了。徐光耀正感慨大伙都不知道他"吃几碗干饭"的时候，门口出现了一位老者，这位先生黑须飘飘，胖胖的身体，亮亮的前额，颇有一点仙风道骨。他一进门就摘下帽子来，环视一周，向大家连连点头，态度谦逊。这位老师的装束、面色、神态和其他联大老师都不一样，似乎有些"另类"，让徐光耀产生了浓厚

火　种

1946年12月31日，徐光耀听于力的"文法与修辞"课时所做的笔记

兴趣。他赶紧小声问陈淼他们这位老师的情况，几个学员你一言我一语绘声绘色地告诉他，这位先生叫于力，来解放区不久，听说刚来时还念佛呢，现在是联大教育学院院长，学问可厉害了。

徐光耀眼里的"老者"于力其实并不算老，这时他刚50岁，但在文学系授课的教员中，应当是年纪最长的。陈淼他们形容的于力也有演绎的成分，毕竟有些内容都是道听途说。实际上，于力是1942年6月因激愤于日寇暴行而从北平来到晋察冀革命根据地的，那之前于力正在燕京大学国文

第六章 "名士"于力

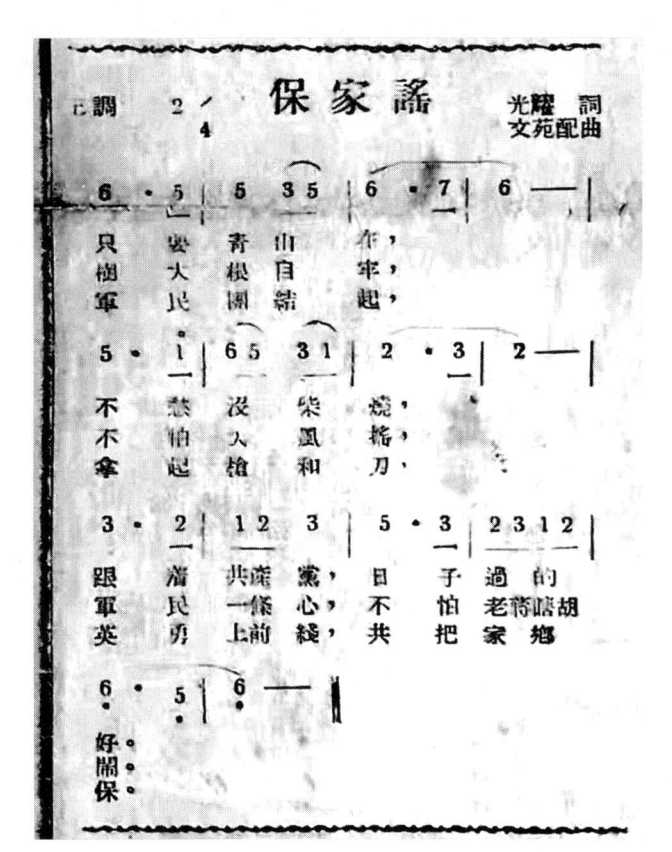

徐光耀发表的歌曲，张文苑（前线剧社指导员）配曲

系任教。为了安全起见，于力声称皈依佛门，易装出行，才得以离开北平。所以有传言，于力到根据地时还在念佛。于力原名董鲁安，1925年从北京师范大学毕业后，曾先后在北京女子师范大学、北京师范大学、北师大附中、燕京大学担任教职。1943年，董鲁安署名于力，在延安《解放日报》上发表长篇报告文学《人鬼杂居的北平市》，从这之后才更名于力。到了晋察冀边区，于力依然从事老本行，出任华北联大教育学院院长。无论是在晋察冀还是北平，于力都称得上是名人。他还教过一个比他更有名气的学生，叫钱学森。钱学森曾亲笔写下他一生中深刻影响过他的17个人，

其中一位便是他的中学国文老师董鲁安，他写道：董鲁安（于力）——国文、思想革命。对于钱学森而言，许多关于民族、国家存亡的道理与启迪，都源于董老师在课堂上的言传身教。

于力长时间在大城市的高等学府任教，一派名士作风，乐观豁达、潇洒异常，与那些战火中走过来的知识分子有着很大的不同。于力的课也独具特色，不似那些年轻教员一般的热血沸腾、激情澎湃。这门课他总是讲得慢条斯理，一板一眼，到精彩处竟靠在桌上自言自语起来，自己深深陶醉其中，就像一位演员进入了角色，那表情、语调、肢体语言，都极富感染力，不知不觉台下的同学们也跟着陶醉了。他还会接着穿插讲叙一些逸事趣闻，把大家从陶醉中唤醒。第一次听这堂课，徐光耀大开眼界，心里暗呼过瘾，忍不住大赞联大的老师学问确实渊博。课程从上午9点一直持续到下午1点，大家全神贯注，没人觉得累，没人觉得枯燥，没有人提前离开。在一阵接一阵的轻松愉快的笑声中转眼就度过了四个小时，于力宣布下课，许多同学还意犹未尽，恋恋不舍地搬起凳子，慢腾腾地散去。"蹭"课的徐光耀更舍不得离去，他多希望于力的课能接着讲下去呀，这样的课真是百听不厌。

徐光耀没想到，入学后的第一课还是于力的《文法与修辞》，课堂还是那么精彩。说来也怪，只有小学四年级文化水平的徐光耀，听这晦涩、深奥的《文法与修辞》课，不但听进去了，还听懂了，并且越听越有兴趣，越听越爱听。这不能不让人佩服于力，他不仅能把枯燥的讲得形象生动，还能把深奥的讲得浅显易懂。

3月18日，还是于力的课，这一天讲的是修辞格，徐光耀越听越上劲，边听边做笔记，生怕落下某一点，耳朵、眼睛、手并用，他的兴趣完全被于先生调动起来了。可临近下课时，于力告诉大家，他的《文法与修辞》课到此已经全部讲完了，请大家提意见。对这样的课还能有什么意见？如果有意见，就是实在没听够，还想继续听。听得正带劲怎么就讲完了呢？徐光耀有说不尽的失落。

徐光耀十分钦佩也尤其感谢于力，《文法与修辞》是徐光耀入学后听的第一堂课，正是这第一堂课让他对自己联大的学习生活充满了更高的期待，他太渴望联大这些名师的教导、指点和熏陶了。

入学第一课充满了魅力，真是一个大好的开端。

第七章　战斗的春节

　　于力的课调动起了徐光耀的激情，他完全陶醉在了知识的海洋里，这是他一直梦想却未曾经历过的大学校园生活，他终于能够张开双臂，热烈地拥抱联大，拥抱文艺学院，拥抱文学系，全身心地投入这学习生活中了。但入学不久就到春节了，徐光耀出身野战部队，依他多年的经验，一般到春节这个时候，部队都会有大的行动，学校也会有相应的安排吧？果然不出徐光耀所料，这个春节徐光耀和老师同学们是在"战斗"中度过的。

　　华北联大一向注重让师生到人民中去、到生活中去、到实践中去，因此经常安排师生下连队或下乡实习。1947年春节，联大文艺学院依然组织了春节实习，安排师生实践和锻炼。

　　1947年1月15日，文艺学院召开动员大会，院长沙可夫、副院长艾青做了慷慨激昂的动员讲话，分配了下乡实习任务。下乡的师生分为三部分：一部分人下到前线部队参加战斗；一部分人到乡村进行乡艺活动，帮助村剧团排练春节演出；另外组织了两个秧歌队分别到前方和后方演出。文学

第七章 战斗的春节

1947年1月15日，在华北联大文艺学院春节下乡动员大会上，徐光耀记录的院长沙可夫、副院长艾青的讲话精神

系的黎白、叶星、李诺、纪因、周普文、周延、郭锋、苏烽、莫堤、雷英、李笑静等参加乡艺活动，徐光耀被分到了下连队的这一组，带队的是厂民，成员还有文学系的马琦、任大心、黄山、吕唐，美术系的彦涵、戚单[①]、伍必端，戏剧系的于夫等。厂民、彦涵、戚单是教员，其他人都是学员，在联大老师和学生是打成一片的。

在动员会上，沙可夫、艾青特别明确了这次下连队实习的首要任务是在战争中锻炼同学们的刻苦精神和牺牲精神，加强对战争的认识与体验，

---

① 戚单（1919—1992），浙江诸暨人。1938年在延安鲁迅艺术学院学习，1945年任教于华北联合大学美术系。1949年后在中央美术学院、中央戏剧学院、北京师范学院任教。

1947年1月15日，在华北联大文艺学院春节下乡动员大会上，徐光耀记录的院长沙可夫、副院长艾青的讲话精神

徐光耀记录的华北联大下乡第一工作队（即下连队工作队）队长严后（即厂民）提出的工作要求

培养为工农兵服务的品质。其次是深入连队,参加战斗,丰富生活,把业务学习和实践结合起来。最后是帮助战士们丰富春节期间的文化娱乐活动。1月17日,带着这三个任务,下连队实习小组各自出发,奔赴目的地。

队长厂民没有什么战斗经验,更没有什么夜间行军的经验,真正带领大家行军的是徐光耀这个"老革命"。同行的是一群知识分子,大都没上过前线,徐光耀这一路上免不了提心吊胆,小心翼翼,生怕出什么差错。

稍有战斗经验的人还有彦涵①,这也是位"老革命"。一路上彦涵告诉徐光耀,他在延安时就读过穆青的《雁翎队》和孙犁的《荷花淀》。白洋淀景色优美,素有"北国江南"之称,抗战时成为根据地,还有神出鬼没、令敌人闻风丧胆的雁翎队,这让他对白洋淀这片神奇的土地充满向往,对那里勇敢的人民充满敬意。

1945年抗日胜利后不久,彦涵随华北文艺工作团从延安来到张家口,待华北文工团并入华北联大,他到联大美术系当了教员。城市里环境舒适了很多,但是彦涵还是觉得一个画家应该到前线去、到生活中去、到战士中去、到群众中去,这样才能创作出好作品。于是他跟领导申请,想到几百里外的白洋淀体验生活,领导同意了他的请求。1946年春天,彦涵独

---

① 彦涵(1916—2011),原名刘宝森,江苏连云港人,艺术教育家、版画家。1938年毕业于延安鲁艺美术系。同年加入中国共产党。1939年参加鲁艺木刻工作团赴太行敌后抗日根据地,在八路军中,从事木刻艺术创作,并在晋东南鲁艺分校任教。1943年至1949年先后任延安鲁迅艺术文学院美术系、华北大学美术科教员。曾任人民英雄纪念碑美术创作组副组长,设计了纪念碑正面浮雕《胜利渡长江》。著有《彦涵版画集》《彦涵画辑》《彦涵插图木刻选集》等。

自一人,步行几百里,翻越五台山、穿越敌人的平汉铁路封锁线,才辗转到了白洋淀。在白洋淀,彦涵就住在王家寨、大张庄等白洋淀里的渔村里,协助区干部工作,参加淀内村庄政权整顿,还在白洋淀北面的村子发动群众挖地道备战。彦涵在白洋淀生活和战斗了四个月,白洋淀的美景和淳朴、勇敢的人民给他留下了深刻印象。他也利用这段时间,画了大量速写,积累了大量绘画素材,创作了白洋淀题材的版画《慰问》《难逃法网》等。

因为彦涵的这段经历,使他和徐光耀有了共同话题,很快便熟络起来,而后一起生活和战斗的经历让他俩建立起了深厚的友谊。新中国成立后徐

彦涵版画《慰问》

① (左上图) 彦涵1943年创作的木刻《来了亲人八路军》，下方为徐光耀题签
② (右上图) 彦涵1943年创作的木刻《当敌人搜山的时候》，下方为徐光耀题签
③ (左下图) 彦涵1944年创作的经典"新门画"《军民合作　抗战胜利》，下方为徐光耀题签
④ (右下图) 彦涵1948年创作的"新门画"《开展民兵爆破运动》，下方为徐光耀题签

光耀出版了《平原烈火》，日译本的插图就用的是彦涵所作的版画《当敌人搜山的时候》。

　　毕竟是从延安走过来的"老革命"，在随部队战斗时，彦涵游刃有余，将冒着枪林弹雨向敌人喊话，押送俘虏任务完成得很出色，尤其是在那样危险和艰苦的环境中他还能发挥自己的特长，拿画笔鼓舞士气。在攻打藁城西马村据点时，战士们在距离敌人据点仅仅几十米的房间里挖坑道，敌人的手榴弹、迫击炮弹碎片不时落在院子里、屋顶上。彦涵就站在门口，借着月光和微弱的灯光，一边看战士们挖坑道，一边挥动着画笔画着，天气寒冷，炮火纷飞，但彦涵全然不顾，不断移动位置，从不同角度观察这一战争场面。战士们看见有人画他们，干得更起劲了。战斗结束后，彦涵把现场画的画都送给了战士们。第二天，20多幅彩色的写生画在战士中流传起来，战士们兴奋地在画里找自己的影子，待找到自己的影子，脸上都笑开了花。回联大后彦涵和厂民一起把体验生活时画的素描画编辑成了画报。对这段战斗经历，彦涵的感受是深刻的。1962年，他又以这次战斗生活为素材创作了版画《攻心制胜歼敌人》《敌堡残壁展画图》。

　　从学院驻地出发到藁城十一分区七十二团，一路崎岖，走了几天，雪也就下了几天，还一天比一天大。每夜睡在荒郊野外或没有人的冷屋凉炕，艰苦得很，但大家一路上都被兴奋和新奇的情绪支配着，谁也没觉出有多艰苦，他们太渴望战斗了，恨不得马上就到前线，真刀真枪跟敌人拼个你死我活。天寒雪大，道路崎岖，这算得了什么。再加上还有一个"活宝"于夫——他不愧是戏剧系的，很有戏剧天赋，插科打诨，耍宝搞怪，总能整出点动静来逗大家一笑，把大家的辛苦劳累减去不少。一路上大家

第七章 战斗的春节

也没多想战斗的危险和残酷,其实许多人并不知道真正的战斗有多危险多残酷。1月19日,一组人到达军分区司令部政治部,21日除夕,他们到了七十二团,下到了他们实习的连队。第二天大年初一他们就跟随部队参加了战斗。这些人中大多数是第一次下连队参加战斗,所有的磨难都被新奇和希望掩盖了。困难和磨难都难不倒联大师生,他们总是充满了革命的乐观主义精神。

到了连队,那里的干部战士也一样乐观,对革命充满了必胜的信念,

新中国成立初期,于夫和郭兰英同台演出《小二黑结婚》

因此在连队里最受战士们欢迎的是于夫和伍必端①。每次出发前，战士们总喜欢让于夫表演个节目，于夫也每叫必到，到前面表演一番，逗大家哈哈一笑，提提大家的精气神，这也成了连队出发前的新节目，战士们都喜欢联大来的这个有知识的"活宝"。战士们本身也都那么质朴、乐观、可爱。有一次出发前，还没等于夫表演节目，黑大个炊事员挑着担子，唱着小调，扭着秧歌就过来了，那幅一扭三晃的画面实在让人忍俊不禁，战士们纷纷笑得捂住肚子弯下了腰。连队的气氛和革命乐观主义精神也感染着联大每一位来实习的同志，有些人刚到连队的那种紧张、生疏感早就一扫而光了，他们保留的只是对于战斗的渴望。

可能是上级有意锻炼且又保护这些知识分子，徐光耀他们实习的部队并不是主力部队，仗不太多，大都是执行一些配合的任务，因此在战斗间隙，他们就在部队发挥他们的文艺特长。连指导员爱画画，和伍必端一拍即合，办了一份在全连传阅的宣传画，宣传连里的先进人物和事迹；而因徐光耀熟悉部队，有多年的战斗经验，还当过前线剧社创作组的副组长，文字功底好，就由他负责文字部分。宣传画办得有声有色，很受战士们欢迎。

随部队到前方后，徐光耀和伍必端又和宣传队约好出墙报，伍必端负责画墙报，徐光耀负责编顺口溜。一天的工夫，伍必端完成了好几幅画，

---

① 伍必端（1926— ），江苏南京人。1946年赴晋察冀解放区华北联合大学文艺学院美术系学习。1948年毕业后随联大美术宣传队参加解放石家庄、太原、天津等战地宣传工作，画了许多政治漫画。1948年随解放军进入天津，任《天津画报》美术编辑。1950年到中央美术学院任教，曾任中央美院版画系主任、中国邮票图稿评审委员等。曾为鲁迅多部作品作插图，创作《周总理》素描头像被用于《周恩来选集》做封面。

徐光耀也编好了几段快板，图文并茂、互相配合。前线的快节奏，激励着大家多出作品、出好作品。让徐光耀和伍必端感到欣慰的是，他们的画和顺口溜极大地鼓舞了士气。每打完一仗，连队都会涌现出一批英雄模范，徐光耀和伍必端就赶快把他们画成画，编上顺口溜，有时也会让战士们自己编顺口溜，徐光耀、伍必端再指导、修改。很快宣传画就递到了战士们手上，大家纷纷传看，上了宣传画的英雄模范当然光荣、自豪，没上宣传画的战士也都表决心："下一仗一定好好打，上上宣传画，咱也光荣光荣。"

伍必端告诉徐光耀，希望他也学习绘画：一个人能文能画，那以后办墙报，就没人能敌了。第二天伍必端还真给徐光耀上了一节绘画课，还为徐光耀画了一幅肖像，伍必端成了徐光耀"一节课之师"。其实徐光耀比伍必端年长一岁，一直称他为"小伍"，他们的深厚友谊就是建立在这战火纷飞中的惺惺相惜里面的。徐光耀后来把小伍画的肖像寄给了姐姐，那个年代照张相实在不容易，这画像自然就更加珍贵。

小伍的绘画课也不白讲，后来徐光耀的小说《周玉章》获得成功后，小伍相当喜欢，直接找上门来，要徐光耀教他语汇，徐光耀还就不厌其烦地一条一条教了起来。小伍后来写了一篇《二丑的遭遇》，让徐光耀帮他修改，徐光耀毫不客气地进行了大刀阔斧的删改，这可能是那时徐光耀删改得最多、最彻底，也是删改得最用心的一篇文章，谁让它是小伍写的呢。

配合主力部队的任务也并不很轻松，受挫或与敌人遭遇都在所难免，但与敌人正面遭遇，对这种装备不太好的非主力部队来说是十分危险的。有一次，徐光耀他们所在的部队奉命攻打敌军的一个炮楼，谁知从拂晓到中午，炮楼也没拿下来，敌人有了喘息之机，从石家庄调来大批援军，战场形势骤变——本来我强敌弱，想着"关门打狗"，谁知瞬息之间就变成了敌强我弱，地面有敌人的炮火密集猛烈，天上还有敌人的飞机盘旋扫射。上级命令我方立即撤出战斗，大家赶紧撤出前沿阵地。可撤出来一清点人数，不见了马琦和黄山，这可把大家吓坏了，战场上什么事都可能发生啊。情况紧急，徐光耀赶紧请命返回阵地去寻找他俩，现场的人里也就徐光耀战斗经验丰富，只能由他冒险营救。

原来为了躲避敌人的飞机扫射，马琦和黄山躲到了一户人家的门洞里，部队吹起了撤退的军号，可马琦、黄山没在野战部队待过，根本听不懂号声，这时他俩的处境一度十分危急。徐光耀冒着枪林弹雨，一点一点地搜寻他俩，忽然看到他们二人隐蔽在门洞里，心里高兴地默念："太好了，太好了！"他俩不但活着而且毫发无损，徐光耀又惊又喜又急，兴奋得一边摆手一边大喊："马琦，黄山，快走，部队早撤退了，快点撤退，快点！猫下腰，注意隐蔽。"徐光耀对这两个初上战场的"生葫芦头"还是不放心，急忙靠近门洞，连拉带拽，三人跌跌撞撞迂回着跑到了村外。回到驻地，安定下来一回想，马琦和黄山才知晓当时有多凶险。听说有的战士没有防空经验，顺着壕沟跑，正好给敌人的飞机扫射提供了方便，敌人一梭子就扫射了二三十个战士，那场景太惨烈了。这次掉队，让马琦和黄山想想都后怕，多亏了关键时刻徐光耀舍身相救，要不自己很可能就葬身敌人的枪口之下，被敌人打成筛子了。多年后，马琦在回忆文章里为这段经历浓墨重彩地记了一笔，生死之谊，没齿难忘。

和马琦、黄山一样在战斗中遭遇危险的还有伍必端，马琦和黄山是被卷入危险，而伍必端是主动冒险。那是大家要离开部队返回学院的最后一仗，也是去端敌军的一个炮楼。敌军炮楼很坚固，四周都修有地堡，敌人都龟缩在炮楼里，负隅顽抗。徐光耀和伍必端他们所在的部队当时只有两挺轻机枪，每挺只有不到100发子弹，不敢扫射，只能瞄准目标点射，因此根本发挥不出机枪攻击时的巨大优势和威力。投弹、炸药爆破都不成功。他们找来了敌军家属，希望能动员自家亲人放下武器，也没奏效。这样僵持了两天三夜，我军最后想了一个虽然看似笨拙但却最有效的办法——挖地道，在炮楼底下放置炸药，把炮楼端上天。

这样部队一面在地下作业，一面在地上发动政治攻势。所谓政治攻势就是向敌人喊话，也是一种心理攻势，让敌人这座孤零零的炮楼面临四面楚歌，以涣散和瓦解军心。我军阵地和敌军炮楼就隔着一条街，宣传员拿着一只铁皮喇叭，躲在女儿墙后面，只把喇叭伸出去，告诉他们解放军优待俘虏，喊着让敌人投降。宣传员喊完，敌军的头目就带着一帮人起哄、号叫。伍必端觉得宣传员喊话的内容太简单，根本不可能瓦解敌人的心理，于是自告奋勇去尝试。伍必端把喇叭放在墙头上，喊道："将军弟兄们，别吵了，有什么问题提出来，我给你们解答。"敌军当官的一看，换了喊话内容，想给伍必端出个难题，就不再让当兵的起哄，问道："你们妇救会是干什么的？"伍必端告诉他："我们的妇救会保护妇女，不准打骂妇女，组织妇女生产，学习文化，争取男女平等、妇女解放。"敌军无言以对，又问道："那你们为什么屠杀青年？"伍必端告诉他，说我们屠杀青年纯属造谣，解放区的青年过的都是自由民主的生活。还告诉敌军，他自己就是从重庆到解放区的，来了之后自己还获得了上学的机会，现在正上大学呢。敌人一看对话落了下风，又开始起哄。伍必端赶紧改变策略，告诉敌人："这样吧，我给你们唱个歌吧。"敌人不知这是什么招式，于是答应了。伍必端张口就唱："蒋介石呀嘛呼嘿，老混蛋呀嘛呼嘿……"刚唱两句，敌军一听是骂他们的"最高统帅"，气急败坏地一通回骂，子弹雨点似的打在女儿墙上，伍必端赶紧缩起身子，蹲在墙下。好险！

徐光耀一开始怕小伍出危险，想嘱咐他两句，可小伍早拿过喇叭喊上了。没想到这小伍不但画画得好，口才也好，还这么机智勇敢，徐光耀从心里对他又多了一份敬佩。也许是缘分吧，几年后伍必端也去到了徐光耀的家乡白洋淀。那是新中国成立初期，要出版根据孔厥、袁静描写白洋淀游击队抗击日寇事迹的同名小说改编而成的连环画《新儿女英雄传》。为画好这套连环画，伍必端、李琦、冯真、邓澍、顾群、林岗等联大美术系的同学都专程去往白洋淀的端村体验生活、写生，再集体创作。这套连环画质量非常高，出版后广受好评，成为连环画中的经典。

这次春节实践对于没有战斗经历的教员和学员来说，感觉新鲜、刺激、惊险，有时甚至让人胆战心惊，但对徐光耀来说似乎就是很平常的战斗，比不上他所经历的抗战时期的有些战斗那样残酷。但是徐光耀依然觉得，这十几天在前线的战斗和生活，其艰苦程度是大反攻以来不曾有的。先不提和敌军面对面、真枪真刀的战斗，仅这行军住宿就比在联大艰苦了不知多少倍。正是过春节的时候，寒冬腊月，连着下了几天雪，晚上行军时往往北风凛冽，遍地白雪，但大家充满了革命乐观主义精神。不过，越是在艰苦的环境中越是能获得意想不到的惊喜，徐光耀这次下连队实习收获颇丰：战斗之余，交了两个农民朋友，一个是张小三，一个是秘大丑；完成了学院交给的"交朋友"的任务，写了一篇杂感《三条标语》、一篇通讯

《顽军日记抄》、一篇小说《周玉章》、一首歌词《张大成立功》。

这段生活丰富多彩、紧张激烈、生动感人，从战场上回来的同志们在回忆这段经历时都绘声绘色，再加上一些夸张和修饰的成分，把蔡其矫听得简直如醉如痴，他觉得这是非常难得的写作题材，打算收集材料，据此写一部《现代水浒》，火热的战斗生活让年轻的热血诗人简直要激情迸发了。可惜在徐光耀的日记中对这一段生活，尤其是后来的几次战斗，都写得非常简略。其实并非徐光耀不感动，而是因为当时他的钢笔缺钢笔水了，不得不省着用，战争年代只能如此。

春节实习结束后，学院总结时，徐光耀了解到，其他几组下乡的同志收获也非常大。

第一秧歌队由周巍峙、边军带队，以联大文工团为主，到武强县一带演出，演出了不少剧目，郭兰英和她的经典剧目——小歌舞剧《王大娘赶集》大受欢迎，教育和鼓舞了人民群众。

胡沙和岳慎①带领的第二秧歌队队伍庞大，有近百人，以戏剧系、音乐系师生为主，还有全校元旦联欢会上一些优秀节目表演者，演出的剧目在群众中同样大受欢迎。他们在演出中有一个意外收获，就是在藁城、无极一带发现了"战鼓艺术"。他们如获至宝，赶紧向战鼓艺术的民间艺人请教，并邀请他们到联大戏剧系教授战鼓艺术。很快他们就把战鼓艺术改编成《胜利腰鼓》，在"五四"青年节全校文艺晚会上演出，大受欢迎。后来，在1949年8月匈牙利布达佩斯第二届世界青年与学生和平友谊联欢节

---

① 岳慎（1917— ），河南杞县人。沙可夫夫人。延安时期在陕北公学、鲁艺学习、工作，时任联大戏剧系、音乐系教员，是新中国著名表演艺术家，代表作品《红旗歌》《中华儿女》等。

上,《胜利腰鼓》荣获特别奖。之后他们又进一步完善、丰富、提高,在《胜利腰鼓》中加入陕北腰鼓、东北大秧歌等因素,改编成《庆祝解放大秧歌舞》,在全国政协会议和1949年10月1日开国大典上演出,荣耀至极。

到定县(今定州市)一带搜集民间音乐的音乐系师生也大有收获,发现了子位村的吹歌会,带队的教员张鲁①和同学们都非常兴奋,邀请吹歌会到联大演出,非常精彩,成仿吾校长给予了很高的评价。吹歌会在联大演出了一个月,后来吹歌会的王铁锤、王小寿就留在了音乐系学习,那时两人都只有14岁,是音乐系最小的学生,新中国成立后,他俩都成长为了驰名中外的艺术家。

这个春节最出彩的还是美术系。彦涵的《民兵埋地雷》《民兵投弹》、洪波的《参军图》、顾群、高焰、革华、龚珑共同创作的八扇屏年画《王秀鸾》等新年画,被抢购一空。新年画飞入了"寻常百姓"家,其宣传、教育效果可以想见。这其实是美术系积极向民间学习的成果。联大转移到束鹿办学不久,吴劳、彦涵、姜燕在系主任江丰的倡导下,到年画之乡武强南关考察年画,考察后将年画作为美术系一门重要课程。美术系师生汲取民间美术营养,又大胆创新,创作了一批既继承传统,同时结合时势政策,让人民群众喜闻乐见的新年画。周扬在当年3月召开的晋察冀边区文艺座谈会上,表扬美术系师生与武强画业结合,创作了11种年画,销售了40多万份,堪称美术史上的创举。但这只是美术系在年画创新上的开始,到

---

① 张鲁(1917—2003),河南洛阳人。1938年6月奔赴延安参加革命,并在延安抗日军政大学学习。后转入鲁迅艺术学院实验剧团,开始音乐创作生涯。1939年3月加入中国共产党。歌剧《白毛女》作曲之一。曾任中央音乐学院音乐工作团副团长、中央歌舞团团长。

这年夏天的时候,他们与冀中十一分区共同创办了冀中年画研究社,1948年春天冀中年画研究社划归冀中新华书店领导,成立冀中书店年画科,1948年9月年画科迁到石家庄组建了"大众美术社",这是河北美术出版社的前身。

到人民中去,到生活中去,到战斗中去,联大师生是宣传员,是战斗员,也是小学生,联大在给同学们铸魂。联大文艺学院用自己的特长为人民群众服务,引导群众,教育群众,发动群众,同时又向群众学习,这种双向互动,不断深入实际的学风,是华北联大的优秀传统和宝贵的精神财富。

第八章 《周玉章》火了

一篇《周玉章》改变了徐光耀，也激励了许多同学。

进入联大文学系后，徐光耀的学习热情和创作热情很高，他跟着老师学习、向书本学习、向生活学习，全身心地投入写作，小说、诗歌、散文、文艺理论、民歌民谣、民间故事都有所涉猎，有的还被刊发在了文学系的墙报、校报和报刊上，周围的同学对此评价都很高。但应该说坚定了他的写作信念的还是令他"一举成名"的小说。在春节下连队实习时，火热的战斗生活让徐光耀激动不已，曾经历的战斗场面历历在目，他创作激情勃发，在战斗间隙草成了他的第一篇小说《周玉章》，并投给了报刊。徐光耀当然盼着能够发表，但也不敢抱太大的希望。因为这篇小说徐光耀本来是为墙报写的。春节下连队实习时，徐光耀和伍必端帮连队办墙报。有一次连队打仗，在战士周玉章身上发生了一些感人事情，徐光耀就用小说的形式写了出来，本来是想誊抄在连队墙报上表扬这名战士，可小说篇幅有些长了，在墙报上发表占地方太多，不合适。于是徐光耀就把它带回了联大，后来在厂民的指导下经多次修改，才投给报刊。

第八章 《周玉章》火了

　　1947年3月6日，徐光耀翻看《冀中导报》，报纸是2月27日的，已经是十来天前的报纸了，可就是这份旧报纸给了徐光耀一个大大的惊喜，里面赫然刊登了自己的小说《周玉章》！盯着小说题目和"越风"这个笔名半晌，徐光耀心跳都加速了，好不容易平复了心情，接着仔细看内容，原来还藏着更大的惊喜，文艺版的主编萧殷专为这篇小说加了编者按。按语说："我们怀着一种极愉快的心情，读完了越风同志的《周玉章》。自然，这还称不起成功的作品。但在副刊上，却是一篇较能使人满意的文章。因为它不是现象的罗列，不是机械地向杂乱的现实'照相'，也不是脱胎于'抽象概念'，而是从有血有肉的（现）实生活中选择出来的形象和性格。"

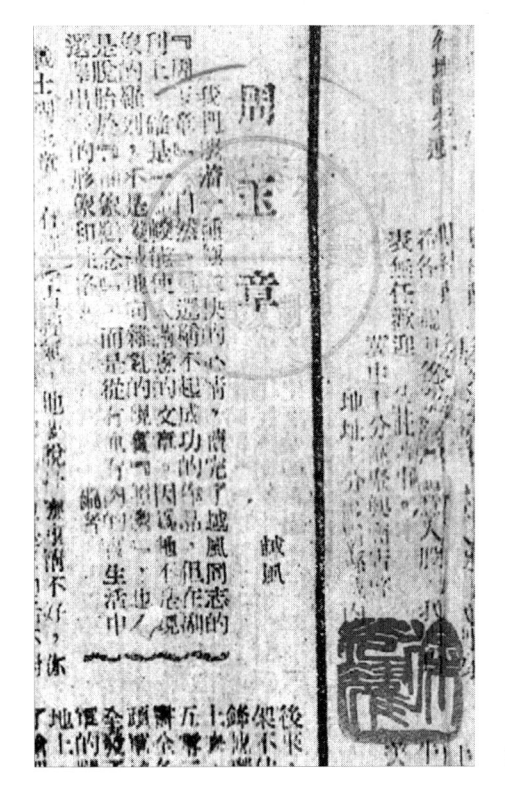

1947年2月27日，《冀中导报》刊载的徐光耀作品《周玉章》，署名越风

主编为一篇作品加编者按，这不多见，只能说明他对这篇作品重视、认可，这是徐光耀在写作时万万没有想到的，他更没有想到这篇小说给他带来了许多荣耀。

《周玉章》火了，徐光耀在联大也一下子成了"名人"。

这篇小说先是在文学系出了名，有的同学直言"这一下越风可出了名了"，有的同学让徐光耀就这篇小说谈谈感想和经验，有的同学甚至建议把这篇文章当教材来用，何洛等老师对这篇小说评价也都很高。后来这篇小说传遍了文艺学院，到大灶去吃饭时都有人对徐光耀指指点点，有的女生还特意多看他两眼，并窃窃私语："这就是越风，文学系一班的徐光耀，写《周玉章》的那个。"徐光耀很不好意思，脸都绯红起来。这下可好，懒得抛头露面的徐光耀走到哪儿都能被"曝光"，让他一时还真不适应。最让他难以招架的是，有的同学特意拿着写好的文章来找他，请他指导指导——不指导吧，来的人不满意，说他清高、不爱帮助人；指导吧，自己还真没到那个份儿上。徐光耀进退两难，哭笑不得。《周玉章》带来了荣誉，也带来了烦恼。

不过也是自《周玉章》开始，徐光耀"好事"连连。3月11日，他接到李翔的信件，寄来的是一期《前线》，上面也登了《周玉章》，但被删去了许多内容，徐光耀怎么琢磨也不得其解，删得没道理呀，连带着发表的喜悦也多少打了些折扣。那天晚上病中的徐光耀刚睡下，任大心来了，一脸的兴奋，对徐光耀先卖了个关子："告诉你个好消息吧，你一听病准好了。"徐光耀赶紧问："什么消息？快说！"任大心依然显得很兴奋："教育学院文化班把你的《沙河岸边》选进课本里去啦。"任大心说完，徐光耀半信半疑，谁敢保证不是任大心编个好消息哄自己，让自己高兴高兴，好让病快好起来呢。在那天的日记中，徐光耀感慨，"这是有生以来第一件好消息"，简直比《周玉章》的发表还要让人高兴。

第二天吃早饭时，徐光耀问任大心哪里得来的消息，任大心告诉他："我不是给乡艺班上课嘛，去教育学院联系教材，他们就把许多剪报给了我，他们说这些剪报是油印过，做过教材的，我亲眼看见上面就有你这篇《沙河岸边》。"听任大心这么一说，徐光耀这才相信这事确凿无疑了。

其实这时候徐光耀还没有预料到萧殷那段按语的重要性和小说《周玉章》给他带来的更大荣誉。直到几天后，同学们让他在晚会上讲一讲《周玉章》的创作经过，他才觉得："不承想，《周玉章》竟这样为人注意。"于是徐光耀专门写了《〈周玉章〉的写作过程》一文，并在晚会上讲了十来分钟，大受欢迎。本来徐光耀是想展开讲一讲的，怎奈嘴拙，一上台坐在大家面前却发挥不出来了，只好按自己写的提纲简单讲了讲。草草讲完，徐光耀直怪自己没出息，却没想到，同学们评价都很高，说徐光耀讲得言简意赅，重点突出。简洁自有简洁的好处，看来谁都不喜欢夸夸其谈。

5月20日，刚从安平修河堤回到学校，厂民就又让徐光耀惊喜了一下子，他拿给徐光耀《平原文艺》第四、第五期各一本，这是杂志社的增刊，是赠给作者的。厂民告诉徐光耀："这两期杂志我先看了，一期登着你的《周玉章》，一期登着你的《介绍战士的"顺口流"》，这太难得了，真为你高兴。"《平原文艺》可是个大刊物，是由冀鲁豫边区文联主办，著名诗人王亚平主编的。文章能得到大刊物的认可，况且连续两期都刊登了自己的文章，真是太让徐光耀高兴了。那时不单徐光耀他们这些学员，凡是在根据地写文章的，谁不想在《平原文艺》上发表一篇呢。厂民接着告诉徐光

1947年第4期《平原文艺》，刊有徐光耀的《周玉章》

第八章 《周玉章》火了

耀:"《时代青年》也准备转载你的《周玉章》呢,光耀,要向大报刊冲击呀。"徐光耀不由得感慨:还是写高质量的文章好!厂民的鼓励又让徐光耀增添了不少信心。

《周玉章》在文学系的影响是持久的,一时间研究徐光耀的《周玉章》似乎成了一种风气,连底稿都被同学借去研读了。因为《周玉章》的发表和产生的影响力,徐光耀在学校"立功运动"中再添一笔,这也是他毕业时能够留校的一个很重要的因素。

后来在联大期间,徐光耀也写过一些小说,比如《魏连长和小陈》《代耕》《贺双成》等。《代耕》发表后,二班同学王祯看到徐光耀,笑着对他说:"你就是越风呀,《代耕》是你写的?怎么写得那么好啊?我一连看了五遍,哎呀,真好,把大发(《代耕》里的人物)真给写活了。"即便同学们如此赞誉徐光耀的作品,萧殷、陈企霞、厂民等老师们依然喜欢"吹毛求疵",对这些作品并不满意,或提出一大堆意见,其实并不是说这些作品写得多不好,是因为不如《周玉章》写得好,老师们都期盼着他尽快超越《周玉章》。

再后来,徐光耀又写了《信》《瞪眼虎》等。《瞪眼虎》是徐光耀根据赵县县大队绰号叫"瞪眼虎""希特勒"的两个小侦察员的事迹创作而成的,这可以看作最早形成文字的《小兵张嘎》中张嘎的雏形,虽然还非常简单,但可以肯定一个典型形象已经在徐光耀的心中萌芽并开始酝酿了。写成之后,徐光耀自己感到非常满意,上课时拿着让陈淼看了,陈淼也连声说好,大加赞赏。

华北联大真成了徐光耀的"福地",入学之后文思泉涌,作品不断。大树的成材离不开合适的土壤。

第九章　热情心细的厂民

其实,《周玉章》的发表厂民功不可没。

1947年2月13日,下连队实习回到联大不久,徐光耀就把在连队实习时写的小说《周玉章》和歌词《张大成立功》抄好,找到厂民,请他指导。过了两天,又把新写好的通讯《英雄和烈士》、歌词《爱护百姓理应当》整理好,将杂文《三条标语》也修改好,都交给了厂民,让厂民实实在在感受到了新入学的徐光耀的创作热情和能力。

某日,徐光耀看到《平原文艺》的征稿启事,勾起了他想要投稿的欲望。可投给这么大的刊物,作品一定得拿得出手,徐光耀想了半天,记起了他在部队时写的那篇《从斗争中成长壮大》。这篇习作徐光耀是下了大功夫的,资料搜集全,写作周期长,修改的次数也多,对这篇习作较为满意,写好后一直带在身边。徐光耀决定先拿给厂民请他指导指导,看看这篇稿子投给《平原文艺》行不行。可找这篇稿子的时候,却有点意外,打开放东西的背包,没有这篇稿子,徐光耀脑子一蒙,两手有点发抖:哪去了?可不能丢了呀!找其他同学的文件包,里面也都没有。徐光耀急急

第九章 热情心细的厂民

忙忙赶去找周延,周延说看见过一个白本子,但找了半天,还是不见踪影,急得徐光耀心里直扑腾。后来还是在屋墙的坯子孔里才找到。好东西藏得严,忘得也死,好在找到了,徐光耀心里一块石头落了地。他赶紧拉着任大心①去找厂民,把稿子拿给厂民看,问他可不可以投给《平原文艺》,一边问,徐光耀心里面还有些不好意思,他怕厂民笑话自己"写了东西就急于发表",太急功近利。没想到厂民不但不笑话,还大加鼓励,但厂民更看好的是《周玉章》,让徐光耀抄一份《周玉章》寄给《平原文艺》。

下连队实习那段时间里,徐光耀收集了十几段战士们的顺口溜,把它们梳理好,写了一篇《介绍顺口溜》(后改为《介绍战士的"顺口流"》),一开始想在形式上参照厂民的《介绍信天游》,觉得模仿不好,就按自己的方式写了。对《介绍顺口溜》这种来自最基层的东西厂民很感兴趣,徐光耀请他指导时,他告诉徐光耀也抄一份给他,还要他修改好,寄给晋冀鲁豫的报刊,把《周玉章》也一起寄去。

回学校后,徐光耀借鉴贺敬之讲的"民歌报告",改完后又拿给厂民看,厂民真是不厌其烦,哪里需要修改,哪里需要增添内容,哪里需要删减内容,意见提得非常具体。

给系里交墙报的稿子之前,徐光耀也征求了厂民的意见,厂民仍然主张交《周玉章》。至此,在厂民的建议下,徐光耀的《周玉章》已投给了三家报刊一处墙报,他没想到一篇《周玉章》居然能顶这么多用处,看来

---

① 任大心(1927—),原名郭根深,河北博野人。1945年毕业于华北联大文学系。1947年后历任山东渤海军区政治部、山东军区文化部、华东军区文化部创作员,人民文学出版社编辑,人民美术出版社编辑、副组长,中国电影出版社编辑。1947年开始发表作品。著有短篇小说集《两面奖旗》,中短篇小说集《黄河坝上》,叙事诗《解放战士杨大顺》,独幕剧剧本《提高警惕》《一场风波》等。

《平原文艺》1947年第5期，刊有徐光耀的《介绍战士的"顺口流"》

第九章 热情心细的厂民

厂民是非常看好《周玉章》的。《周玉章》，这篇标志着徐光耀写作技巧达到质变、开始备受关注的小说，厂民是第一个伯乐，但这并不是厂民唯一一次成为徐光耀的伯乐。1950年，徐光耀的长篇小说《平原烈火》出版前，在陈企霞的建议下，时任《人民文学》编辑部主任的严辰（厂民），抽取了其中部分章节，取名《周铁汉》，先期发表在了1950年第一卷第四期《人民文学》上。厂民以"安敏"为笔名，写了一篇洋洋洒洒几千字的介绍文章《一部描写冀中抗日游击队的新作——介绍徐光耀的长篇〈平原烈火〉》，深入分析了周铁汉这一英雄形象，对徐光耀这部长篇小说大为赞赏，为徐光耀的《平原烈火》的发表和出版进行了"预热"。

《人民文学》1950年第1卷第4期，刊有徐光耀的《周铁汉》

指导了一段时间，厂民认为徐光耀的写作热情和成绩都是非常突出的，于是交给徐光耀一个任务，让他在学员中做一个典型报告，给同学们传授一些经验。厂民当时还不太了解徐光耀："写"是他的强项，"说"可是短板。在大众面前讲话是徐光耀最不擅长的，经常一讲话就紧张、脸红，这个任务让他觉得实在有点糟心。

　　徐光耀腼腆、木讷到了什么程度？举个例子，几天前的晚上，马琦拉着他去中队部的南屋看晚会，一进屋，艾青、陈企霞等多位院、系领导、教员都在，徐光耀赶紧坐在了一个旮旯里，连大气都不敢出，心里直后悔真不应该来。好在艾青、陈企霞热情招待，让大家吃花生、糖果，才慢慢缓解了徐光耀的紧张情绪。因此关于典型报告的事，经过大家讨论，最终交给了活泼好动、能言善辩的马琦，徐光耀长舒了一口气，一下子轻松了许多。

　　厂民是徐光耀来文学系后最早熟悉的老师之一，熟悉得有时进门都忘了喊报告，推门就进。有一次，徐光耀写了一首诗《一夜》，抄好后，想让厂民给些评价，急匆匆推门进去，厂民的夫人逯斐①（时任戏剧系教员）正伏在桌上写东西，冷不丁进来个人，吓得埋怨一声："你吓我一跳！"徐光耀一下子脸红起来，赶紧为自己的莽撞、失礼表示了歉意。通过这个小插曲也可以看到，当时在联大，学习环境是那么民主，师生之间的交往是那么轻松、随意。这样的环境对性格腼腆、木讷的徐光耀的锻炼、成长是非常有利的。

---

① 逯斐（1914—1994），原名王松黛，笔名宋玳，江苏无锡人。1938年参加革命工作，同年考入四川省立戏剧实验学校本科学习，后历任延安抗日军政大学俄文队学员，延安文艺界抗敌剧协创作员等。1941年开始发表作品，1946年任张家口华北联合大学戏剧系教员，1952年调入中央文学研究所，1957年到黑龙江省从事专业文学创作。

第九章 热情心细的厂民

在联大文学系，徐光耀在学习之余就是专心写作，这里有一个得天独厚的条件，写完了之后可以随时找名师指导。初到联大，徐光耀总是喜欢把写好的文章拿给厂民看，让厂民指导。一方面，厂民是来自延安的作家，曾任延安文艺界抗敌协会、鲁艺、中央党校的创作员和教员，无论是革命经历还是专业水平都令徐光耀对他充满信任。更主要的一个原因是厂民热心、细心、认真、细致，他总是先删去徐光耀写作态度不老实的地方，很和蔼地提出一大堆意见，然后再对其他细节进行细心、审慎地修改。他修改过的稿子上一大堆圈圈画画，一看就是花费了大力气，改得也恰如其分。这对一个初学写作的人是非常有好处的，徐光耀求之不得的，他心里明白只有这样才有利于自己的进步和提高。

徐光耀很努力，加之名师指导，写作水平突飞猛进。徐光耀意识到，现在大家普遍夸赞自己，容易引起自己的骄傲，要严加警惕，戒骄戒躁。在那一段时间的日记里，徐光耀经常反省并告诫自己。某次，徐光耀尝试着写了一首诗歌《不到胜利不见爹娘面》，自我感觉不错，于是傍晚时拉着任大心，连同另外一首《一夜》（后改为《夜袭》），兴冲冲地找厂民指导。挑帘进去，发现艾青正坐在屋里，徐光耀心里不由自主地紧张起来，但想退出来已不可能了，只好硬着头皮把诗稿递给了厂民。谁知厂民顺手把诗稿递给了艾青，这让徐光耀更加忐忑。

艾青先看了看《一夜》，告诉徐光耀哪一句需要删去一个"的"字，又告诉徐光耀"滚"字的正确写法，大诗人的细心、亲切让徐光耀放松了许多。读完全诗，艾青抬起头，接着说道："知识分子味太浓了些，应该写通俗些，容易看懂，还容易听懂。"艾青又看《不到胜利不见爹娘面》，看了会儿,把诗稿伸到徐光耀面前:"你看第一句'日头出来落西山',日头一出就落吗?"徐光耀不好意思地一笑,并没有回答,艾青就接着说,"'过了新年是旧年'也没必要,容易令人误会。"说完,艾青把诗稿轻轻往桌子上一掷,几页纸顺势飘落在桌子上,艾青提高了一点语调,"整首诗写得不错。要写通俗,又不要落到滥调里,这是不容易的。一个句子,第一个人写是新鲜的,第二个人再写就有些乏味了,老是'打走老蒋享太平',就太无聊了。"艾青侃侃而谈,入情入理,徐光耀听得有些入迷了,任大心偷偷往外推徐光耀,示意他该走了,徐光耀这才醒悟过来,不应该过多耽搁老师们的时间,刚要告辞往外走,艾青又鼓励说:"要多写,多多地写,我们以前学写诗,一天写两三首呢,写诗歌就要造成一种狂热,非多写不可。"告辞出来后,徐光耀还有些后悔,希望能多听艾青评论一会儿。

徐光耀自认为写得不错的两首诗,艾青一看就指出了那么多缺点,而且那么准确,徐光耀打心底里佩服:不愧是大诗人,看来自己写诗还差得远呢。艾青的一番话,也让徐光耀有了更清醒的认识,他告诫自己不能迷失在别人的赞扬声中,自己的作品距离成熟还有很大一段距离呢。

两篇诗稿放在了厂民那里,后来厂民又给修改了不少,看来是费了不少功夫,还对《一夜》给了不少肯定。徐光耀知道这是厂民的鼓励,厂民总是这样,对谁都笑脸相迎,一片热心。徐光耀看到厂民在诗稿上批了一行字:"这首诗虽然知识分子味一些,还保留着浓烈的生活味道,较另篇以歌谣形式,内容好多了。""另篇"指的是《不到胜利不见爹娘面》,这一篇徐光耀给好多人看过,也有不少人说不错,听厂民一分析,自己也觉得空洞,像喊口号,不及《一夜》的写作源自连队生活那么充实,这让徐光耀了解到诗也是要来自生活的。但徐光耀又觉得《不到胜利不见爹娘面》这样的诗虽空洞些，但或许更适合战士们的口味，更能引起战士们的共鸣。

徐光耀把两篇诗稿都投给了联大的校刊《联大生活》，果然都被登到了显著位置。

厂民对徐光耀是尽心帮助的，也是寄予厚望的，他总是期待着徐光耀取得更多更好的成绩。从安平筑堤回来，厂民把两册《平原文艺》交给徐光耀，说到这两册杂志都刊有徐光耀的文章时，喜悦之情溢于言表，似乎比徐光耀还要高兴，还要自豪。

厂民的教育方式是言传身教，他在鼓励同学们多读、多写，向民间学习的同时，自己也在实践着，笔耕不辍，华北联大在束鹿和正定办学这一时期，他借鉴民歌形式创作了不少诗作。这些诗都取材于当地农村，反映了土地改革使农民翻身当家做了主人后农民生活的巨大变化和农民的欣喜之情。《小沈庄》写的就是束鹿沈家庄，沈家庄曾是文艺学院所在的村子之一，文艺学院师生见证了这里的土改运动。在《小沈庄》里，厂民这样写道：

  一边深宅大院，

  一边黑屋土方；

  一边绫罗绸缎，

  一边破衣烂裳；

  一边花天酒地，

  一边吃菜咽糠。

火 种

　　大沈庄财主多，

　　小沈庄是个佃户庄。

　　……

　　庄稼连着庄稼，

　　住房连着住房，

　　风呀一样的吹，

　　枣花呀一样的香。

　　自由的鸟儿，

　　飞到这村，飞到那村，

　　受苦的农民，

　　欢天喜地庆祝大翻身。

　　在《新婚》里他写道：

　　一盏油灯放红光，

　　满屋子照得通通亮。

　　多少年来没点过灯，

　　今夜的火花耀眼睛。①

在《爷爷牵了头口②回来》里写道：

---

① 本书引用的篇目来自早期印行的版本及私人笔记等。部分用词、用字未按现行出版规范强行统一。后文不再一一注明。

② 头口：指大牲畜。

第九章 热情心细的厂民

呵呵笑,笑呵呵,

爷爷分到了一条好头口,

不吆喝,不响鞭,

得意洋洋往回走。

厂民的诗歌艺术深植民间,他的情感被巨大社会变革的伟大洪流深深感染着,字里行间充满革命激情,洋溢着人民当家做主的喜悦。透过诗句,是一位迎着曙光的战士,抑制不住的欣喜和自豪。他的言行、他的艺术、他的思想、他的情感,怎么会不潜移默化地影响他的学生呢?1950

《在城郊前哨》,严辰著,天下图书公司1949年11月第二版,莫朴绘图

《小沈庄》,严辰著,文化工作社1950年3月初版,彦涵绘图

《光荣的岗位》，严辰、逯斐夫妇合著，中国青年出版社1956年3月初版

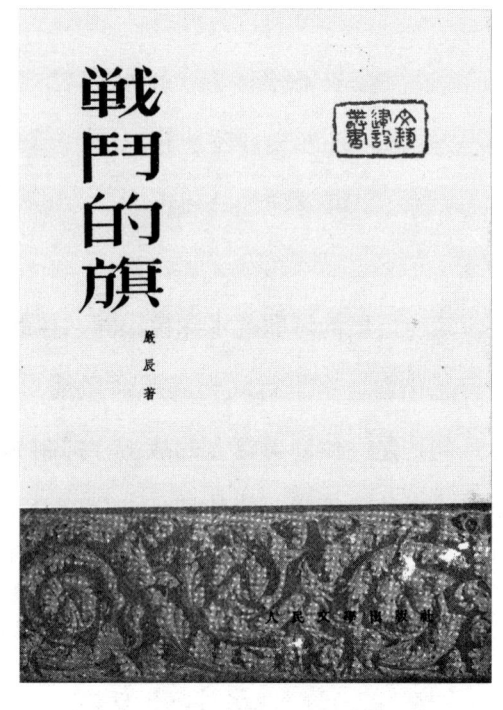

《战斗的旗》，严辰著，人民文学出版社1952年7月第二版

年3月，厂民出版了诗集《小沈庄》（署名严辰），里面收入了《新婚》《爷爷牵了头口回来》《小沈庄》《李大娘》等四首他在联大时期创作的叙事诗。华北联大师生中，在联大创作的文学作品单独结集成书的并不多见。

　　遇到这样的老师，是徐光耀的幸运。在徐光耀文学创作之初，厂民对他作品细心、耐心的修改，对他创作、投稿的指导和鼓励，对初涉文坛的徐光耀来说都是至关重要的，应该说是厂民第一个把徐光耀领进了文学的大门。

第十章　诲人不倦的萧殷

要说《周玉章》的发表,徐光耀最应感谢的人是萧殷,这篇小说的发表悄然改变了徐光耀的命运。因为萧殷的慧眼识珠,让徐光耀在文坛第一次亮相,就像《白毛女》在束鹿大地亮相一样,赢得了"满堂彩"。

《周玉章》发表时,萧殷并不认识徐光耀,但徐光耀对萧殷并不陌生,他听过萧殷的课,那时徐光耀对萧殷就颇有好感,觉得萧殷的课讲得通俗易懂,因而听得兴味盎然。不过那时萧殷还在《冀中导报》,徐光耀还在前线剧社,两个人都不属于联大,幸运的是不久过后,徐光耀成了联大文学系的学生,萧殷也调来联大文学系当了老师。

1947年4月中旬,文学系开始了第三个学期的课程,欧阳凡海讲"名著选读",何洛讲"作家研究",厂民讲"民间文学",蔡其矫讲"文艺讲座",萧殷讲"创作方法论",而"创作方法论"是这个学期最重要的一门课程。"伯乐"萧殷正是徐光耀的"创作方法论"老师,徐光耀还当了这门课的科代表,自然也得到了萧殷的许多特别"照顾",由此培养起了这对师生之间非同一般的情感。

4月14日，萧殷给同学们讲了第一堂课。当天早上白石才告诉徐光耀，班里很多同学都推举他当"创作方法论"的科代表，上课前这个提议很快在全班通过了。这有些太突然，让徐光耀有些紧张，这可是全班同学对自己的信任，自己的笔记一定要写得特别好，课后全班同学都等着看呢。"唉，自己行吗？"这时徐光耀心里还在打鼓，对自己的能力还真有点拿不准，只是暗下决心：努力努力再努力，认真认真再认真。

徐光耀是这么想的，也是这么做的。每节课徐光耀都认真记笔记，课后详细征求大家的意见，再反馈给萧殷，这样一来徐光耀和萧殷的接触就多了起来。萧殷十分喜欢和看重这个既有生活阅历，又有不错的文笔，既充满写作灵性，又勤奋好学的小伙子。萧殷意识到了徐光耀是一块璞玉，值得好好雕琢。因此他对徐光耀在写作方面的要求非常严格，几近苛刻。徐光耀写出了小说《魏连长和小陈》，萧殷直截了当地告诉徐光耀这篇小说是失败的——不但人物刻画失败，思想也不够深入，于是抽出时间专门给徐光耀讲授如何使小说思想深入的问题。不仅如此，当萧殷讲课讲到"创作的思想性"时，还特地拿徐光耀的《魏连长和小陈》做反例。当着全班同学的面，萧殷把《魏连长和小陈》从头至尾分析了个透彻，把创作失败的原因一条条展示给大家，让大家引以为戒。这是徐光耀最难熬的一堂课，坐在下面听课的他满脸通红、浑身发热，鼻子尖上都冒出了汗来。萧殷的目光几次扫过徐光耀，徐光耀的窘态他看得清清楚楚，但他并没有因为徐光耀羞得脸色通红而停止自己的分析，在专业问题上他丝毫没有留情面。虽然感觉有点无地自容，但徐光耀理解萧殷的良苦用心，他暗暗勉励自己，要真真切切地引以为戒，从中汲取经验教训，这样才能学到更多东西。

徐光耀的小说《代耕》发表在了《冀中导报》上，能在报刊上发表，徐光耀觉得这样的作品算是比较成功的了，何况好多同学看了也都夸奖写得好呢。但萧殷依然对这篇作品提出了批评，他认为这篇小说"仅仅是一个故事而已"，并指出这篇小说是主题先行，然后再用故事表现的。他又一次向徐光耀强调写小说一定要刻画人物，要人物性格在先。徐光耀也又一次感到"萧殷对我的作品似乎太严厉了些"，但他明白"这是个好现象"。

对徐光耀的另一篇小说《贺双成》，萧殷认为写得还是可以的，但也提出了意见，认为这篇小说其实只有前半部分是成功的，后半部分就只忙着讲故事了，顾不上人物性格了。以这篇文章为例，萧殷还告诉徐光耀："你写小说有一个通病，从来没有写过景。写景对展现人物性格是有帮助的，以后一定要注意写景。"萧殷的话点中了徐光耀的要害，当时徐光耀正极力模仿鲁迅的手法，看来有点"东施效颦"了。萧殷的引导真是恰如其分呀。

时间长了同学们发现，萧殷虽然是一位文学理论家，但他和别的文学理论家有很大不同。好多文学理论家在青年作者看来，往往高高在上，善于批评，却很空洞。而萧殷的"创作方法论"是指导型的，实用性非常强，他一讲就吸引了同学们，大家的评价非常高。

萧殷对徐光耀的影响相当深远。在文学系所有的课程里，萧殷的创作方法论课是徐光耀听得最完整、最明白的一门课，这当然不只是在课堂上，平时徐光耀也喜欢找萧殷"聊天"，萧殷不但文学理论素养深厚，而且很健谈,话匣子一打开,就能一气儿谈一两个小时,深入浅出,风趣幽默。徐光耀总是听入了神,不自觉中一直微笑着,等到萧殷讲完了,徐光耀才感觉出来两颊都笑累了,脸上的肉也僵硬了。这使徐光耀受益良多,徐光耀觉得萧殷天生就是当一位好老师的料,总是诲人不倦。

某天晚饭后,徐光耀到萧殷那里聊了半天天儿,萧殷一如既往地谈了许多创作上的问题,并劝徐光耀要多看点书,接着向徐光耀介绍了许多好书和作家,临走还借了一部《红楼梦》给徐光耀。这是徐光耀第一次读到《红楼梦》,开始阅读时还有些障碍,并没觉得有多好,但徐光耀越读越有兴味,越读越觉爱不释手。《红楼梦》后来成了徐光耀最喜欢的名著,也是对徐光耀写作影响最大的一部作品,后来他写的许多作品都有《红楼梦》影响的痕迹。

在华北联大这段时间,在萧殷的关心帮助指导下,徐光耀虚心求教,进步神速,写作水平出现了质的飞跃,由单纯的讲故事,提升到刻画人物、写景状物,实现了由写通讯报道到写文学作品的关键转变。

他们师生二人"私交"也甚笃。由于革命形势的需要,学校决定本学期缩短两个月,让徐光耀他们这批学员提前毕业。这让包括徐光耀在内的许多学员感到震惊,这学习时间也太紧了!聊天时徐光耀把自己的顾虑告诉了萧殷,萧殷暗示他学期快结束时可以向组织申请留校继续学习,这让徐光耀又燃起了继续深造的希望。后来萧殷又多次提醒徐光耀,按他的条件是完全可以申请留校的。这当然是萧殷的"私心"和"偏心",在萧殷看来,徐光耀这样的可塑之才,还需要继续锤炼打磨,只有留在联大这样的环境里才更适合徐光耀提高写作能力,写出更多更好的作品。对自己

第十章 诲人不倦的萧殷

"得意弟子"的前途未来,萧殷的关怀可谓是无微不至了。

徐光耀自然也是很敬重这位老师的。1948年"五一"萧殷举行婚礼,这在文艺学院是件大事。文艺学院送了一份贺礼,不过这贺礼有些特别,是现在的人们无论如何也猜想不到的。据萧殷的女儿陶萌萌女士介绍,当时文艺学院送给萧殷的结婚礼物是一领苇席。战争年代生活物资极度匮乏,苇席应当是十分贵重的物资,也是很实用的礼物。那时许多人家炕上其实都铺不起苇席,笔者老家有一句俗语叫"织席的睡光炕",即使是织席的人家也不见得舍得铺一领新席子,看来这文学院送给萧殷的新婚礼物相当珍贵哩。

老师结婚,徐光耀也在琢磨送一件什么礼物表示祝贺。4月30日,为

1948年5月1日,萧殷和陶萍在河北正定华北联大结婚

准备礼物,他和崔嵬、逯斐商量了半天,又在街上转悠了半天。然而,5月1日到4日闻功竞选出席国际学联代表大会的代表,徐光耀作为助选,光为闻功忙乎了,连萧殷的婚礼盛典都没能参加,为此徐光耀一直引以为憾。

在徐光耀眼里萧殷也不是"完美"的。刚留校徐光耀就参加了大清河北的战斗,1947年9月23日下午回到学校,第二天晚上他赶紧到萧殷那里拜访,萧殷热情依旧。28日晚上,徐光耀一行又来找萧殷,想敲萧殷的竹杠,让他请客,解解馋。本以为以萧殷之热情、之大方,应该会爽快答应,谁知道他竟分文不出,还给出了许多理由"搪塞",徐光耀大有"如萧殷者竟也如此吝啬"的感慨。没敲成萧殷的竹杠,但萧殷慷慨地谈了许多编辑副刊和评诗的方法,精神食粮充足,这比饱口腹之欲重要得多,大家顿觉"不虚此行",没能解馋竟都高兴而归。

萧殷对徐光耀的期望值很高,留校后徐光耀有机会继续当面受教,总找萧殷谈文学谈创作的问题。一次,徐光耀帮萧殷整理完了《创作方法论》书稿的第三章,拿给萧殷去看,萧殷又一次鼓励徐光耀:"等你写十来篇东西,集起来出个单行本,向外介绍一下。""出单行本?"萧殷这提议对徐光耀无疑是极大的鼓舞,他眼前似乎出现了一本散发着墨香的小册子,内心已经是欢呼雀跃了。

他从萧殷处出来找厂民,厂民不在,回来的路上居然又碰见了萧殷,于是被萧殷拉着来到王朝闻那里。虽然与王朝闻已有"一面之缘",王朝闻还给自己画过像,但见了面徐光耀感觉还是有些拘束。但听着两位老师谈艺术、文学、创作,他的拘束感渐渐消散了,感觉耳濡目染,又学到了不少东西。徐光耀满心欢喜:看来艺术是相通的。临走时王朝闻让徐光耀捎给贾克一本讲义。徐光耀回家后翻开讲义一看，讲的是关于创作和人生观问题，一下子就被吸引住了，不知不觉竟一口气把讲义看完了，感到王朝闻这样的大艺术家讲得真是深刻而有趣！

徐光耀即将调离联大了，萧殷最关心的依然是他的创作，他告诫徐光耀要多看书，多注意思想性的提高，多学习分析问题的方法。这使徐光耀更舍不得联大，舍不得萧殷，感慨萧殷那里总有取之不尽的精神食粮。

在华北联大学习八个月，再加上留校做研究员的时间，徐光耀当面受教于萧殷有一年多之久，萧殷的耳提面命使他受益匪浅，这个阶段无疑是徐光耀文学生涯最重要的阶段之一，他的写作技巧有了巨大的提高，由稚嫩走向基本成熟。

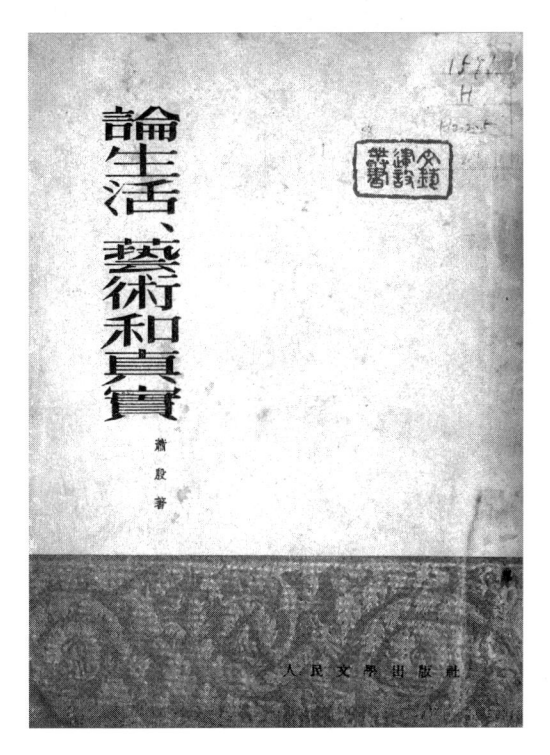

《论生活、艺术和真实》，萧殷著，人民文学出版社1952年6月第二版

火 种

  对老师们对自己的关心、培养和厚望徐光耀心里明白，也充满了感激之情，因此在离开联大后，他不时会写信给萧殷给陈企霞等，向老师们汇报自己的情况。在1949年3月5日的日记中徐光耀写道："早晨给真心拥护的老师萧殷同志写信，信提起他嘱咐我多写，我却没有做到，实为惭愧。见了鲁煤的《双红旗》甚受刺激，我确实感到落后了。不过尚未灰心，我尚在收集语汇、民歌，为将来做点打算。希望他的《创作论》赶快出版，大家都在盼望他给世上带来可贵的东西。"《创作论》是萧殷给徐光耀的信中提到的正在整理将要出版的一本文论集，对老师这部具有指导意义和实用价值的书，徐光耀早已迫不及待了。

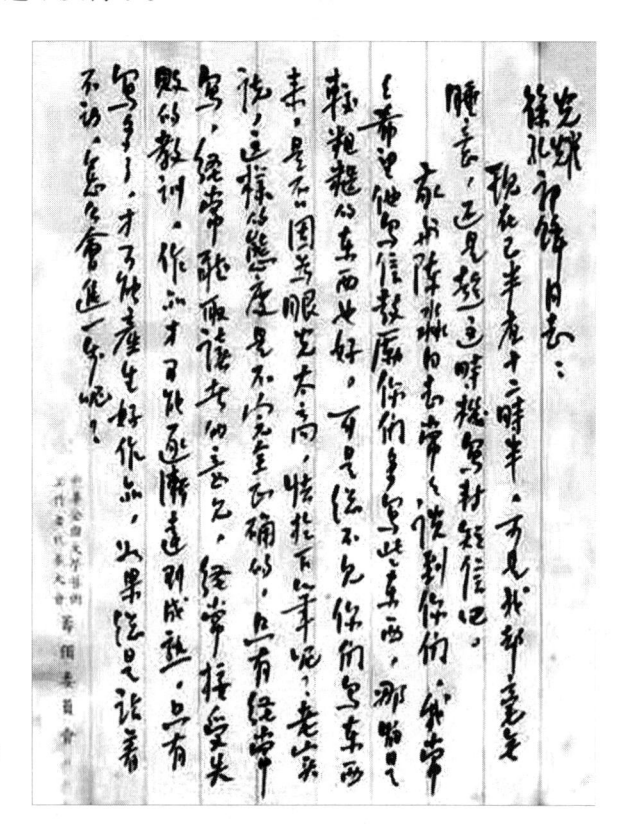

与陈淼夜谈后，萧殷致信徐光耀、徐孔等

但师生分别后很长一段时间，萧殷不见徐光耀有更多更好作品出现，几次写信催促徐光耀要勤于创作，因为萧殷坚信他能写出很好的作品来。1949年8月14日晚上，同在北京工作的萧殷和陈淼谈论到凌晨12点半，说到不见徐光耀、徐孔等人有作品发表，萧殷竟睡意全无，连夜给徐光耀、徐孔写信，洋洋洒洒好几页，鼓励他们多写、多发表作品。这时萧殷在编《文艺报》，他盼望着在自己主持的"文艺阵地"看到弟子们的作品，其情切切。直到8月20日徐光耀才收到萧殷的这封充满鞭策意味的信，这个时候徐光耀正在埋头创作《平原烈火》。老师的鞭策正是时候，给了他莫大鼓励，在当天的日记中徐光耀写道："接姐姐和萧殷、陈淼各一封信，萧殷还热心地劝我们多写，说必须拿出货色来，才能引起领导上的注意，才能使人具体帮助。我感谢他！我现在也正这么做……"

徐光耀埋头创作，搞"大部头"，萧殷并不知情。9月7日，萧殷在给徐孔的一封信中特别问到徐光耀为什么没有给他寄稿子去，并问徐光耀有没有旧稿子，就是以前写的《魏连长与小陈》稍微修改一下寄过去也好。看了信，徐光耀十分激动，迫不及待地写了回信：

萧殷同志：

我不想把我说成孩子，但每次见了你的信，都禁不住激动得要流下泪来。已经两年了，《魏连长与小陈》你竟还记得，足见你对我们有着长远的关心！

许久不写给你信和稿了，你一定着急，你甚至会猜想我在堕落下去的吧！萧殷同志，不会的。我这人或许永远不会堕落，我想我可

> 能有发疯的一天,但不会堕落。到天津以来,我没有闲,说来你也许会惊异,我做了个过分大胆的尝试,在近两个月内,我写了一部小说,现已近收尾了,全文约10万字……

这封信发出后没几天,9月10日,徐光耀的《平原烈火》初稿就完成了。10月26日,在新华社兵团分社当记者的徐光耀到北京采访华北军区秋季运动会,把小说稿带到了北京。徐光耀原本是打算先请萧殷过目提修改意见的,到北京后萧殷带徐光耀拜访陈企霞,稿子就留在了陈企霞那里,陈企霞对《平原烈火》的出版出力尤甚。

1950年6月,《平原烈火》出版,这是新中国第一部以抗日战争为题材的长篇小说,出版后一鸣惊人,好评如潮。《平原烈火》给徐光耀带来了极高的声誉,萧殷自然为徐光耀高兴,他很快就向徐光耀约稿,让他写一篇关于《平原烈火》的写作经验的文章,为此文萧殷专程给徐光耀写了几封信,从文章的立意,到文章的修改,事无巨细,直至文章最终发表在《文艺报》上。

萧殷对徐光耀的确是寄予厚望的,仅一部《平原烈火》,老师萧殷是不满足的。徐光耀在1951年10月13日的日记中记载,陈企霞召集华北联大文学系在北京的老师、同学聚会,宴席间,人们纷纷祝贺徐光耀《平原烈火》出版,唯独萧殷把徐光耀拉到一边,又和他谈了一大堆作品的立场问题,有人笑萧殷又开了"文学系",直到萧殷夫人陶萍怪他不顾场合,萧殷这才作罢。他对徐光耀的引导的确是"无孔不入""不顾场合"了,谁让他对徐光耀寄予了那么大的希望呢。

再后来，萧殷和徐光耀很少谋面，可萧殷对徐光耀这位弟子始终关心和关注着。据萧殷女儿陶萌萌女士讲，徐光耀每有新作品发表或出版，萧殷总是买回家，读完后收藏起来，可惜特殊年代因为被抄家，徐光耀的作品也被抄走了，这让萧殷十分心痛和惋惜。

1990年，徐光耀在和黎白、白石访联大旧址后所写的《神游故校》一文中有一段专门写到了老师萧殷。徐光耀认为在华北联大期间，"就我个人来说，最觉得益的算来是萧殷的'创作方法论'。""我从头听了他的'创作方法论'，后来还做了他的课代表，每堂课下来，我都赶忙收集同学们的各种反映，然后连同自己的笔记，一同拿给他看。他总是专注地听意见，记下要点，再仔细改正我记录上的舛误。实在说，我对文学创作能有个基本的概括的理解，确是从他开始的。"萧殷教导徐光耀要注重写人物，徐光耀也的确重视写人物，多年后徐光耀的名作《小兵张嘎》正是因为对人物的出色描写，才使作品大获成功，成为经典。对于萧殷，徐光耀觉得"此人性情温和慈爱，天生一副奖掖后进的心肠，他生前的几部著作及主要功业，都突出地表现着他对初学写作者的尽心培育和热情辅导"。他深情地写道："这份奖掖后进的热衷，是一直保持始终的。奉他为文学园地上的杰出园丁，当不是过誉之词吧。"

徐光耀和萧殷始自华北联大的师生之谊保持了半个多世纪之久。2019年，萧殷的家乡建设萧殷纪念馆，已93岁高龄的徐光耀知道后，用小楷工工整整抄写了12页自己日记中记录的他在联大受教于萧殷的旧事，捐献给了萧殷纪念馆。徐光耀的这个举动，让我们切切实实地感受了这对"亦师亦友"的师生之间的深情厚谊。

更可贵的是，徐光耀在萧殷的身上学到了为人为师的宽厚、磊落、惜才、爱才，完全没有大作家的架子，竭力提携文坛晚辈。徐光耀主持刊物《莲池》和主政河北文联时，河北籍的文学青年，尤其那些充满才气的青年作者，有不少都得到过他的提携、推荐或点拨，留下了不少正如他和萧殷一样的文坛佳话，这些作家后来大都成就斐然。

学生继承老师的不只是学业，更有精神，徐光耀在萧殷身上学到的东西是全方位的，自己一直受用。这样的师生情才是最纯粹的，值得称道的。

第十一章　浪漫平易的艾青

那次徐光耀找厂民改稿，误打误撞碰上艾青，是徐光耀第一次和这位大诗人近距离接触，更是第一次聆听教诲。对厂民递过来的学生习作，艾青毫不推辞，热情悉心地指导，指出问题一针见血，分析问题又简洁明了，让徐光耀心生仰慕。徐光耀很早就听过艾青讲话，无论是自己在前线剧社时艾青去社里座谈、指导，还是在文艺学院大会上做报告，都没有像这次面对面交流一样感受到温暖，不过艾青鲜明的诗人气质早已深深地感染了徐光耀，这才使他当面受教后更加激动。

徐光耀最初了解艾青，还的确是因为他的诗，那时的文学青年谁不知道艾青呢。艾青是高唱着"大堰河"与原生地主家庭决裂而走向革命道路的，是一个自觉而坚定的革命者，这时已有多本诗集出版，引领着一代诗风。徐光耀还听同学们介绍过艾青奔赴延安的经历，很有传奇色彩。本来，艾青和罗烽、张仃从重庆到延安，为了在路上能够过关闯卡，确保安全，想方设法借到一张绥蒙自治指导长官公署的证件，把上面的"一人"涂改成了"三人"。临行前周恩来还给了艾青一千元路费，并嘱咐他，路上万一不幸被扣留了，就打电话给郭沫若，那时郭沫若是国民革命委员会第三厅厅长。路过宝鸡时，巧遇厂民，厂民夫妇也正要去延安。于是艾青假扮成了国民党高级参谋，厂民扮他的秘书，厂民夫人逯斐则假扮"艾高参"的夫人，罗烽扮勤务兵，张仃扮随员，然后就大摇大摆地上路了。一路闯了47道关卡，终于到了延安，见到了日思梦想的宝塔山。在延安这段时间，艾青诗情勃发，发表和出版了大量诗作。1945年春天艾青受邀到"鲁艺"授课。同年9月20日，"鲁艺"组成"华北文艺工作团"，奔赴华北解放区。华北文艺工作团由陈企霞、贺敬之、崔嵬、王昆、李焕之、陈强等56人组成，艾青任团长、舒强任副团长，江丰任政委。他们跋山涉水，克服重重困难，历时一个多月，于11月8日，到达张家口。1946年，华北文艺工作团和华北联大文艺学院合并，艾青任副院长，文艺工作团的同志，或做了院系领导，或到各系任教，或分配到华北联大文工团，大大充实了华北联大文学院的教学和文艺力量。

艾青个子高挑，因为曾留学法国，在他身上总有一些法兰西式的浪漫气质，比如他穿着就比较讲究，这种讲究不是说他比别人穿得好，而是总把衣服洗得干干净净、舒舒坦坦，穿得利利索索，在当时环境下显得格外亮眼。虽条件十分艰苦，但艾青依然保持着翩翩风度。徐光耀总觉得艾青有和别人不一样的气质，巴黎的浪漫、诗人的激情、革命者的执着似乎很好地统一在了他身上，浪漫丝毫不影响他对革命的坚定信仰，他首先是一位坚定的革命者，然后才是一位浪漫的诗人。

艾青喜欢跳舞，尤其是欧美的舞蹈，跳洋舞按说是应该穿燕尾服的，艾青虽然没有，但他总尽量穿得干净整洁，一样的旧军装在他身上总能穿出不一样的味道。有时文学系晚会最后会跳一跳舞,就是一男一女一组转着弯跳的那种,虽然徐光耀不喜欢这种舞蹈,每当此时都会提前退场,但他还是佩服艾青在这种场合中的潇洒、热情、大方。跳大秧歌时,艾青也从不推辞,走进人群就跳,全情投入,甚至能把大秧歌扭出点西洋味来,尽显洒脱,这时的艾青纯粹得像个孩子。即使后来在特殊年代被批判时,艾青也是面带微笑,依然洒脱、率真。

艾青更让徐光耀敬佩的是他的博学、谦逊、热情、认真。

他的课堂极富感染力,又通俗易懂。徐光耀第一次听艾青的课还是在前线剧社任创作组副组长时。有一次,十一分区副参谋长给前线剧社的干部开会,谈到演技问题,就是用的艾青举过的例子。他讲道,有一次艾青给他们说演戏,他先拿了一根火柴放在桌子上,对别人说:"来,这是1000斤,你们俩人给他挪个位置。"又说:"这根火柴4两,你拿起它来,做个动作。"在无实物时演员既需要举重若轻,也需要举轻若重,艾青一个例子就说明白了。这个例子让徐光耀对艾青的课充满了期待。他正式受教的第一堂课,艾青讲的是材料、语言、形式等问题,这些徐光耀觉得都懂,但又讲不出道理来,而经过艾青一讲,枯燥的内容不枯燥了,举的例子也新鲜有趣,再加上他丰富的课堂表现力,徐光耀对这些司空见惯的概念,立马又通透了许多。

留校后,徐光耀负责学院创作研究室的墙报《创作》,每一期都要把稿子送到艾青那里征求意见。第一期稿子送过去后,过了两天徐光耀吃过晚饭去打排球,路上正好遇见艾青,艾青笑着迎上来,问徐光耀:"先去拿文章吧?"徐光耀点点头,心里还有些诧异,没想到艾青那么繁忙,居

火　种

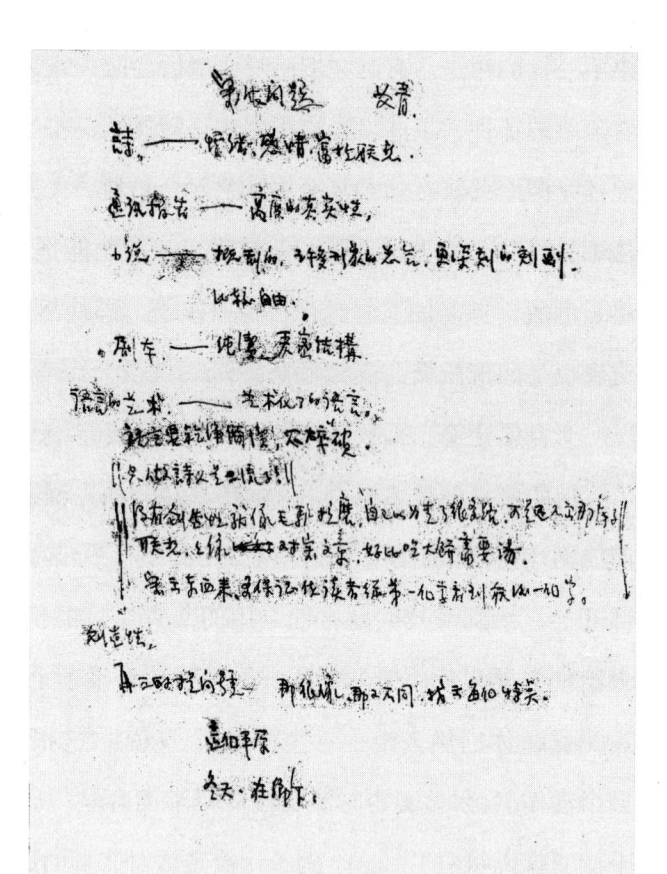

1946年12月6日，徐光耀听艾青"写作问题"课时所做的笔记

然才两天就把那么多稿子看完了。艾青拉着徐光耀一路小跑回到他的宿舍，把稿子拿出来，和徐光耀并排坐在炕沿上，稿子艾青已看过几遍，改过一遍，现在又一字一字地用手指着念给徐光耀听，一边念还一边征求徐光耀的意见："你觉得怎么样？"徐光耀不住点头。念着发现不妥之处，艾青就又亲自用笔涂改，一边改一边说明这么改的道理。改着改着，突然钢笔漏了水，滴在稿子上，艾青觉得很可惜，用手抹下来，擦在自己的棉袄上。改稿的时候，哪怕一个小地方，他也会仔细斟酌。稿子上有一句"我

们要以贫农的眼光去看问题",他一面在"贫农"二字前加上"觉悟了的"四个字,一面说:"贫农里头什么样的人也有哝。"看到稿子上列出的创作研究室的人员时,崔嵬的名字在桑夫①的底下,就用笔勾上来,又见逯斐的名字在何延②底下,他也把逯斐勾上来,并说:"有些人在这些小地方是很容易受刺激的哝。"徐光耀心中感慨,堂堂的副院长、大诗人竟有这样细心、谨慎、踏实、认真的精神,的确厉害。稿子改完了,艾青又拉着徐光耀一起去打排球。

打排球时艾青对发球很有兴趣,他发球也很有特点,总是把手退进袖筒里,用袄袖子打,技术很好。可是无论他兴致多高,只要别人想发球,他准让别人去发,艾青竟如此平易近人,这让在场的徐光耀心头一阵阵发热,这时在厂民那里偶遇时对大诗人、对院领导的那种拘束感似乎一点也没有了。这还是那个潇潇洒洒、舞姿翩翩的艾青吗?那么激情澎湃的一个大诗人,现实生活中却如此克制和自律,没有一点大诗人的傲慢,没有一点领导的架子,简直就是一位满脸慈爱、诲人不倦的老师。

对于徐光耀他们所办的墙报《创作》,艾青是赞赏的,说这个墙报干净、朴素,看着挂出来的《创作》,艾青夸奖道:"这创作的道路,还是民间风味大些哝,还是很不错的。"对墙报上登的两幅画指出了不合理的地

---

① 桑夫(1922—2004),原名桑锡天,山西临汾人。毕业于延安鲁艺戏剧系。著名编剧、导演、演员,创作了秧歌剧《王大娘赶集》;出演歌剧《血泪仇》《白毛女》、电影《新儿女英雄传》等,执导的影片有《相亲记》(与谢晋合作)、《碧空银花》、《巴山红浪》、《尚小云舞台艺术》、《勤工俭学》(编导)等。

② 何延(生卒年不详):崔嵬夫人,冀中军区火线剧社、抗敌剧社演员、编剧,曾创作歌舞剧《放下锄头拿起枪》、歌剧《王秀鸾》等。50年代进入中央戏剧学院担任教师。

方，他觉得马秉铎①的《射击》里打机枪时没有障碍和隐蔽物，戚单的《晚归》中赶车的老乡坐在马车的大辕上，这都是不合理的，是与生活相悖的，因此要求大家还得仔细观察生活，多向生活学习。徐光耀佩服艾青观察生活竟如此细致，他们作为创作者和编辑者需要跟艾青学习的东西很多。那天围着墙报看的同学很多，大家对艾青的点评无不点头称是，佩服他看得细，问题找得准，文学功底深厚，生活积累丰厚。

在徐光耀眼里艾青总是这么心细、热情而平易近人，没有大诗人也没有院长的架子。

他一个西洋风格的大诗人却很重视街头诗，他多次跟同学们强调要多写些阶级路线明确的，反映贫农思想和生活的街头诗，鼓励大家写长篇的街头诗，并承诺要给写得好的街头诗作者立功。有一次在系里举办的晚会上，徐光耀讲了一段自己搜集来的民间故事《县官和他的仆人们》，算是自己向群众学习的一个汇报，没想到大受欢迎，又被推荐到学院晚会上去讲，依然大受欢迎。会后艾青特意找到徐光耀，对他说："听了你的故事很感动人，能不能把稿子抄一份给我？"一位"堂堂的"院长向一位学生要稿子来学习，艾青似乎并没有觉得有什么不妥，的确难能可贵，当然从另一个角度看也是艾青对民间艺术充满了热情并努力地追求。

艾青的平易近人还表现在生活上。在伙食方面，副院长是有小灶的，可艾青总是到大灶吃饭，亲自拿着碗去盛干饭，端着一碗干饭，或蹲或坐，

---

① 马秉铎（1929—1981），原名肖林，河北定县（今定州）人。华北联合大学文艺学院美术系毕业。曾在西北战地服务团儿童演剧队美术组、晋察冀边区三分区冲锋剧社美术组、第三野战兵团前卫剧社美术组、河北省定县中学、中央美术学院美术供应社等处工作，后任人民美术出版社创作室创作员。创作了《白求恩大夫》《永远前进》《首战平型关》《林海雪原（上中下）》《铜烟袋锅》《虎子》等一批连环画作品。

甚至就站着跟同学们一起吃,一边吃一边聊天,为的是了解同学们的学习、生活和情绪变化、思想动态。可见艾青的学生工作做得深入细致。

他的细致也体现在许多方面,有时就体现在细微之处或别人不经意之间。有一次不知谁在墙上写了"三大纪立"四个字,本来就是随手写写的,却把"三大纪律"的"律"字写成了"立"。这大概没有多少人去注意,也没多少人在意,但艾青看到后,却用指甲一点一点把那个"立"字抠抹掉了,他眼里容不得半点马虎和错误,哪怕是别人认为无所谓的地方。对待知识和信仰,艾青他们似乎有一种"洁癖"。1947年9月27日文艺学院召开创作研究室成立会,早早就到了会场的徐光耀没想到艾青来得更早,不仅如此还看到艾青把此前贫农团开会时贴在会议室的标语小心翼翼地一张一张揭下来放在一边,没有一张被破坏,然后把标语划拉平坦,叠放在一起。他还要把墙上也擦干净,似乎不想留一点贴过的痕迹。可墙上还有更早贴过的没撕干净的老标语的碎纸角。他就又登上木板,一点一点把那些碎纸角撕下来,有时一个纸角要撕十几下甚至几十下,最后艾青没让一点碎纸角留在墙上。

在徐光耀眼里艾青更像是一个矛盾的统一体:画家的细腻、诗人的激情、革命者的责任、为官者的平易在艾青身上几乎完美地结合在了一起,写诗时激情澎湃,如狂风暴雨,做实事又缜密入微,心细如丝,尤其是一到课堂上,艾青就像换了一个人,总是诗魂附体般激情迸发,能把一堂堂枯燥的文艺理论课讲得生动活泼,充满"诗情画意"。徐光耀真好奇艾青怎么能把这些统一到自己一个人身上的。艾青的诗一开始徐光耀不太喜欢,不是他的诗不好,是他那些有点欧式风格的诗歌,最开始接触时,文化水平不高的徐光耀还读不太懂。随着认识艾青，对于艾青的为人以及作品，徐光耀不只是喜欢，简直是无比敬佩。

其实到了联大之后艾青已经很少写诗了，尤其是担任行政职务的一段时间里，他几乎把全部的精力都用在了联大工作上。除了给学生上文艺理论课，艾青还要处理学院的日常行政事务，包括找学生谈心，做学生的政治思想工作等等。面对繁杂的行政工作，艾青只能把如火的激情暂时埋在心底，认真思考眼前的教育工作，他的思考是深邃的，工作是细致的。

也正因此，除了在写作上艾青给了徐光耀悉心的指导，在思想上艾青也给了徐光耀及时的引导和帮助。临近毕业的时候，一次与艾青谈心，徐光耀一直记忆犹新。徐光耀跟艾青说了想留校继续学习，继续专心创作的想法，艾青帮徐光耀梳理了他们这些从部队来的学员和城市来的小知识分子的区别，理解徐光耀想有一个好的学习环境和创作环境的心情，但他也毫不掩饰地表达了自己的观点，而且说得慷慨激昂，他分析道："我们要从个人观念中走出来，要有远见，在'为人民服务'的新的意识形态鼓舞下，我们文艺学院的同学们要走出校园，在革命的实际工作中锻炼自己。在革命未获得成功之前，一切文艺工作者都必须以服务革命为前提。"后来徐光耀留了校，但很快就走出了校园，参加了石家庄的接管工作和石家庄农村的土改工作，这才是艾青最愿意看到的，他希望每个学生都是一颗革命的火种。

参加完土改回校时间不长，上级要把徐光耀调到野战军任随军记者，但徐光耀不忍离开，他太钟爱自己的写作事业了，他太需要联大这样一个适合自己学习和写作的环境了。显然艾青觉得一位作家到火热的生活中去才是最好的选择,因为艾青一贯主张到人民中去,到实践中去,因此艾青跟徐光耀谈话时说:"这是个光荣而伟大的任务。"说话间尽显诗人气质,充满了一位革命者的豪迈和激情。徐光耀虽万般不舍,但最终还是服从命令去了华北六纵队。和徐光耀一起调到六纵的还有徐孔,他们在去六纵前,都找过艾青,希望留下来。但艾青态度坚决,也似乎无能为力,为此徐光耀和徐孔还闹过小情绪,觉得艾青有些不近人情。当然这种小情绪只是观念和境界的冲突,也有徐光耀、徐孔作为年轻人的虑事不周,绝没有丝毫个人好恶。站在徐光耀和徐孔的角度,实在太珍惜这样的学习机会了,他们盼望在知识上、在理论上更多地充实自己,而站在艾青的角度,更希望看到他们尽快到火热的战斗生活中去,为革命战斗,为工农兵服务,这样可以获得更多更好的素材,写出更成功更伟大的作品。随着时间的推移和实践的历练,徐光耀和徐孔明白了艾青的用意,他是希望学生们多接受锻炼,是望"铁"早成"钢"。

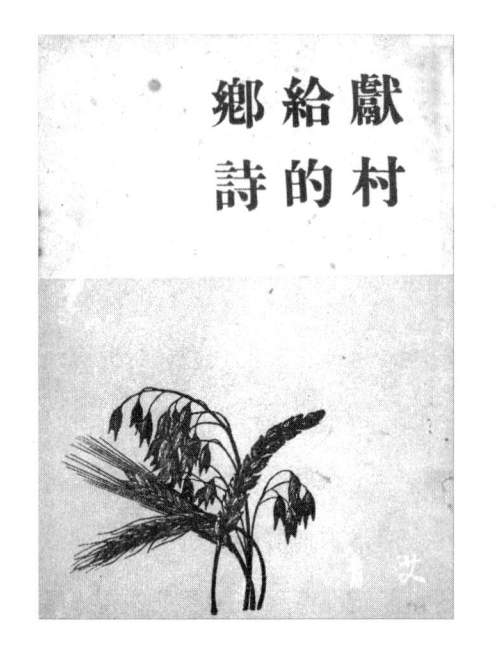

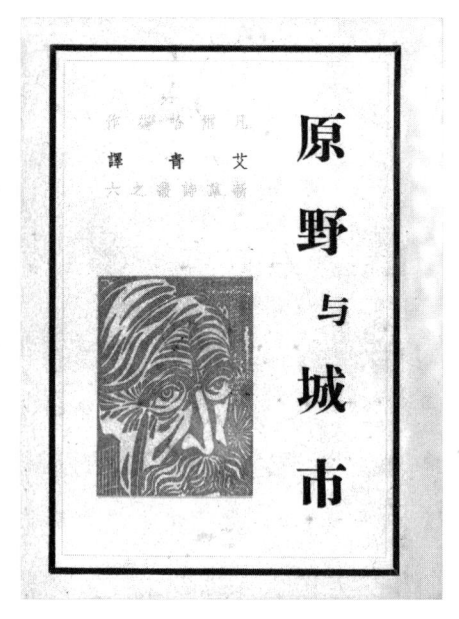

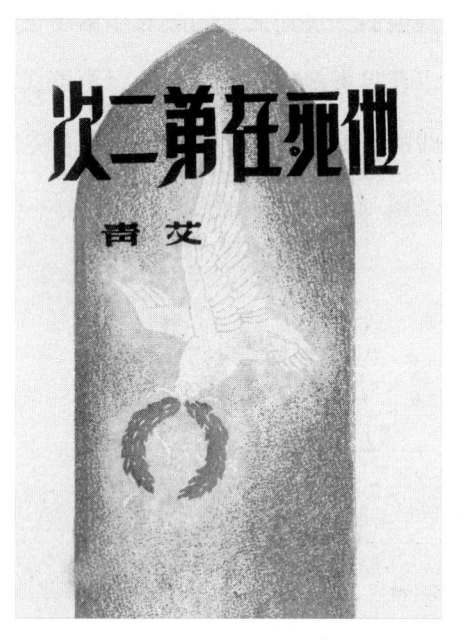

虽然那时艾青忙于学校事务性工作，很少写诗，但他的旧作一直在不停地出版印刷，这几个集子就是他在联大这个时期出版印刷的

第十二章　形式多样的课堂

1947年2月10日，下连队实习小组返回学校。12日，厂民组织召开了一个总结会，总结了这次下连队实习情况。尽管这群师生到前线参加战斗存在一些不足，但大家都觉得收获满满，学到了在学院里学不到的东西，开阔了眼界，提振了士气，增强了学习的动力。

野战部队的生活徐光耀已经历了十来年，因此这次下连队的新鲜感和刺激感他显然不如别人强烈，可收获也不小——他的写作欲望和学习欲望太强烈了。有一次开小组会，轮到徐光耀发言，他直截了当地说："谁要阻碍我学习，不论何人，我都对他表示反感。"此言一出，把同学们说得满脸疑惑，好像谁真要阻碍他学习似的，这新来的徐光耀真是又倔又愣。不过也由此可见，徐光耀对这来之不易的学习机会的珍惜和加倍努力学习的决心，其实联大的学生有几个不是和徐光耀一样的心情呢。来联大的第一个月大部分时间是在连队度过的，在文学系上课的日子并不多，实习回来终于可以好好上文化课了，对徐光耀来说，这才是最新鲜的，也是他热切盼望的，心仪已久的老师们也陆续在徐光耀面前"亮了相"。

联大不光教员们讲课，校长、院长、系主任这些领导也都会授课，有时还会邀请各个方面的专家来讲课，包括地方上的民间艺人，目的都是让学员们学到真正的东西、实用的知识、扎实的本领。无论课上课下教员们都铆足了劲教，学员们拼命地学，求知气氛非常浓厚。

联大的课堂不拘一格，一个宽敞点的厅堂、一个祠堂、一个稍大的院落、一个打谷场、树荫下、街道边都可以是课堂，哪里做教室，根据天气情况和听课人数来定，灵活掌握，合适就好。

教员们讲课也不拘形式，可以站在前面讲，也可以坐在学生们中间讨论。无论领导还是教员，每个人都满腹经纶，讲起课来各有特色，每一节课同学们都听得如饥似渴、全神贯注，手不离笔，笔不离纸，生怕一分神就错过什么知识点。

课堂条件艰苦，没有课桌，上课时都是同学们自带凳子，高的矮的都有，还都是借用老乡家的。做笔记时，大家都把本子放在自己膝盖上，老师讲到激情处，往往滔滔不绝，口若悬河，学员们就支棱着耳朵拼命记，膝盖动都不敢动，一堂课下来，支撑笔记本的腿累得都麻木了，站起身来时，得轻轻蹦跳半天才能恢复正常。

全校或全院的政治课和共修课都是学校和学院的领导讲，校长成仿吾①讲时事报告，外国语学院院长蒲化人讲美国问题，政治学院院长何干

---

① 成仿吾（1897—1984），湖南新化人，无产阶级革命家、社会科学家、文学家、翻译家，一生大部分时间从事教育，被誉为红色教育家。1921年，与郭沫若、郁达夫、田汉等成立革命文学团体"创造社"，曾任广东大学教授、黄埔军校教官,1928年在法国巴黎加入了中国共产党。"左联"成立后,参与"左联"的活动。曾在中央苏区中央宣传部和中央党校工作。1934年10月，随中央红军长征。在延安时任中央党校教务主任、陕北公学校长，与人合译《共产党宣言》。1939年，参与创建华北联合大学并任校长，华北大学成立后任副校长。新中国成立后，曾任中国人民大学副校长、校长、名誉校长，山东大学校长，出版《长征回忆录》等。

之讲中国革命史等，政治学院经济系主任何戊双讲世界政治，文艺学院教务长李又华讲社会学概论，张如心讲毛泽东思想。

成仿吾被学员们称为"妈妈校长"。虽然是校长，但他经常给全校师生上课。每次讲起国际国内形势、土改政策来，总是条理清晰，理论和实际相结合，开阔大家的眼界，提高大家的政治觉悟和思想修养，鼓舞师生的士气。入学第四天，徐光耀就聆听了成仿吾的时事问题报告。成仿吾政治素养、文化素养都很高，能把时事问题分析得透彻、讲解得明白，徐光耀越听越爱听。成仿吾讲完后，一位从清华大学来的学生刘伊凡介绍北平学生抗议美军暴行的运动，相当感人，徐光耀几次都要落泪。再与之前成仿吾先做了时事报告，两相印证，使人收获更多。

成仿吾作的介绍中国共产党的报告效果更好，这个报告每周一次，讲了好几周，师生们听课的热情特别高，偌大的广场上总是坐满了人，边上还有许多人站着。成仿吾的报告，掀起了各系的学习热潮。文学系给每组学员都发了一本《党章》和一本《关于修改党章的报告》，大家交流心得，检查自己，提出问题，仅文学系就提出了一百多个问题，这些问题一部分由李又华回答，一部分在成仿吾讲课时现场回答。成仿吾这种形式的报告，既新颖又务实，取得的效果非常好。在关于"为什么入党"，"入党的动机和条件"，"共产党员的修养"等方面解决了许多问题，使大家对党的认识、对中国革命的认识又进了一步，思想又得到了一次净化和升华。在学习总结会上，有的同学说："现在我知道了入党是给党增加一份力量，跟人民联系更紧密。"还有的说："过去我总认为党的纪律是不自由，是抹杀个性，现在明白了党的纪律是符合人民的利益的，自己有为人民而革命的决心，就要服从党的纪律。"

政治学院院长何干之讲党史、中国革命史和鲁迅思想。他早年就致力宣传马克思主义,曾留学日本学习马克思主义理论,又有实际斗争经验,所以讲起课来,实例总能信手拈来,生动形象,特别吸引人。新中国成立后,何干之任中国人民大学历史系主任,对中国革命史、党史研究卓有成就,他编写的《中国现代革命史》是一部史学经典。

文艺学院院长沙可夫①主讲文艺政策,他革命经历丰富,政策水平、理论水平都很高,对党的文艺政策把握得相当准确,尤其是解读毛泽东《在延安文艺座谈会上的讲话》非常到位,让徐光耀他们这些初出茅庐、致力于革命文艺工作的青年学生,一下子就找到了努力的方向。1990年"新文化史料丛书"出版了一册《沙可夫诗文选》,沙可夫华北联大时期的两位老同事、老战友对其评价甚高,艾青的题词是"沙可夫同志一生正直"。贺敬之的题词是"艺术教育开拓者,革命文化播种人"。这正是沙可夫为人做事的真实写照,也正因如此,沙可夫在联大文艺学院学员中的威望也非常高。

俞林②的课不多,却令徐光耀印象深刻,他讲起中国革命史来口若悬

---

① 沙可夫(1903—1961),原名陈明,浙江海宁人。中国艺术教育家、剧作家。1926年在法国留学时加入中国共产主义青年团并转为中国共产党党员,曾入莫斯科孙中山大学学习,在中央苏区时任中华苏维埃政府机关报《红色中华》主编、中华苏维埃大学副校长(校长由毛泽东兼任)、教育部副部长(代部长徐特立),重点领导文艺工作和艺术教育工作,这期间创作了许多剧本和革命歌曲。在延安时期,参与筹建鲁迅艺术学院,并任副院长(院长暂缺)、党组书记、教务处处长。华北联大成立后,沙可夫任文艺部主任,文艺学院成立后任院长。沙可夫在红色报刊编辑和艺术教育方面成绩卓著,被誉为卓越的无产阶级艺术教育家。

② 俞林(1918—1986),原名赵凤章,笔名俞林、任文、赵北、燕南等,河北河间人。1938年入燕京大学。1940年加入中国共产党。次年到晋察冀抗日根据地。后在华北联大及其他单位从事宣传、教育和党的工作。著有《老赵下乡》《家和日子旺》《一把火》《韩营半月》《和平保卫者》《人民在战斗》等小说。

文艺学院院长沙可夫讲文艺问题

河。俞林写过著名的中篇小说《老赵下乡》，还有很好的外语修养，革命经历非常丰富，讲起中国革命史来，自然信手拈来，口吐珠玉，迷人得很。一连讲四个小时，不打一个磕巴，学员们就像听评书一样，谁也不会分神、打盹。

公共课人数众多，为了同学们听得清，老师们就会站在高坡上或站在台阶上、凳子上甚至桌子上来讲；有时遇到风沙天气，站得越高，风沙吹打得越厉害，但这似乎不算什么困难，老师们一讲就两三个小时，辛苦之状可想而知，但课堂气氛热烈，师生们个个精神饱满。革命就得吃苦，这跟前线的战士们比起来根本不算什么，这种想法在联大是一种共识，因而讲课的精心准备，听课的积极认真。

上课

同学们在认真做笔记

早操

1947年4月14日，文学系二班建班，这时文学系有了两个班。二班虽然比一班成立晚，但两个班的界限并不十分明显，除了专业课单独上课，其他好多时候都是在一起的。

在束鹿时，联大的教育方针做过调整，改为"培养文艺各部门的普及工作干部，开展群众性的文艺活动"。学制也由两年四个学期改为一年半三个学期。实际上，这是随着战争形势的变化而改制的。我军不断取得胜利，解放区不断扩大，急需大批文艺干部，而联大学员无疑适应了这一需要，每一个学员就是一颗文化的火种，将被播撒到解放区甚至全国各个地方。

徐光耀入学时，已是第二学期，属于插班学习，时间紧，任务重，因此徐光耀学习得尤其卖力。

专业课按照学院安排，院长沙可夫讲文艺政策，副院长艾青讲毛泽东的文艺思想，系主任陈企霞讲作品选读，欧阳凡海讲中国现代文学史，何洛讲文学概论，厂民讲写作训练，于力讲文法与修辞。

陈企霞的作品选读课讲究实际、针对性强。陈企霞有多年做编辑的经验，于是把这一套也搬到了课堂上。他会把将在课上品读的作品，先油印好发给大家，让各小组讨论；课代表将讨论的情况向他汇报，他再在课堂上做总结性分析讲解，他的结论常常是精当而令人信服的。那时课堂上一般就十几二十几个学生，大家随意围坐在一起，陈企霞坐在中央，他讲得自然，同学们听得也专心。

有一次，他发下来一篇孔厥写的短篇小说《苦人儿》，内容是用第一人称叙述一个妇女的苦难经历，结构顺畅自然。可有的同学觉得，这哪算什么小说，充其量也就是记录一个人的诉苦而已。那次的作品选读课选在一家农家院里，陈企霞坐在院子中间，大家半围着他坐着，徐光耀坐在一个稍远些的地方。陈企霞显然意识到了一些学员眼高手低，刻意想要正确引导。陈企霞先把小说在结构、语言等方面的长处特点做了仔细透彻的分析，然后又充分肯定了这篇作品的思想性，同学们一边听一边不住地点头。看到大家认同了，陈企霞话锋一转："有人说这不过是诉苦记录，你来做一篇这样的记录让我看看。"一时间刺得大家羞赧无语，面面相觑。本来陈企霞相貌峻削，不怒自威，大家对他就多有敬畏，这一冷脸更让人心里发寒。但他学识渊博，又具有诗人气质，爱红脸、爱发脾气，也爱开怀大笑，严肃时如腊月坚冰，高兴时又如六月繁花，因此大家的"敬畏"也是"敬"多"畏"少。

每次看前线剧社演出，陈企霞总坐在前排，节目演到搞笑处或高潮时笑声最高鼓掌最响亮的准是他。陈企霞是"性情中人"，不隐瞒自己的观点，藏不住喜怒哀乐，因此文学系的学员们普遍对他是尊敬和喜欢的。陈企霞讲课，好多材料都是他从当时那些知名作家的作品中临时选出来的，新鲜实用，内容广博，再加上他谈吐风趣，课堂气氛十分活跃，往往对学生启发很大。

为了适应陈企霞的讨论课，徐光耀总是提前准备，打好腹稿，准备发言，这迫使徐光耀学了不少东西，也锻炼了他在大家面前发言的能力，成效明显。正是在陈企霞的课上，徐光耀深刻了解了丁玲、孙犁、赵树理等解放区作家的作品，使徐光耀很快喜欢上了孙犁、赵树理等，并一直以他们为榜样在努力提高自己的写作水平。

艾青的课内容艰深，但他讲得不枯燥，这和他的诗人身份非常吻合。他善于举出新鲜的例子，语言幽默，深入浅出，有时讲到一些趣味问题时，总是引起满堂大笑。一条深奥的理论不是硬要让人听懂了，而是让大家悟透了。在讲毛泽东的文艺思想时，他强调文学的人民性，要求大家学习民间形式，爱好民间形式，从民间形式里发现可以培养的苗芽。艾青语言的丰富性让徐光耀深受启发：之前听贺敬之的课，徐光耀就专门准备了一个笔记本，找房东、伙房师傅、农民朋友搜集、记录和整理民间语汇、民歌民谣、民间传说等，现在听了艾青的课，徐光耀打算再拿一个本子，专门收集艾青他们这样的名人的语汇。他们的语言太灵动了，这正是徐光耀当时所匮乏的。

厂民讲写作训练时讲到了《民歌的艺术性及表现手法》，因为受贺敬之的影响和启发，徐光耀对这门课特别感兴趣，听得也津津有味。徐光耀觉得他们二人各具特色、各有千秋，厂民比贺敬之讲得更翔实、理论性更强，贺敬之讲得更具有趣味性，更生动、吸引人。

欧阳凡海讲的文学史，徐光耀以前从无了解，但这门课没有高深的理论，文化水平不高的徐光耀容易听懂，也容易发生兴趣，越听课徐光耀越发现自己这方面知识的贫瘠，以至于徐光耀特别想了解现代文学发展的情形，他打算尽快看一看《中国现代文学史》，而且还有一种想要了解社会科学的冲动。联大老师的课总是能够激起学生求知的欲望，徐光耀觉得如果所有的课都能这样听下去，自己一定进步很快。

1947年10月初，欧阳凡海就调离了联大。欧阳凡海离开时是徐光耀帮他收拾行李，处理个人财产。所谓个人财产也不过是富余的一些鸡蛋、米面而已，但处理起来非常难，大家都没钱，没人买。徐光耀找到朱子奇、李达，恳请他们帮忙，最后由公家代收，到伙房换了粮票，想方设法帮欧阳凡海把"财产"处理好了。

送别时，欧阳凡海拉着徐光耀的手表示感谢："光耀，辛苦你了，"说着从行李里拿出六个卤蛋塞到徐光耀手里，"没什么好东西，这你留下吧。"徐光耀推辞再三，一再表示为老师做事是应该的，但欧阳凡海执意相送，并告诉徐光耀："你们正长身体呢，用得着。"徐光耀不好再拒绝老师的一片心意。现在看来六个鸡蛋算不了什么，但在当时物资奇缺的时候，这可是非常珍贵的东西。举个例子，有一次徐光耀得病好了之后嘴馋，实在没办法，上街买了一辫子大蒜解馋。这种解馋的方式现在看来简直不可思议，但那种艰苦条件下就是如此，有刺激味道的食物是最能解馋的。

第二天大家为欧阳凡海送行，欧阳凡海又送了徐光耀一副新扑克，徐光耀简直如获至宝，以徐光耀当时的收入是断断舍不得去买一副新扑克用来娱乐的。那时在联大师生之间虽都以同志相称，表面上也不执师生之礼，但在内心里师之爱生、生之尊师如此，令人赞叹。

本身文化基础差，很多课又都是从半截腰儿上才听，徐光耀听得有些没头没脑，有时就半天半天地坐着"发蒙"，最要命的就是那些深奥难懂的理论课。何洛[①]的文学概论，徐光耀听课时，课程已进行了将近一半。徐光耀有时听得一头雾水，讲到紧要处，别人点头回应，徐光耀呆呆发愣，

[①] 何洛（1911—1992），笔名何鸣心，四川丰都（今重庆丰都）人。何洛在文学理论方面有很深的造诣，一直致力于文论方面的研究，是著名的文艺理论家和文艺教育家，中国人民大学文学院创始人。

为此课下徐光耀还要抄别人的笔记，下课再自学。

那时作家王林①也在联大，他是冀中文协主任，并不在校、院、系领导和教员之列。一次在文艺学院大会上，王林和成仿吾校长等一起讲了话，会后，田申告诉徐光耀，王林让徐光耀第二天去找他。徐光耀一打听王林的住处，有点泄气，王林住在沙可夫院长那里，这让徐光耀怎么敢去呢。为难是为难，可王林都邀请了，不去又怎么行呢。徐光耀鼓了半天勇气，最后下决心第二天就去，也锻炼锻炼胆量。第二天中午和晚饭后，徐光耀找了两趟王林，不巧的是王林不是在开会就是在吃饭，没能见面。徐光耀只好留了个纸条，直截了当说明一下："两次来见，都不逢时，只好另改时间，今天不再来了。我见生人发怵，来一次实不容易……"徐光耀的确实在，想到什么说什么。但回去之后他一直反思，王林找自己有什么事呢，是认识一下吗？还是要动员自己去文协？其他也没有什么见面的理由了。徐光耀和王林失之交臂。他们二人再发生联系已经是在新中国成立之初了，那时王林长篇小说《腹地》受到了批判，引起了"争鸣"，陈企霞参与其中，黎白、李兴华、徐光耀也被卷入，受到了牵连。

为了活跃学习气氛、激发学员们学习兴趣，文学系还会别出心裁，时常组织一些讲座。例如陈企霞讲"编辑经验"，萧殷讲"怎样编副刊""谈美"，厂民讲"中国新诗诸流派"，贺敬之讲"民歌研究"，崔嵬讲关于戏

---

① 王林（1909—1984），原名王弢，笔名偶闻，河北衡水人。1931年考入青岛大学外文系，旁听沈从文课并在沈从文奖掖下发表若干篇小说。参加"一二·九"和西安事变后成为职业革命者，因写作表现西安事变的话剧《打回老家去》和《火山口上》而名噪一时。1949年随部队进入天津，历任天津市总工会文教部部长，天津市文联党组副书记、文联副主席，中国作家协会天津分会副主席，河北省文联副主席等职。

剧和戏剧创作,王朝闻讲美学。蔡其矫那时没有教学任务,开过《我学写诗》的讲座,还讲过两节关于《水浒》和《恐惧与无畏》的作品选读。蔡其矫似乎对《水浒》情有独钟,这倒符合他热血澎湃的性格。陈企霞和贾克也讲作品选读,陈企霞讲《李有才板话》,贾克讲《把眼光放远点》。这些讲座很受同学们欢迎,许多知识是在文学系正课里学不到的,也是对正课非常好的补充。

民间文学是一门重要课程,第三个学期除了萧殷的"创作方法论",就民间文学占用的课时最多,它也是以讲座的形式出现的,由不同的老师讲,必要时还邀请民间艺人来讲演。把人民群众请进课堂来讲不啻一种大胆的尝试,联大开了一个很好的先例。民间文艺一直是联大文艺学院十分注重的一门课程,因为他们深知民间文艺是他们取之不尽的艺术源泉。

在联大文学系,师生总是有许多相处的机会,不仅生活中吃住在一起,思想上也随时互相碰撞。徐光耀在老师们身上汲取的是无价的知识和能力,这些徐光耀一直铭记于心。

华北联大是当时我们党领导下的规模最大的大学,因此党中央也给予了足够的重视,站在徐光耀所在的文艺学院的角度看,成仿吾、沙可夫等校、院领导,都有深厚的马列主义理论功底,都有多年的红色教育实践和管理经验,他们的领导确保了学校正确的政治方向和党的文艺方针的贯彻落实。老师们大多来自延安,出自鲁艺,或是有坚定的共产主义信念的作家、艺术家、学者,他们竭尽全力的教学保障了联大的教学品质。

第十三章　丰富多彩的课外生活

　　华北联大在学生管理上，除上课之外很少干涉学员生活，基本都靠学生自治。同学们分散住在农户家里，除了系主任和一位管组织工作的助理员外，系里只有几位教员，没有行政人员，日常事务工作和上课情况都由学生会负责和老师沟通。文学系学生会有三位同学，马琦、徐孔和白石，马琦是文艺学院学生会的负责人，文学系学生会的工作则主要由徐孔和白石负责，徐孔负责事务性工作，白石负责学习方面的工作，他俩一天不知得跑遍全村多少趟，但积极性很高，任劳任怨。其实即便是上课，学校也没有强制性要求，只是特别注重培养学生的政治素养，引导他们树立正确的世界观、人生观、价值观。一方面通过校院领导上公共课，开展政治教育和时事教育；一方面通过院系领导个别谈心，做思想工作和心理疏导来完成。学员们或是有一定的革命经历的年轻战士，或是怀揣救国救民远大理想的知识青年，他们进入联大的目标很明确，因此都不用扬鞭，自会奋蹄。他们深知前方战士还在浴血奋战，而他们能够有相对安静的学习环境和宝贵的学习机会，非常不容易，实属幸运。一种强烈的责任感和使命感时时激励着每一位同学，因此大家自觉拼命地学，利用多种形式不断提高自己。联大也很注重学生的劳逸结合，在繁重的学习之余，通过开展文体活动，调节学生的身心，强健他们的体魄。学校各院系和团体散落在农村，办学条件很差，同学们就因陋就简，因地制宜，努力把校园生活搞得丰富多彩。

联大的"自治"体现在两个方面：教学管理自治和生活管理自治。

教学管理自治相对简单一些。铃声一响，同学们就都主动去指定地点上课了，基本不用催促，谁都怕去晚了少听了内容。上课最忙的是课代表。每一门课程都有一名课代表，课代表要负责整理课堂笔记，还要收集大家讨论的情况，然后把这些及时转达给老师，老师再根据这些帮助同学们解决问题。实际上，课代表就是老师和同学们之间的桥梁和纽带，那时师生都住在村子里，住得很分散，很难一个一个面对面辅导学生，压在课代表身上的责任就难免多一些，课代表在同学们的学习中起了很大的作用，徐光耀做过萧殷的课代表，对此深有体会。

学生会在教学管理自治和生活管理自治两个层面的作用都十分重要。各级学生会一般都是经选举产生，同学们倾向选择那些优秀的、责任心强的、有组织能力和领导才干的同学担任学生会的各种职务；从另一个角度看，学生会不失为一个锻炼自我的舞台。这种民主的、公开的、激烈的选举方法让从正规部队来的徐光耀感到很新奇，它和部队以服从命令为先有很大差别。

文学系学生会的首要任务是要配合院、系领导和教员高质量完成教学计划；其次还有许多工作：例如组织讨论会、出墙报、开展各种文学活动，作为教学补充；组织文娱晚会，开展体育运动，活跃课外生活；发放教材、用具、生活用品，以保障同学学习和生活；组织生产，进行军事训练。学生会成员都是整天生活在一起的同学，能够"知人善任"，争取让每个人都发挥自己的特长，徐光耀因为文章写得好，来自野战部队，就在学生会领导下主编墙报，负责校刊在文艺学院组稿，担任军事小组长。

文艺学院第二届学生会改选时，推荐的候选人是马琦、陈淼、徐光耀。马琦、陈淼活泼好动，语言表达能力、组织能力、社交能力都很强，而徐光耀一向比较沉闷，不善交际，能成为候选人也许是沾了"老革命"和"小作家"的光，但能够成为候选人，肯定有自己优秀的一面和被同学们看重的地方。

1947年的4月19日上午，换届选举开始。每一名候选人都有三名同学助选，帮助介绍候选人的优势和特长。徐光耀的助选是李克、白石和闻功，三位同学准备充分，助选十分卖力，轮流介绍徐光耀的优势，似乎比徐光耀本人还了解自己。在他们心里，这不仅仅是为徐光耀助选，也是为文学系争光，是争取集体荣誉，助选的现场反响很不错。轮到徐光耀自己讲演了，他理所当然地谦逊起来，谦虚本来是好事，但徐光耀似乎说的缺点比优点都多，并表示自己离院学生会的要求还有差距，虽有助选人的卖力推荐，但最终还是落选了。徐光耀有些惭愧，李克、白石、闻功也感觉十分遗憾。

5月28日文学系改选学生会，徐光耀又是候选人之一。这次徐光耀在思想和行动上做的准备都要比上次学院选举充足得多。院学生会竞选失败后不久，徐光耀他们组里开会，就酝酿过系里的学生会改选问题。组里几个同学都要为他助选，他自己也想好好干一番，觉得别人能干的事自己也能干。再说院里学生会选举失败了，系里选举再失败就太不像话了。这次机会来临，徐光耀暗下决心，不能成为候选人就罢了，一旦成为候选人，决不退缩，爽利就来个自己竞选，保证不落选，一定要得到大多数选票。

系里选举和院里的有些不同，先由现任学生会主席报告工作，完了之后，选举开始。主持人一宣布竞选开始，会场马上就"开了锅"，有为自己竞选的，也有为他人助选的，甚至还有"反竞选"，制造了选举大会的最高潮——人们可以对自己不同意的竞选人，当面反驳和批评，乃至毫不掩饰地说出他不称职、不合适、不应进入学生会的理由。竞选的几方声嘶力竭，争得面红耳赤，看似激烈无情，但却是公开、求实、磊落的。若有言过其实的地方，会有人立即当面揭露和纠正，没有"掩人耳目"之处。经过这样激烈的竞争之后再投票，选出来的自然都是大家拥护的、确有工作能力的，同时勤恳负责、尽心做事的同学。

不善抛头露面的徐光耀显然不适应这种激烈的竞争。到了他"反竞选"时，他说起了学校学期缩短问题，他说下个学期由四个月缩短为两个月，自己听了之后"很为伤心"，此言一出，立刻引来一阵哄笑，立刻有人趁势"攻击"，大喊："太悲观了，太悲观了。"别的竞选方也随声应和，徐光耀也意识到所言有失，被别人抓住了"把柄"。但说出去的话，泼出去的水，助选者想挽回已经来不及了。竞选结束，系主任陈企霞讲话也引用了徐光耀的这句话做反面例子，这让徐光耀觉得自己的确是太悲观了。徐光耀虽然下过决心，但这次选举还是失败了，甚至比院里那次选举失败得还要惨烈，徐光耀感觉自己还真不是"当官"的料。不会"当官"的认识像一个烙印一直刻在了徐光耀的心里，八十年代，河北省领导找到徐光耀，让他当省文联党组书记、代主席，送上门来的官职，徐光耀坚辞再三，仍有一种"赶鸭子上架"的不适。

火　种

竞选失败其实和徐光耀的性格有很大的关系,他有点孤僻,不爱扎堆,表面看起来好像不合群,其实一旦熟悉起来,他是极愿意和人谈知心话的。他当小组长、课代表也是发自内心地想为同学们服务,为此他没少找小组同学谈心,帮助大家记录和整理课堂笔记等。不过他有点孤僻的性格还是给旁人一种错觉,认为他清高、骄傲、不爱理人、对别人不够尊重,总想着自己如何学习而较少考虑集体等,有些同学把这些作为缺点也曾给他提出来过,徐光耀也不止一次地反思自己,要不断地改进、完善自己,但性格的改变需要时间。

院、系进行学生会改选,班里也在进行小组改选。这一次,徐光耀被大家一致推举连任小组长,使得他因学生会选举失败而低落的情绪又高涨起来。徐光耀把桌子一拍,表态:"一定带领大家为争取模范组而努力,咱是第一组,好,那咱就争取真正的第一!"话一说完,全组群情激昂,热血沸腾。因为徐光耀是部队来的,有丰富的战斗经验,同时还被推举为军事小组组长,负责班里的军事训练。更让徐光耀高兴的是,选举失败后的第二天,系里聘他编辑《文学新兵》,这项工作与业务有关,也与自己的兴趣相近,徐光耀决心多为《文学新兵》服务,也好好锻炼锻炼自己。再加上给萧殷老师当课代表,徐光耀也算是"身兼数职"了,激发了他为同学们服务的极大热情。

徐光耀经历的最大规模的一次民主选举,是从全院选出一名出席国际学联大会的代表。文艺学院推举的候选人是闻功[①],他刚从文学系一班

[①] 闻功(1923—1996),北京人。曾就读西南联大外语系、北京大学西语系,新中国成立后曾任《鸭绿江》杂志主编。

毕业，之前在党的领导下多次参加大后方学生运动，学运资格比较"老"。这次徐光耀不是候选人，而是助选人，文艺学院成立了竞选委员会，为闻功助选。1948年"五一"，徐光耀他们忙了一下午加一晚上，为了闻功的选举，他们和外语学院搞好了统一战线，商定竞选时外语学院也要唱文艺学院的歌词。因此徐光耀他们成了"印刷机"，赶紧给外语学院誊抄了好多份歌词。5月2日候选人选举那天，学院大礼堂人头攒动。选举伊始，文艺学院先声夺人，锣鼓齐鸣，歌声嘹亮，大有力压四方之势。外语学院也大助其威，效果很好，闻功成功当选候选人。与闻功一起当选的还有徐克立、俞林、贺敬之、王进①,5月5日，他们五个将再一决雌雄。

到了5月5日大选这天，徐光耀是怀着去战斗的心情为闻功竞选的，为此，早晨他还找到了朱子奇②，请他在党内为闻功做保障。

徐克立的竞选很顺利，不愧是政治学院的，竞选人和助选人，政治水平、演说水平都很高，让人听着就觉得只有徐克立最合适。俞林的助选人就差了一大截，竟说起了为俞林的个人条件惋惜之类的话，徐光耀听到时就想，这与自己竞选学校学生会时的失败大有相似之处，此言一出，徐光耀就觉得俞林大概没戏了。还好，闻功的竞选总算比较顺利，尤其是他自己的讲演更成功，争取到了不少人。投票结果出来，徐克立以762票当选。

---

① 此内容出自《徐光耀日记》第二卷第66页。这五位中，俞林是老师，闻功是和徐光耀毕业后一起留校的，边工作边学习，实际相当于研究生。严格说来贺敬之当时的身份不是老师，而是联大文工团的，但联大文学系邀请他讲过课。王进这位候选人，只是徐光耀日记中有记载，查不到相关资料。他和贺敬之的竞选情况也没能查到，但最后他二人肯定是落选了，因为选出的代表是徐克立，候补代表是闻功，徐光耀在日记中对他二人的竞选情况也没有详细记载。

② 朱子奇（1920—2008），湖南汝城人。著名诗人、散文家、评论家。曾任中国作协党组副书记、书记处常务书记、《诗刊》编委。

选举结果一公布，全场沸腾，同学们激动地把徐克立托举在空中，绕场一周才把她送到主席台，这是一种革命的"狂热"，年轻的革命者的"狂热"是革命兴旺发达的标志。第二轮投票，闻功以570多票当选候补代表，从结果来看整体表现已经很不错了。

在华北联大，"墙报"《文学新兵》是文学创作的"练兵场"，好多同学的处女作甚至得意之作都发表在墙报上，它紧密联系着同学们的学习和生活实际，反映着同学们课程学习和向民间学习的成绩与收获，文学系的师生都很重视。《文学新兵》的前身是《草叶》，《草叶》共出了4期，第五期开始更名为《文学新兵》。《文学新兵》是春节实习后谋划出版的，3月8日出版第一期，总排第五期。到一班毕业，共出版14期，刊发各类作品近200篇，后交由文学系二班主办。负责编辑《文学新兵》的除了徐光耀，还有陈淼、鲁煤、闻功、李兴华、桑平。徐光耀负责新闻、通讯、报告一栏，同时还与陈淼负责"文艺思想及理论"栏；鲁煤负责民间形式栏，闻功负责学习生活栏。

《文学新兵》虽然是以墙报形式出现的，但它却是文学系的"系刊"，在文学系乃至文艺学院都有着"崇高"的地位。编辑者也特别用心，不但要征稿、组稿、选稿、改稿，还要誊写，还会请美术系的同学画报头、插图等。一切准备就绪后把誊好的稿子、插图等按设计好的版面用糨糊粘在一条布上，等晾干后挂在显眼的位置上，让大家阅读欣赏。

《文学新兵》很注重文学性，基本是一个配合业务学习的注重文学性的墙报，每期16开，大概30页。如何让《文学新兵》恰到好处地吸引读者，让徐光耀他们颇费心思，编辑每期墙报，都要花费大家很多心血。每期《文学新兵》挂出来都会出现人多拥挤的现象，站在后面的同学看不清上面的字，遇到好文章，大家就共推一个同学朗读，大家听，因此还闹过不少笑话。有时外边的同学让里边的同学读，挨得最近的是南方人，那一口蹩脚的国语听起来实在别扭，引得大家不时大笑。《文学新兵》的影响力还真不小，就连伙房的管理员、炊事员都成了忠实读者，如果因故延期，到吃饭时，炊事员准会问："咱们那墙报怎么还不挂出来？"一脸迫不及待的样子。

徐光耀也在《文学新兵》上发表文章，有自己的文章时他就更加留意。从安平县修河堤回来后，徐光耀写了反映挖河堤劳动场景的诗《我仿佛看见了》和小说《××的日记》，发表在《文学新兵》上。某天早晨，新一期《文学新兵》挂到了墙上，吃过早饭，人们逐渐聚拢来，徐光耀就站在旁边，留心大家的反应。开始的时候，大部分人都是迅速过一下标题，就往前移动，浏览到自己的文章时依然如此。徐光耀心里有些焦急和窘迫：自己的文章原来也并不吸引人，可转念一想，看一本书谁不是先看目录看标题呢，略过也是很自然的。果然，过了一会儿，情况开始好转，《××的日记》前面吸引的人越来越多，虽然是这一期最长的一篇文章，但站在前面读的人还是越来越多。米粒说："这才是一篇创作，谁看见都会觉得有点像自己。"陈淼转过头来对徐光耀说："写得很好，你的生活体验很深刻。"小同学章晦显然有些羡慕："写得真好，我最爱看你写的东西。"有一位音乐系的同学在打听："谁叫越风？"当然，作为好同学，陈淼、闻功他们也指出了缺点，认为徐光耀文章里写的有关城市的东西不深刻，别的文章也是，一写到城市就会让人感到不真实。这也是徐光耀乐意听到的，他觉得这意见很对，毕竟自己没怎么到过城市，对城市不了解。

对文学系主办的《文学新兵》，文艺学院领导也是持赞赏态度的。1947年7月，《文学新兵》出了一期"七月节纪念专刊"，院长沙可夫为专刊亲笔题词。题词说："我们正处在中国革命新的暴风雨的前夜，全国民主高潮一天天汹涌澎湃起来了，解放区爱国自卫战争已经达到积极准备全面大反攻的阶段，我们要以战斗精神来纪念七一、七七与建校八周年这些伟大的日子。每个文学工作者首先应以短小通俗、新鲜活泼的形式来及时反映这个大时代。让我们拿笔的人和带枪的人一样，在斗争的最前线，为中国革命彻底胜利而奋斗到底！"[①]沙可夫的题词充满革命激情，指出了和时代紧密相连的革命文艺的主要任务，这既是对《文学新兵》的高度肯定，也是对徐光耀他们这些革命的文艺青年的巨大鼓舞和鲜明引导。

文学系还出了墙报《街头诗》，编委是李兴华、黎白、徐孔、吕唐。街头诗的特点是"短精快"，强调学习民间文学形式，鼓励创作者从民歌、民谣、谚语汲取营养。它刊登的内容以联大的同学创作为主，此外还刊发了农民、劳动英雄、小学老师的作品，跟人民群众联系非常紧密。因为街头诗的形式灵活，接近群众，因此它还承担了许多政治宣传任务，比如宣传备战、参军、生产、征收、土改、重要纪念日等，生动及时。在联大的"立功运动"中，《街头诗》荣获集体一等功。

《文学新兵》和《街头诗》的作用和办刊目标既有很大差别，又两相互补。《文学新兵》是同学们写作成绩的展示，是同学们优秀习作的交流平台，可以看作同学们展示自己文学"成就"的小舞台，作为墙报，它挂在校内，是给学校师生看的，是"内部刊物"。《街头诗》则是用来发动群众、宣传

[①] 引自《沙可夫诗文选》(文化艺术出版社1990年11月版)，该书插图中，有沙可夫该题词的手迹影印件。

群众的，它每期仅两张白报纸，登十首左右小诗，每首三五行、七八行，语言通俗易懂，内容和群众密切相关，用铜钱大小的毛笔正楷抄好，报头报尾装饰以群众喜闻乐见的民间剪纸等图案，就挂在村里大街上，"对外发行"给乡亲们看，发挥了文艺"轻骑兵"的作用。

生活可以贫瘠，但精神不能贫瘠，作为大学更应如此。联大师生的课余生活也十分丰富：早晨扭秧歌，这是惯例，也是当时联大师生和驻地人民群众最喜闻乐见的大型文体活动，有时扭起来都是自发的。联大师生爱唱歌，校园处处有歌声。开大会前总是有老师教大家唱歌，晚饭后也练歌，集体行动要唱歌，开会或有大型活动各单位之间还要"拉歌"，哪个单位的同志们要不会十几首歌，一拉歌准败下阵来，在倒好声中羞得无地自容，只好过后多学多练，下次再"一雪前耻"。

举办晚会是文学系最常见的娱乐方式，也是最具文艺性的活动，这一方面大家可以互相鼓励，克服困难，打破消极情绪；另一方面文学系的晚会绝不是单纯的娱乐，也是一种文学活动，紧密配合业务学习，比如朗诵文学作品、介绍民风民俗、表演民间演唱、讲文学故事等。这种晚会，对徐光耀的历练是非常有意义的。徐光耀在前线剧社表演小角色时，演一个地方换一个地方，脸往下一抹，仗着胆子演了，后来就越演越熟练了。在联大文学系的晚会可就不一样了，听着看着的都是老师和同学，上台对他来说得克服很大的心理障碍。他第一次表演朗诵文学作品，刚上台就开始紧张，脸也红了，汗也出了，开始朗诵得结结巴巴，观众席有人开始嘲笑，但更多的人在给他加油，没想到后来朗诵得越来越好。晚会结束后，许多人都说这是整个晚会最好的节目，这让徐光耀真有点不敢相信。事情往往就是如此，你越想把它做好压力就越大，就越不容易做好，相反，你一放松，事情反而就做好了。时间一长，徐光耀在台上越来越放松，越来越熟练。另一次晚会，要通过抽签决定表演的节目，徐光耀抽到了郭沫若的《女神》，即便是临场发挥，徐光耀表现出色，赢得了大家一致叫好。徐光耀彻底放开了。稍后的集体节目"你喜欢谁"中，徐光耀跟何洛的"表演"制造了令人意想不到的喜剧效果：徐光耀个子高，何洛个子矮，徐光耀起身时把何洛的眼镜撞到了地上，何洛节目也演不下去了，净顾着蹲在地上找眼镜了，还好眼镜没有摔碎，何洛拾起来，吹吹土，往衣角上擦擦，赶紧戴上。那样子多少有点滑稽，引得观众哄堂大笑，何洛和徐光耀也笑得不行。这个节目本来就是游戏，目的是让大家高兴、放松。可要放在以往，若有人一哄笑，徐光耀早就臊得不得了了，红脸出汗是必然的，可现在徐光耀不会了。

大部分晚会都是系里、班里临时组织的，有时偏重娱乐，有时偏重学习，都比较随意，让大家放松身心，陶冶情操即可。文艺学院组织的晚会艺术水准就非同寻常了，一看演员的节目就不得了：如沙可夫的独唱《伏尔加船夫曲》，周巍峙的绝活《矮子走路》，贺敬之的信天游，李元庆的大提琴独奏，石坚的小提琴独奏，郭兰英的山西梆子，王昆的眉户戏；院部秘书朱子奇连跳舞带弹手风琴或俄罗斯民歌独唱都是拿手好戏；张鲁是音乐系教员，经常用板胡为郭兰英和王昆伴奏，在晚会上他演的板胡独奏很受欢迎，也唱小曲民歌，风趣幽默；边军自编自弹自唱大鼓书，他总是因陋就简，上台后把机凳子一翻个，腿朝天做鼓架，把鼓往上一放，敲鼓打碟唱起来，广受好评。一场晚会"大腕"云集，堪称绝无仅有的艺术享受。只是场地有些"寒碜"，就在院部大院里，舞台就是正房那个两三米宽的大台阶，全院师生都散坐在院子里，包括门墩儿、缸沿儿和门槛儿上，但这一点也不影响晚会的艺术水平。后来离开联大，徐光耀经常惋惜，再也看不到这么多艺术家、教育家、作家同台竞技的场面了。"提到文艺学院的晚会，那实在令人向往。多少年来，大型隆重的演出总见过不少，若问哪个砸下了最深的印象，则我们院的文艺晚会，必是首先跳了出来。"徐光耀甚至认为，这些老师在台上偶然率意的表演达到了孙犁先生所谓"极致"，能在一台晚会上看到这么多"极致"，徐光耀和他的老师、同学们都实在大有"眼福"啊。

在课余接触到的艺术门类里面，徐光耀最感兴趣的还是音乐，音乐系李元庆的大提琴演奏是他最喜欢的项目之一，一方面是大提琴这乐器令人新鲜，再者在李元庆的演奏下，那浑厚的音符实在让人陶醉。每次晚会上李元庆只需往台上一坐，都让人感觉到这个节目的"隆重"，大提琴声响起，气场十足。除了晚会，徐光耀私下里还多次跑去音乐系欣赏，向李元庆请教音乐问题。李元庆可是一个了不起的人物，在华北联大音乐系任教时，他已是知名的大提琴演奏家了。年轻时他住杭州，那时他有两个厉害的邻居，一个是夏衍，一个是钱学森。他和钱学森是表兄弟，虽然比钱学森小三岁，但接受进步思想比钱学森早，他在杭州艺专读书时，把自己接触到的进步思想不断向钱学森灌输，对钱学森影响很大。抗战时期在大后方，李元庆三次受到周恩来接见，并在周恩来帮助下到了延安，在鲁艺音乐系任教员。

体育活动既能锻炼身体，又可调节生活节奏。联大最常开展的是球类运动，最多的当数排球和篮球比赛。同学们大都二十上下的年纪，不乏运动健将；老师们大都三十左右，在运动场上也不落下风。比如艾青非常喜欢打排球，而崔嵬非常喜欢打篮球。艾青的发球很厉害，崔嵬是学校里有名的高个中锋。只要一比赛，老师、学生便会一齐上场同台较量，不分你我，最终是大家都玩得高兴，锻炼了身体，加强了团结。

徐光耀喜欢体育运动，但并不擅长体育运动，上场的时候少，做观众的时候多。徐光耀也跟许多老师一起比过赛，如艾青、厂民、崔嵬、张鲁等。有一次跟老师们一起打篮球赛，徐光耀没接好崔嵬的传球，触了几次球也没处理很好，虽然自己一方赢了，但徐光耀还是有些自责。但这倒激励了徐光耀的上进心，即便是运动方面自己也还得大力提升，需要学习的东西太多了。

虽然崔嵬球技好，但有时也"耍耍赖"。有一次，徐光耀晚饭后遛弯，遛到篮球场，场上正在打比赛，是戏剧系和文工团在比赛，戏剧系这边场上的队长是崔嵬，看来曾当过戏剧系主任的崔嵬对戏剧系"旧情未了"。他倚仗自己身高体壮，在场上撞来撞去，最终帮助戏剧系赢了文工团4分。文工团的队长是边军，比赛结束时，他很不服气，一再说他们文工团这是第一次输球，并埋怨戏剧系犯规太多，说着还对崔嵬比了一个"八"的手势，笑话崔嵬耍赖。徐光耀也觉得戏剧系有点胜之不武，但能在这里看到这些艺术家在课堂上和演出时难得一见的童真、可爱，倒也很有意思。不过，崔嵬的球技还是有目共睹的。1947年10月，华北联大举办十月革命节篮、排球比赛，文艺学院队获得了篮球比赛冠军，在这场比赛中，崔嵬任中锋，张鲁任后卫。

巾帼不让须眉。联大有一支女子篮球队，她们打起球来，场上的热烈气氛一点也不输男同志。有一次"球迷"徐光耀看了个整场，算是领教了这支女子篮球队的风采。

哨声一响,村边简陋的土球场上便尘土飞扬了,双方队员你来我往,全场飞奔。虽然叫女子篮球队,但她们在技术上还是很业余的。一只篮球突然从空中飞过来,孟杨张着两手去接,球竟一下子从臂弯上滑跑了,她急忙撒腿去追,球却在高低不平的球场上一颠一蹦地跑到界外了,急得孟杨一劲儿地大声"哎哎",逗得旁观的老师、同学一阵大笑。王元把球追了回来,投出去,却被张奇虹给截了去,王元羞得只顾捂着嘴笑了,这时对方已把球投上了篮筐,孟杨、王元赶忙去争抢,俩人正好站了个面对面,球从头上掉下来,球没抢到,却把孟杨的眼给抓了,孟杨捂着眼退到场外。裁判彦涵只好吹哨子暂停了比赛。比赛重新开始,大家又都笑着上了场,不一会篮球又从地上滚起来,很快滚到了顾群①腿下,顾群一下子没抓到,赶紧去追,被带了一个大坐蹲儿,大家又是一阵哄笑。球被邓澍②抓到了,刚要投篮,张奇虹和女娃扑上去,两双手臂从空中直劈下来,邓澍还是有点技术,顺势把球一转投了出去,谁知投偏了。眼看球奔向界外,顾群急忙接住,身体在惯性的作用下直向界外扑去,顾群赶忙扭身把球投给文纬,球是投出去了,可自己却重重地跌坐在那里,围观的人们又是一阵大笑。一场篮球赛就这样在乱乱腾腾中结束了。联大的篮球队虽然叫篮球队,实

---

① 顾群(1928—),北京人。1944年在国立北平艺专油画系学习,1946年进入华北联大文艺学院美术系学习,1949年研究生毕业后任华北大学第三部美术科助教,1950年任中央美术学院教师。后历任山东艺术学院教师、山东淄博美术琉璃厂设计师、中央美术学院副教授等。中国美术家协会会员。她所作新年画《豆选》与彦涵版画《豆选》同名,是当时反映土地改革运动的新年画的经典之作。

② 邓澍(1929—2023),河北高阳人。1946年加入中国共产党。曾在华北大学美术系学习,1949年转为中央美术学院研究生。从1949年开始在中央美术学院工作。创作了《和平签名》《挑粮路上》《农村调查》等许多经典美术作品,参加过1979年版人民币设计和绘制工作。

际上技术还是很业余的，大家比赛时注重的不是技术，也不太在乎输赢，大家更看重的是比赛中表现出来的乐观向上的精神风貌和团结友爱的集体观念，这是"自治"管理所需要的非常可贵的品质。

徐光耀对体育的热爱不只停留在体育场上。有一次学院组织篮球比赛，各班之间进行较量，球打得一场比一场激烈，这气氛感染着徐光耀，他于是跑到球场边把创作研究室的人组织起来，成立了"广播电台"，打破了老一套"啦啦啦啦"的加油方式。徐光耀一改往日的木讷，大声喊着、笑着、解说着，什么"打得漂亮""连中三元""单枪匹马"，漂亮词儿一个接一个。"广播电台"的加入，使现场气氛显得异常活跃起来，赛场洋溢着的是欢乐和愉快。这次电台的组织让大家见识了创作研究室"非同一般"：不愧是搞创作的，还真有创意，一下子就提高了创作研究室在全校的威信。这是徐光耀到联大以来第一次如此活跃，也是他对自己的一次突破。体育精神真是容易感染人。

颁奖时，于力讲了话，同时还告诉大家一个更令人振奋的消息：据说我军已攻进石家庄，敌人已被迫放弃了第一道防线。于力话音未落，全场已掌声雷动，欢呼雀跃，经久不息。这是徐光耀第一次感受到如此热烈而长时间的掌声和欢呼声。

徐光耀太兴奋了，兴奋得不能自已，晚上他又跑出去参加了一阵篮球赛，累得连呼带喘，心脏也咚咚咚跳得厉害，这也是徐光耀来联大后的第一次。今天的徐光耀还是那个徐光耀吗？原来振奋人心的消息可以瞬间改变一个人的性格！

《联大生活》上刊登的《联大同学助选工作》素描

1947年11月1日 晚上，开俱乐部成立大会，迪之讲了一番话，艾青副院长也讲了讲。就进行艺节目。最精彩的是人物素描，给人很大刺激。证明不论什么，只要是努力，再加研究，就可以得到好结果。
摘自《徐光耀日记》一卷400页 九十七岁徐光耀抄
中国人民大学博物馆收藏

徐光耀和同学们在观看联大美术系的素描展。最里一排三人，中间用手指画者是徐光耀

拉歌

① (左上图) 同学们争看墙报
② (中图) 竞选的宣传活动
③ (左下图) 篮球比赛

第十四章　鱼水情

华北联大一直坚持从群众中来,到群众中去,密切联系群众,把和人民群众搞好关系作为一件头等大事。徐光耀到联大插班时,联大已来到束鹿两个多月了,这时的联大师生和束鹿的乡亲们就已亲如一家,水乳交融了。

联大选择从张家口转移到束鹿是有考量的:束鹿这个地方虽然不富裕,但跟山村相比已算是"阔气"多了。几乎每家都有单独的小院,泥土房不多,大都是砖瓦房;老乡们穿得虽然破旧,大都衣服打着补丁,但干净利落。文学系所在的贾家庄,还有一所初级小学,不时传出孩子们琅琅的读书声。这一带民风淳朴,崇学尚文。联大师生住到任意一家,房东都会力所能及地提供好的住宿和学习条件,可惜每家的条件都实在有限,即便是尽了最大的努力,但依旧显得过于"寒酸"。应该说,联大在束鹿办学,是当地的乡亲们撑起了半边天,这是不应该被忘记的。

联大的到来,打破了这里的原有的生活节奏和半封闭的农村固有的平静,带来了一股新鲜空气,乡亲们有疑虑,有新奇,有兴奋,有期待。

第十四章 鱼水情

华北联大各院系分别驻进了这里的十多个村子,老师、学生都分散住在各家各户。一开始,乡亲们都知道来了一个八路军的"平原宣教团",以前八路军没少在村里驻扎,可这次这支大军似乎和以往不一样:以前八路军带枪,天天跑操练刺杀;这次住进来的战士,有唱歌的、画画的、练嗓子的、拉琴的,还有坐着一门心思看书的,眯着眼睛说洋话的,上午、下午就聚在一起像学生一样上课,反正不像是打仗的,八成是文工团,可文工团也不需要这么多人呀。但这些八路军没有丢弃传统,无论老师、学生都主动帮助房东扫地、担水、干杂活,可有的文弱书生心有余而力不足,为此还闹了不少笑话。

学生中有一些是来自城市的知识青年,没干过农活,即使来自农村的,因为早早就离家干革命,对农活也不精通,让他们扫扫院子还可以,担水这样的技术活就干不好了。有的同学担起一担水,压得龇牙咧嘴,勉强走起来也如风摆杨柳,晃晃悠悠到了家,桶里的水早已洒得所剩无几了。最考验人的还是用桶在水井里摆水提水,打水时只有扁担上的铁钩子钩着桶,需要动作协调,否则水桶就会脱钩,掉进井水里,一旦水桶掉进水里,捞桶比担水费事得多,可这些青年学生谁又能保证水桶不掉进水里呢。看到这种情况,房东都委婉地拦下,亲切地说:"把桶放下吧,你们细皮嫩肉的干不了这个。"但这点小困难还真吓不倒同学们,不行就练,一趟担不满水瓮,就两趟,两趟不行就三趟,直到担满为止。练了一段时间,大家的水桶不再掉井里了,担起水来也能健步如飞了。这时房东大叔大娘都夸自己家的学生:"看俺们家那小小子儿(小闺女儿)摔打得可壮实了。"话里话外看得出大叔大娘早把同学们当成一家人了。学生们都是二十上下的小伙子、大姑娘，平时也不大会照顾自己，房东大叔大娘就像关心自己的孩子一样关心大家，嘘寒问暖，叮咛嘱咐。

老乡们关于文工团的猜想似乎很有道理，刚到束鹿，为了拉近和乡亲们的感情，破除他们心中的疑虑，各学院文工团都办晚会、演戏，向乡亲们宣传。师生们各显其能，演出形式多种多样，这让看惯了浓妆艳抹宽袍大袖的传统戏的乡亲们倍感新鲜，话剧、歌舞、朗诵、演奏，以前在村里的戏台上见都没见过，还有那些乐器，古里古怪的，但发出的响动还真是好听。好多节目小而灵，撂个场地就能演，大街上、场院里、庭院里都行。更新鲜的是这些剧目的内容，再也不是帝王将相、才子佳人了，都是日常内容，看着听着就像是发生在自己身边的事，特亲切，极富感染力。每有演出，附近的乡亲总是蜂拥而至，一睹为快，台上卖力地演，台下干部、战士、学生、老乡聚在一起，津津有味地看，鼓掌声、欢笑声不断。看完之后，回家的路上，乡亲们仨俩一群的还对内容和演员津津乐道，回味品评呢，宣传效果特别好。就更不用说《白毛女》这种大戏，以及陈强、王昆、郭兰英、孟于等人的节目的受欢迎程度了。

最能拉近与乡亲们感情的还是大秧歌，每天早晨，院系领导、老师同学，村里的乡亲们总是会扭到一起，场面热闹，其乐融融，这几乎是当时的一道风景。陈强、吴坚他们跳得最卖力气，有时吴坚穿着满身红就在人群中央大跳起来，简直就像一个孩子一样，实在是太可爱了，直逗得大家笑声不断，掌声不断。

徐光耀虽在前线剧社待过，但他对上台表演并不内行，不过他把宣传群众团结群众的重点放在了搜集民歌、民谣、民间故事、民间语言等民间

华北联大为群众演出的秧歌队

文化上了,为此接触了很多群众,跟老乡们学了很多东西,丰富了自己的文学创作,得到过艾青、陈企霞、厂民、周巍峙的充分肯定和许多同学的赞扬。

刚到束鹿不久,陈企霞就在文学系墙报《草叶》上发表了一篇文章《学习写人生》,倡导同学们要"学习着把人民群众的要求和生活力量吸收,而变成形象和思想",提出开展和农民交朋友的文学活动,要求每个同学至少交一个农民朋友,目的是"要很快学会能接近和了解他们,要开始学习怎样向这唯一的源泉汲收一切的珍宝"。徐光耀刚一入学,陈企霞嘱咐的几件事中,就特别提到了要交农民朋友。当然交农民朋友,是为了让同学们尽快了解农民，深入生活，汲取营养，其实另一方面也让农民朋友尽快了解自己，了解党的政策，是宣传的一个好渠道。这个举措收到了很好的效果，更可喜的是，师生们和乡亲们很快就开启了互助模式。

联大除学习文化知识，还要学习军事，学习生产，生产是一门重要课程，如果没有乡亲们的帮助，生产活动是很难开展的。

在大生产活动中，乡亲们先是提供给师生们一小部分土地，但耕地毕竟有限，就又提供给他们荒地，同时提供生产工具。同学种过地的并不多，行家里手就更少了，这时乡亲们就又手把手地教同学们开荒种地，帮助他们完成生产任务。女同学为完成生产任务，主动学习纺线，村里的纺线能手也是手把手地教。从这个角度说，乡亲们也是同学们的老师。作为回报，同学们就发挥所长，教乡亲们唱歌、跳舞、识字。女同学会专门把村里一些姑娘、媳妇集合在一起，教她们识字，给她们讲妇女解放的知识，很受欢迎。美术系的邓澍还据此创作了新年画《学文化》。

联大的课堂是开放的，是没有围墙的。上课时，乡亲们随便听随便看，有时师生们正围坐着上课，旁边就有孩子们玩耍，这战火中难得的田园意味，更凸显了军民鱼水一般的情谊。

平原宣教团的到来，显然使这相对比较闭塞的农村生活活跃了起来，以前除了逢年过节看几出大戏，从来也没有这么多娱乐活动呀，乡亲们觉得这宣教团的男男女女都挺能耐，什么都会演，演什么像什么。联大给这里的人们带来了许多新东西，给这里的生活平添了许多新色彩，自然受到了乡亲们的欢迎，也很快和乡亲们打成了一片。

第十五章　大生产

在华北联大，生产是一门必修课，它可以锻炼学员的意志品质和团结协作、积极向上的精神。上生产课，农村出身又在部队摸爬滚打十来年的徐光耀显然比那些城市来的知识分子有优势得多。

联大的学生都有大生产任务，一个人得负担一定量的粮食任务，每年根据自身条件自己上报一年的生产任务，一般来说，男同学不少于100斤小米（小米是作为计量标准来使用的），女同学不少于80斤。为了完成任

华北联大师生在播种

务，徐光耀和同学们运过粮，开过荒，拉过犁，种过菜，脱过坯，做过纺车，还挖过河堤……

有的同学提议运公粮，用小车推，一次能运一二百斤甚至更多，一趟下来就可以完成十来斤小米的任务。乍一听，这的确是个好主意。如此好事，徐光耀他们也动了心，于是和李达、邓祥结组，1947年3月23日那天，吃完早饭一抹嘴，三个人推起小车就雄赳赳、气昂昂地出发，直奔40里地外的文朗口。小推车是木头轱辘的，这样的轱辘似乎春秋战国时期就有，一直流传到现在，活文物一般，走在土路上颠颠簸簸、吱吱扭扭。

开始徐光耀推着小推车，车子咕噜咕噜地响着，三个人还蛮兴奋，邓祥一边走还来几嗓子《兄妹开荒》《大生产之歌》，像出了笼的小鸟一般轻快活泼。可李达、邓祥对推小车并不在行，小车到了他们手上只能东倒西歪、不走正路。这样一路练一路走，慢慢悠悠，到了文朗口时间已过了晌午，大家虽有些着急，怎奈脚走得有些疼，人也困乏得很，只好先歇了会儿，喝了几碗稀粥。

吃了，歇了，精神又上来了，三个人趁着精神头，赶紧装车往回赶。考虑到李达、邓祥推车技术不熟练，只好少装，这一车只装了106斤。没想到，出村不远，邓祥第一个先败下阵来，直接坐在地上，走不动了。好不容易把邓祥拉拽起来勉强跟着走，可路还没走一半，李达也顶不住了，小车翻了几次，人也摇摇晃晃。三人小组已有两个人基本失去了战斗力，徐光耀这才意识到后面的困难，不用说指望他们俩推车，能顺利走回去就是胜利。没办法，徐光耀成了推车的主力。谁料屋漏偏遇连阴雨，徐光耀一不小心崴了脚，成了三个彻头彻尾的"残兵败将"，这可怎么办？休息了一会儿，徐光耀站起来，感到还好，脚崴得不厉害，能继续走。这时他们已走到了常屯，离贾家庄还有八里地。这八里地走走停停，几乎是连滚带爬，过了两个钟头才到了大李庄，离目的地近在咫尺了，终于看到了"胜利"的曙光。更让徐光耀他们高兴的是黄山、克非、杨正他们几个已经到大李庄了。眼看胜利在望，这时小车又翻了，还摔破了布袋，粮食撒了一地，还是黄山把褂子脱下来，才把粮食都装上。到了收粮食的地方，一称，还差了一斤，唉，差就差吧，徐光耀他们也顾不了许多了，总算交上了，可以松一口气了。

黄山告诉徐光耀他们："你们是回来得最晚的，但不是最惨的，刚才回来的几拨，都是解放区来的干过农活的同学帮着扶车、推车，搀人才到家的，回来后个个脏成了泥猴，有的直接躺在院里，连屋都进不去了。陈企霞和几位老师在村头等了好半天，还发了火，绝不允许再干这种运粮的活了，同学们还是第一次看到陈企霞发这么大火呢。"回到家里已狼狈至极，徐光耀吃了饭，赶紧睡了觉，这么多年来还没累得这么惨过。人家老乡们推着车轻松自如，到了自己手里就玩不转，同学们眼高手低，因此大都狼狈而归，推车运粮，看似简单，实际上还是很需要技术的。

第二天徐光耀才知道，运公粮的路上还有比他们三个更惨的。黎白他们几个，去时也是一路歌声一路欢笑，似乎那几斤小米的任务眼看就完成了。等把几百斤粮食装上车就发现不是那么回事了：出村没几步小车就翻了，装上再推，还是翻车，折腾了好几遍，一装上粮食小车就"不听话"，把人累得都快虚脱了，小车也没走出多远。眼看天色已晚，没办法，只好放弃了粮食，空车回返，谁知往回走时，空车也不听话了，一路歪歪斜斜，几个人逃兵一般，步履沉重，很晚了才回来。进村时正赶上陈企霞带着老师们接大家，对着大发雷霆的正是黎白他们几个。

看来要完成生产任务光靠满腔热情是不行的，还得另辟蹊径。阳春三月正是开荒种地的好时候，村里拨给的不多的一点地种完了，好多同学都到离村子远的地方开荒种地。没有牲口，开荒时就在犁杖上拴上粗绳子，一个人扶犁，三四个人拉犁，一天下来，好多同学累得躺在地头上都不想起来了。徐光耀他们一帮同学跟老乡借了犁杖，扛着直奔西北方向的荒地。到了之后，四五个犁杖横排着拉开阵势，扶犁的扶犁，拉犁的拉犁，干得热火朝天，徐光耀扶了几趟，拉了几趟，手腕子和膀子生疼。那些城里来的同学可就更"惨"了，他们没干过农活，不知道怎么使巧劲，膀子里侧勒得一道子红肿甚至磨出了血泡，可谁也没喊疼，依然都那么乐观。村里本身土地有限，荒地也不多，那么多同学参与开荒种地，没几天就无地可种了，这生产任务可怎么完成呀！

开展大生产时，老师们也积极参与其中，和同学们打成一片。有一次耕地时，陈企霞和鲁煤等三个同学分到了一组，一个有技术的男同学扶犁，鲁煤驾辕，陈企霞和一位女同学拉长套。陈企霞和同学们一样，也面朝黄土背朝天，腰弯如弓，像骡马一样奋力前进，没有一点的架子，那么平易近人。

4月10日，刚跑完早操，任大心就神秘兮兮地找到徐光耀，说他想到了一个完成生产任务的好办法，想跟徐光耀一起干，徐光耀赶紧问什么好办法，任大心有点得意地说："做纺车！现在女生们学纺线的越来越多，纺车准好卖。"徐光耀觉得这还真是一个不错的办法，有点技术含量，省

第十五章 大生产

力气,况且现在也没有什么农活可干,再者说徐光耀对木工并不生疏,老父亲就是村里数一数二的好木匠,耳濡目染,徐光耀也懂些皮毛,任大心还真是会找人。更主要的是,的确有好多女同学都在纺线完成生产任务,纺车一定是最紧缺的工具。徐光耀暗自夸赞任大心好眼力,有头脑。

说干就干,第二天一跑完操,任大心就拉着徐光耀去做纺车。选木材,借工具,二人很快就干起来了。做纺车真是个技术活,借助做纺车完成生产任务更是个新鲜事,因此,不一会儿就引来了一大堆人围观,支持的、说风凉话的都有,热热闹闹。第一次上手干木匠活徐光耀才发现,这木材、工具都不称手,真一做纺车才发现这活难度不小。

下了一天苦功夫,纺车的大架子终于做好了,在院里一放,还真像那么回事,看着都让徐光耀兴奋,心想,这回看谁还说风凉话。有了成果二人信心大增,干劲也上来了,吃过晚饭接着干。做了一个纺车把手之后,又一个难题来了,缺原料,得到处找木材。可村里边哪有什么木材原料,找了半天,把人弄得筋疲力尽,也找不到多少可用之材。

连着晚上加了几天班,终于给纺车做出了几个翅,更像模像样了,纺车"出品"指日可待。谁知越往后做纺车的技术要求越高、难度越大,徐光耀绞尽脑汁琢磨怎么上细活把纺车做好,不承想,任大心半路先败下阵来,撂了挑子,不想做纺车了。他要去种菜园子,种菜园子技术含量低,好侍弄。任大心执意退出,徐光耀也没办法,但心里又有些埋怨:"任大心这家伙撺掇做纺车是他,一有难度半路退下来还是他,没劲。"没人配合,一个人做纺车几乎不可能,眼看着已具雏形的纺车,徐光耀只好忍痛放弃,另谋出路了。

米粒也种了一小片菜园子，徐光耀和白石觉得挺新鲜，也参加进来帮助米粒侍弄。这小菜园子离村子近，总有老乡的鸡进去啄食，把菜弄得不成样子，令人心痛。于是他们想在老乡的枣树下砍一些疯长的枣树枝，插在菜园子四周挡住鸡，不让它们进来。谁知徐光耀和白石的举动惹得老乡不满，枣树枝没弄来，还被老乡数落了一顿，搞得俩人灰头土脸的，好像犯了什么大错似的，算了吧，看来这菜园子也不能种。

徐光耀被"抛弃"了，又"失业"了，幸亏白石组织的团结互助生产小组的打坯组"收留"了他。打坯又是一个累活，可徐光耀全身心投入，一天时间和白石、徐孔通力合作，打出了30块大土坯，成绩不错。每天他们还将晒得半干的坯子码起来，存放好。关键是徐光耀从劳动中感受到了一种愉快，活干完了，几个人坐在一起，聊学习、聊文学、聊理想，直聊到天空上繁星点点，这才起身回家，让人精神酣畅。

女同学的生产活动相对轻松一些，但技术含量更高。比如纺线，也不容易，一团棉花在房东小姑娘手里在纺车上一转，犹如春蚕吐丝一样，一条长长的细白均匀的线就出来了。而同样的纺车，同样的一团棉花，放在同学们这些城市小姐手上，纺出的线又短又粗，像老鼠尾巴。就连纺车的声音都吭哧吭哧的，难听死了，不似房东小姑娘摇起纺车来，吱呀吱呀的，像唱歌。这时候，这些"大小姐"们也只能虚心地向这大字不识一个的小姑娘请教了。小姑娘们非常热心，没有一点好为人师的架子，一边教还一边鼓励这些满肚子墨水的大姐姐们："学纺线不难，用不了三天的力巴，准会。"有几个解放区来的同学在延安大生产运动中都纺过线，她们和房东小姑娘一样也成了"师傅"，手把手地教，很多女同学都成了纺线的行家里手了。

规模最大、最累人的一场大生产要数"五一劳动节"到安平县刘吉口挖河堤了。4月底,学院把打理菜园子之类的轻省活交给女同学们,男同学们由蔡其矫带队前往安平县挖河堤。挖河堤是文艺学院统一安排的,挖河堤的劳动量折合成生产任务,完成一方土的工程量(包括把土运上河堤,按宽度、高度要求填好,夯实、拍光等工程量)折合8升小米。

5月1日大家到达目的地,5月2日就开始劳动。即便像徐光耀这样干农活内行的,第一天挖河堤还是累得不行。挖土、背筐、填土、打夯,一天下来真有些支持不住了,两条胳膊垂下去都不想抬起来了,两腿酸疼,蹲坐下去就起不来了。好多同学可都是些"肩不能挑担,手不能提篮"的知识分子呀,不累垮了就算是好样的了。第一天的确把大家都累蒙了,大部分人都没使用过铁锹,更没担过土篮,这一天下来,有的人肩膀被压肿了,有的人手上磨出了血泡,若不是相互连拉带拽,都走不回住处,躺下之后,就成了一摊烂泥。说来也怪,休息了一夜,第二天徐光耀倒感觉没那么累了,同学们也没有一个掉队打退堂鼓的。

徐光耀他们工地旁边就有包段干活的民工,人家干得不紧不慢,很有节奏,一天下来不仅没看出有多累,而且干的活多,质量还好。徐光耀他们决定主动"拜师",没过几天,大家就都成了筑堤的内行了。沟越挖越深,堤越筑越高,同学们充分发挥聪明才智,用杉木杆子绑成天秤运土,大大提高了工作效率。

为了鼓舞士气,同学们还办了黑板报,名字叫《滹沱河》,大家经常是累了一天,晚上还比着在油灯下写稿,为着第二天能登在《滹沱河》上。

黎白负责办报和宣传鼓动，劳动一天后，晚上他还要听陕北新闻，然后抄写整理好，第二天在大堤上用铁筒喇叭大声讲出新闻的内容。战场上每一个胜利的消息都让人欢欣鼓舞，特别是讲到刘邓大军渡黄河，每喊到攻占一个地方大家就一片欢呼。黎白还自制了一张大地图，用红旗标注出我军攻占的地点，引得上了河堤的同学都要围过来观看"战况"。前方胜利的消息鼓舞着同学们，虽然早已汗流浃背了，可这胜利的消息和对新生活的憧憬，让他们一个个情绪高昂、精神抖擞，干劲倍增，每一个黝黑的身影都生龙活虎一般。

徐光耀的一首诗《我仿佛看见了》也登在了《滹沱河》上：

我一锹一锹地挖下去，
汗从眉毛流进眼里。
于是我仿佛看见了……
不知有多少个农民在锄地，
里面就有我苍老的父亲；
他们的背弯着，
汗珠一颗颗滚进泥土，
很多也滚进眼里。
……

来筑堤的每一个人都被这不怕苦、不怕累，积极向上的劳动气氛感染着。那时累得越狼狈、穿得越破、滚得越脏越光荣，后来大家索性把衣服几乎都脱光了,只穿一条小短裤,每个人都赤条条的干得十分带劲。倒霉的是,徐光耀脖子上长了一个疮,一背筐就挤得那疮生疼,他就整日歪着头,照样背筐担担,健步如飞,在那种积极向上的大氛围中,谁也不愿意落后。

有一次,天近黄昏,该收工了,蔡其矫站在堤坡上问大家:"同学们,该歇了吧?"实际上这时候同学们已经累得浑身瘫软了,可大家还是戗着劲大声喊着:"不歇,不歇,接着干。"蔡其矫显然也被感染了,二话没说,也脱下外衣,只穿一条小短裤和同学们一起干了起来。一边干蔡其矫还一边朗诵诗句给大家加油:"劳动像一团火,烧得我好痛苦也好快乐!"工地上的同学们也都像一团火,激情四射,累并快乐着。

到5月19日收工,挖河堤干了半个多月,那些细皮嫩肉的知识分子开始时挑土篮摇摇晃晃,现在挑起满满两篮土也能如履平地了,一个个"玉面书生"硬是锻炼得又黑又壮,活脱脱一个个猛张飞、黑李逵。回到学校的那天,厂民写了一首热情洋溢、充满激情的诗欢迎同学们:

> 你们走的时候,
> 带走的是一颗热情的心,
> 一个孱弱的身体,
> 一卷干干净净的行李,
> 一份对于劳动的理性的认识,
> ——没有经过实际考验的不坚固的认识。
> 现在,你们回来了,

愉快而轻健地回来了。

你们带回来的，

是一副晒黑了的脸，

一双生起老茧的粗糙的手，

一个充满汗的气味的身体。

看来你们是脏了些，

可是你们的身体和灵魂，

都更健康、更干净、更结实。

你们的行李上沾满了泥土，

这有什么？

泥土沾得越多，

走向工农化的道路就越短呵，

……

  同学们还把筑堤这种火热的劳动场面写成文章、画成画发表在《联大生活》上，比如散文《筑堤一瞥》、素描画《修堤素描》等，这些来自生产一线的作品散发着同学们昂扬的斗志，也传递给在校的同学们一种精神，激励同学们奋发向上。

  筑堤结束后选举劳动模范，白石、徐孔当选。一开始徐光耀心里还颇有不服，觉得自己在工地明显比别人有优势，干得也多，落选了有些意外。可徐光耀仔细一想，自己的落选也是有原因的——自己有优势就骄傲了，一骄傲就犯急躁的毛病，看不上落后的同学，不但不帮助他们，还冲撞了两个同学，实在不应该。那次春节下连队实习，就因为自己骄傲、急躁，冲撞了伍必端，引得伍必端不满，当时自己就下决心要改正，谁知现在又故态复萌，徐光耀觉得自己真该好好反省反省了。再看白石，虽然干活比徐光耀吃力，工程量完成得也没有徐光耀多，但他是拼命在干呀。不但如此，几乎每次收工他都走在最后面，看看有没有别人丢下的铁锹、土篮、扁担等工具，如果有，他都一起收走，省得下次开工时缺这少那。白石这种态度和精神才是受大家欢迎的，才是值得学习的。这一比较，徐光耀觉得白石许多方面表现得都比自己优秀，他当选才是公平合理、实至名归的。

挖河堤最大的现实收获就是男同学们都超额完成了生产任务，实现了思想、身体、经济"三丰收"，把女同学们羡慕得不得了。女同学们只靠纺线、种小菜园完成生产任务几乎是不可能的。于是就有女同学另辟蹊径，想干点大事，赶快完成生产任务。把活儿琢磨得最俏的当数女同学莫堤。莫堤是南京人，别看平时吴侬软语的，关键时刻还真有办法。她提出做苏式点心，南京风味的，保证做出来让大家看着都流口水。莫堤先把这点心形容了个天花乱坠，于是有几个同学随声附和，说做就做。莫堤列出了一个原料采购单，几个同学联合向学校贷了款，买来精面粉、鸡蛋、白糖、香油等，都是平时大家不常见的东西。莫堤当师傅，几个同学打下手，做出了几十斤各式各样的苏式点心。还别说，这点心嫩黄酥脆、香味扑鼻，还真不是那些北方乡野的花生米、江米条、大酥饼可比的。围观的同学一边看着一边咽口水，还有的同学赶紧离开了，这叫眼不见嘴不馋。

几十斤点心得卖出去才能兑换成生产任务，可一核算成本几个人傻眼了，这一斤点心高出辛集大集上点心卖价的三四倍，按成本卖估计也没几个人买得起，大家齐刷刷看着莫堤，莫堤似乎只对做点心在行，对成本核算大概连想都没想过，只凭着一腔热情做了一大堆高档点心。面对大家异样的眼光，她无奈地扶了扶眼镜，嘟囔了一句："这在南京也是最好的点心哎，很难吃到的呀。"这才是最要命的，大家也都知道这点心好，关键是怎么卖掉，换来钱，好完成生产任务。男同学们倒想帮帮忙买点，可翻遍了衣服口袋连一块点心的钱也不够，心有余而力不足，只能"望点心"兴叹，爱莫能助了。

买不起点心，帮着卖卖力气还是可以的。第二天几个男同学帮忙，早早就把点心运到了辛集大集。在一个繁华的地方摆张桌子，摆好点心，不一会就吸引了很多人，大家真是第一次看到这么精致好看的点心，有些人提起了兴趣，一问价，眼光瞬间转为惊愕。这个时候，辛集一带刚经过土改，农民口袋里有几个钱了，可是这么贵的点心他们无论如何也舍不得买，人们无一例外地咂吧咂吧嘴，摇摇头走了。从早晨到散集，女同学们一直笑脸相迎，男同学帮忙搭腔、推销，可最终一块也没卖出去。几个合伙做点心的女同学急得眼泪都流出来了，莫堤哭得最欢，这倒好，真是赔了夫人又折兵，不但完不成生产任务，还贷了学校的款，到毕业也还不清了。男同学们只好又劝："别急，别急，车到山前必有路。"劝是这么劝，可谁心里都没底，这路在何方？

还别说，这车到了山前有的时候还真有路。几个同学琢磨了半天还真琢磨出一条道，据说动用了"政治经济学"和"心理学"原理，还有女同学的"特殊性",制订了一套严谨的计划,把点心卖给校、院、系的领导和老师们,算来算去就他们还比较"富裕",每人多少有些保健费、保育费之类的。按照计划由女同学们上门推销点心,陈企霞、萧殷老师只收成本费;厂民、何洛老师加三成利润;蔡其矫老师和同学们年龄差不多,加五成利润;成仿吾校长、沙可夫院长、艾青副院长加五成到一倍的利润;而文艺学院的一位秘书则要两倍的利润。这定价的标准嘛,一是看各位领导、老师的"富裕"程度,还有就是同学们的个人喜恶。

按照定好的计划,几个女同学开始奔波在贾家庄、小李庄、大李庄之间,推销点心。见到老师,先拿出点心让他品尝,并告诉他这是贷了学校的款搞大生产呢,是南京女同学的绝顶手艺,这么好的点心在咱这里可是独一份,就是在南京也是可遇不可求。说话间老师一块点心已经下肚,并不住地夸奖,这时女同学们会趁机把两包点心放到桌子上,并报上价钱,所有老师这时无不惊愕地睁大眼睛,直嘬牙花,但还得无可奈何地掏出钱来,吃人家嘴短呀。最有意思的是学院的秘书,他平时非常节俭,同学递上点心,他一边品尝一边眉开眼笑地赞美着,当听到一个月的保健费才能买一包点心,再看看桌子上摆的三包点心,笑容瞬间凝固了,吃着点心的嘴也不动了,但最后还是咬咬牙买下了桌上的三包点心。

此"计"一出,大获全胜,不但还上了贷款,还完成了部分生产任务,几个女生笑逐颜开,莫堤又哭了,这回流下的是欢喜的泪水。剩的几斤点心同学们分着吃了,着实解了解馋。当然这只是同学们善意的"恶作剧",当时大家守口如瓶,谁也不敢泄露"天机"。多年后有的同学跟老师们提起此事，对"欺骗"老师表示歉意时，老师们都是宽容地一笑，告诉他们："就你们那点小伎俩，好多老师早看破了，可是不能看着几个小女孩连学校的贷款都还不上吧。"那时师生之间的友谊就是那么无私、真挚，老师们明知上当还是乐于支援，这纯真和温暖，令人回味。

第十六章　热血诗人蔡其矫

安平筑堤让徐光耀认识了一个不一样的蔡其矫，平时蔡其矫激情勃发，徐光耀一直以为这是诗人火热内心的表露，想不到在筑堤工地上，蔡其矫居然能爆发出那么大的能量。在筑堤一线的蔡其矫，哪里还有一点文弱书生的样子，他和同学们同吃同住同劳动，用自己的身体力行和澎湃的诗情，鼓舞同学们的精神，激发同学们的干劲，筑堤任务完成得非常出色。同学们风吹日晒，回校时个个黝黑健壮，这位秀气的诗人也变成了一员健美的猛将。

早在寻访陈企霞那次偶遇蔡其矫，就让徐光耀对这位年纪不大、国语有些蹩脚、随和热情、和蔼可亲的老师，留下了非常好的印象。入学后徐光耀了解到，大家都很喜欢这位年轻的教员。卷曲的头发、明亮的眼睛，英俊中还带有一种秀气，浑身散发出热情奔放的诗人气质，蔡其矫总是吸引着许多年轻的学生，尤其是因为倜傥潇洒的魅力，而经常成为女同学们谈论的话题。本来蔡其矫比这些学生也大不了几岁，很容易便跟学生们打成一片。

系里安排的"交农民朋友"活动，是文学实践的一项主要内容，对徐光耀这样农村出身的学员来说并不难，但对一些城市里来的知识分子而言，难免会有畏难情绪。好多同学的这一"困难"，都是蔡其矫帮助解决的。其实蔡其矫的做法也很简单，那就是先帮助这些同学解决思想上的问题，引导同学们在思想上放下知识分子的架子，甩掉知识分子的包袱，克服轻视农民的观点，培养向农民学习，观察农民生活，搜集民间语汇的习惯。具体方法上，他建议同学们从身边做起，例如和房东交往，首先熟悉对方的形象和性格，通过言谈举止、和周围人的关系等去了解他的生长环境和经历变化。他还不时召集同学们开展座谈，交流经验。很快大家就都交到了农民朋友。通过这个活动，同学们都养成了一个习惯，随身带着一个小本子，随时记录搜集到的材料，记录农民朋友那些生动活泼的有意义的民歌、小调、唱本、谚语、传说、口头创作等。徐光耀在这方面做得比较突出，发表了文章，也受到了学院领导和老师们的好评。

蔡其矫1918年出生，是印尼华侨。少年的蔡其矫遵从自己的内心，只身一人回国求学，在国家民族危亡之际，毅然走上了抗日救亡的道路，他辗转北上延安，毕业于鲁迅艺术学院，1939年就来到了晋察冀边区，进入联大文学系任教，是一位比徐光耀他们仅大几岁的年轻的"老教员"。他发表过许多优秀的诗作，其中《子弟兵歌》一直在晋察冀边区乃至全国传唱。蔡其矫是一个勇于坚持自己诗歌主张的诗人，在当时的创作大环境下，他不但注重诗歌的主题，也注重诗歌的表达和形式，注重诗歌的深度。可惜徐光耀他们在联大文学系学习时，蔡其矫没怎么教授固定的课程，大

在延安鲁艺时期的蔡其矫

多数时候都负责辅导学员们的课外活动，大概相当于后来的大学辅导员、班主任。但幸运的是，蔡其矫总是喜欢拿一些作品和学生们探讨，并且别出心裁，方法创新，学生喜欢，效果甚佳。

蔡其矫不但有诗人的火热激情，也有教师的细心耐心。徐光耀他们春节下连队实习回来，了解到各组的实习情况，蔡其矫深受感动，简直激情迸发，以致想以此为素材写一部《现代水浒》，这让徐光耀大受震动，蔡其矫火热的激情感染了徐光耀。蔡其矫的《现代水浒》最终并没写成，但有一次为了激励学生们学习研究，他竟将《水浒》里"火烧草料场"一节油印出来，设计了近百个问题，发给同学们阅读讨论，启发大家，加深大家对文学的认识。

为了学生，蔡其矫有时真有些拼。有一次他把一篇报告文学《英雄牌》，经过自己的润色升华，改写成了一篇故事。故事讲的是一名解放区的知识分子，受到战场事迹的激励，要拼出一腔热血火线入党。蔡其矫把这个故事拿到了晚会上讲给同学们听。平时蔡其矫的普通话说得就相当吃力，讲故事实在不是他的强项，但那天晚会上他的浪漫诗人情怀爆发，激情四射，诗兴混合着奋发昂扬的风采，收获了摄人魂魄的效果，直听得大家泪光闪闪，唏嘘有声。更重要的是，这篇《英雄牌》本身写得并不十分出色，但经过蔡其矫一润色升华，在文学系掀起了一个要求入党的高潮，连陈企霞都感到有些惊讶，蔡其矫那带有南洋味的蹩脚国语，居然这么具有感染力和鼓动性。其实那时的学生们哪个不是满怀激情、充满豪情啊，大家都有一腔报国之志，有一颗火星便能点燃这熊熊火焰，而这时的蔡其矫正做了那一颗星星之火。

徐光耀这个时期写出的作品，有很多也单独请教过蔡其矫，例如《王连长》《贺双成》《鸡》《刘刁》等，蔡其矫给出了很好的指导。徐光耀在蔡其矫这里学到了不少东西，最重要的一点是要辩证地看问题。

对徐光耀的小说《王连长》，陈企霞批评甚多，主要是认为写王连长，只写他的缺点，把人物写得很狼狈，太丑化了，人物就"立"不起来，也就不成立了。蔡其矫告诉他："写缺点，不能单写缺点，要有必要的对照。孤立地写缺点是不对的，写其缺点，还要看到其优点。"对于王连长，蔡其矫认为："批评他的缺点时一定要先有对他的爱，从真心的爱中去批评他，使别人看到他的优点，也看到他的缺点。使人知道他的缺点，也需使人知道他可爱的一面，就应该像我们在小组会上批评同志一样，要治病救人，态度要与人为善。"蔡其矫一分析，徐光耀认识到，自己写这篇小说时，是"攻击"的态度，这是非常不可取的。

蔡其矫显然没有陈企霞那样严厉，陈企霞并不看好的《贺双成》，蔡其矫觉得写得很好，《刘刁》也可以，但《鸡》就不够合情合理。蔡其矫指出问题后，更多的是鼓励，他鼓励徐光耀："你应该多看书，要看得快，尽量浏览，不要太狭窄了，狭窄了会限制自己的阳光。"

蔡其矫还告诉徐光耀："眼高手低固然不好，而你恰恰已达到了眼与手的统一。"徐光耀立即醒悟道："不突破这一饱和状态，是不容易进步的了。"蔡其矫点头表示"太对了"，然后指出徐光耀观察问题和写文章都不深入的毛病，并告诫徐光耀要改掉这个毛病，就得尽力多看，越广越好。

蔡其矫的一席话，抓住了徐光耀读和写的要害，关键还是得读。徐光耀喜欢读书，但读得慢，慢的原因是每本书都看得很细，要做详细笔记，还要认真研究，期望有更大的收获。这也难怪，突然有书可读了，每一本书对徐光耀来说都是宝贝。蔡其矫的提示让徐光耀明白了看书的道理和方法，现在看来对每一本书都进行研究还真是有些费力不讨好，自己文化水平不算高，有些书读懂都有些难，读了也消化不了，谈何研究。蔡其矫让徐光耀在读书上"开了窍"，他决心要改掉蔡其矫指出来的毛病，以后读书要有轻重缓急，有取舍，多多看书，还要看快些，看广些。

徐光耀离开联大调到野战军不久，蔡其矫也离开联大调到了地方从政了。1953年蔡其矫又一次遵从自己的内心，放弃仕途，请求丁玲把自己调到了中央文研所，当时徐光耀刚从朝鲜前线体验生活回文研所不久，一对师生又在文研所重逢了，这时蔡其矫依然是老师，徐光耀依然是学生（研究员），只是这次蔡其矫讲授的是专业课程。

蔡其矫讲授苏联文学，如《被开垦的处女地》、高尔基、马雅可夫斯基等，这些苏联经典作品、经典作家，蔡其矫的授课还是那么富有感染力，尤其再加上独具特色带有闽南口音的普通话朗诵，颇有一种独特的魅力，徐光耀又听到了这熟悉的声音，和几年前似乎毫无二致。

更让徐光耀敬佩的是蔡其矫不但是一位热血诗人，更具有文人的风骨。徐光耀文研所毕业不久，丁玲、陈企霞"反党集团"案骤起。文研所被说成是丁玲的"独立王国"，树立自己的权威，宣扬"一本书主义"，成了深挖丁玲"罪状"的重点领域。文研所一时成为"风暴"的中心，那时蔡其矫仍在文研所任教。蔡其矫从华北联大时期就和丁玲、陈企霞共事，又是通过丁玲调来文研所，对二人称得上是非常熟悉。但从1955年至1957年，召开多达30次对丁玲、陈企霞的批判会，蔡其矫自始至终没有一次发言批判丁、陈，在那样的压力下，做到如此地步，实在难能可贵。

后来，蔡其矫担任过福建省作协的主席，一直在坚守自己的诗歌阵地，在诗歌领域开辟出一片新天地。那个写出了"青春万岁""爱情万岁""少女万岁"的诗人蔡其矫特立独行，不但诗情浪漫，还有思想深度，对中国诗坛大有影响。特别值得一提的是，早在二十世纪七十年代，蔡其矫就和南方的舒婷，北方的北岛、芒克等颇多交往，给他们以指导，促成他们南北融合，使中国朦胧诗群整军成阵。朦胧诗派创刊号《今天》面世时，蔡其矫以"乔加"为笔名在上面发表了三首诗，同时在上面发表诗作的大都是舒婷、芒克、北岛等朦胧诗派的年轻领军人物。有人称蔡其矫是中国朦胧诗的"教父""催生婆""跳板",似乎都有道理,无论把他称作什么,都说明他对中国朦胧诗有不可或缺的作用——他不仅大力助推,还冲在前面,为朦胧诗摇旗呐喊、握笔助阵。这时的蔡其矫和几十年前在华北联大课堂上激昂朗诵的蔡其矫、和当年带着学生在筑堤现场生龙活虎、不知疲倦劳动的蔡其矫的精神本质是一致的。

第十七章　立功，留校

1947年6月6日，华北联大在大李庄召开了教师节纪念大会，校学生会主席、模范教师代表讲话，校总务长公布全校的模范工作人员；校长成仿吾讲了话，分析了战局，鼓励大家要努力工作，好好学习，准备投身大反攻。学生代表还宣读了给蒋管区的全国学联、教授和学生的通电，声援他们反内战、反饥饿的正义斗争。会议开得非常热烈。在群情激昂中，学校教务长林子明[①]从人群中走出来，大声说道："我提个个人意见，我们开展立功运动，大家同不同意？"老师和同学们都齐声呼应："同意！"伴随整齐的声音，几千只手也齐刷刷地举起来。林子明当场宣布："好，全体通过，我们的'立功运动'从现在就开始了。"

7月7日，学校又专门召开了"立功运动"动员大会，教务长林子明做

[①] 林子明（1900—1971），原名崔毓麟，原籍山东，生于辽宁丹东。1923年考入燕京大学本科（1922年的预科），美国诺贝尔生理学或医学奖获得者摩尔根培养的第一位中国博士、北大教授李汝祺的学生，1935年获得燕大硕士学位，师生二人于1936年在美国遗传学杂志发表《果蝇残翅在高温下的发育》。1943年，毅然追随燕京大学文学家王西徵去了晋察冀抗日根据地，并被分配到华北联合大学担任政治班主任等职务，是晋察冀抗日根据地屈指可数的高级知识分子之一。

了动员讲话。《联大生活》第六期专门出了"立功"专号，专号上除了刊发了林子明的动员讲话，还刊发了外国语学院院长浦化人的《怎样立功》，教育学院副院长丁浩川的《跟上这伟大的时代》，以及许多单位的立功计划和挑战书，为"立功运动"造势、助威。

文艺学院的老师和同学们就也都行动起来，于7月中旬召开了全院教职工、学生立功动员大会，副院长艾青做了激情澎湃的动员，阐明了"立功运动"的意义，同学代表纷纷表态发言，各系在会上开始挑战与应战，例如文艺学院的学员部伙房（大灶）专门发布挑战书《文学院学员灶向院部及各学院伙房挑战》。立功分大功、功、小功三个等次，既有个人立功，也有集体立功。徐光耀等人编辑的《文学新兵》立了集体功；徐光耀个人还立了一功和一小功，分别因为他发表了小说《周玉章》和学习优秀，这在文学院是绝无仅有的。

最早向徐光耀透露立功消息的是萧殷，"你立功了，正等院部批呢，应该没问题，这样的话留校应该是板上钉钉的事了"，这让徐光耀有些喜出望外。萧殷这么着急告诉徐光耀"内部"消息，也是因为他太希望徐光耀能留下来了，爱才之心"昭然若揭"。过了一会儿，徐光耀在院部碰见了艾青，艾青告诉他："你立了功，院部已经批下来了。一会儿吃了饭，你到院部来一下，找美术系王朝闻老师，他给你画像。院里要把你们这些立功的同志都画了像，悬挂起来，给大家做个榜样。"徐光耀虽然觉得自己立功捡了"便宜"，但因此能够留校还是让他满心欢喜。

吃过午饭，徐光耀准时来到院部，找王朝闻老师画像。徐光耀做完自我介绍，王朝闻热情招呼："哦，写《周玉章》的徐光耀，来，你坐你坐。"

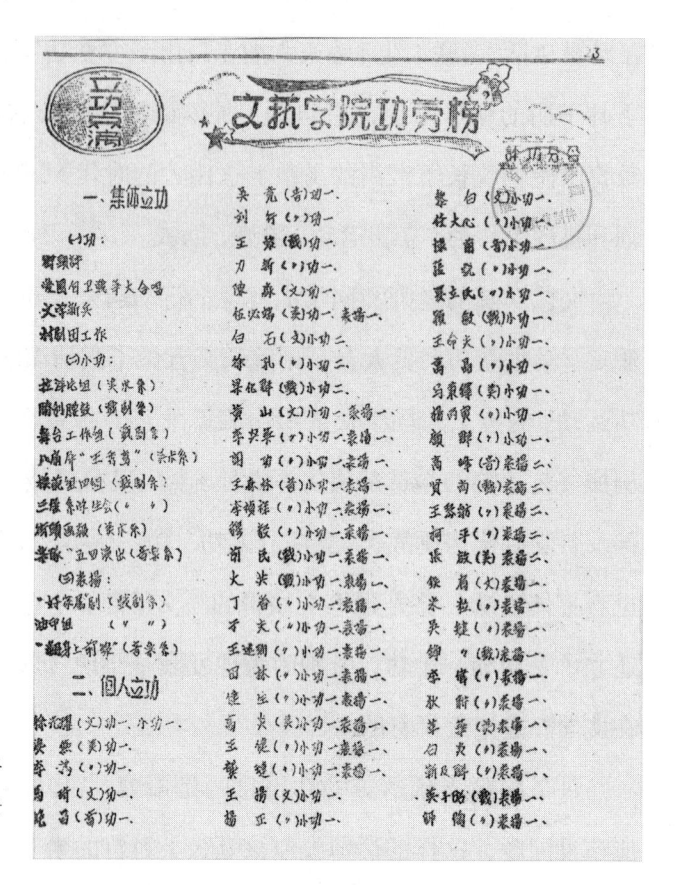

《联大生活》1947年9月1日第六期内页刊登的立功情况

说着让徐光耀坐在大槐树阴凉下的一只短凳子上，自己坐在一条长凳子上，开始画像。大画家竟如此随和，徐光耀刚来时的一点羞赧和紧张一下子都没了，端坐着等待画像。

不一会儿，一帮同学围拢来看热闹，这是个难得的机会，美术系有些同学特意过来跟名家"偷艺"。王朝闻一边拿着画板，一边看一眼画两笔，周围的同学也随着王朝闻的动作一会儿看看徐光耀一会儿看看画板。聚焦的目光越来越多，徐光耀有些不自在起来，姿势越来越僵硬。王朝闻只好安慰道："光耀同志，放松一些，放松一些。"上次伍必端给自己画像时，也没感觉到紧张呀,这人一多,拘谨的老毛病又犯了。肖像画了大概有两个钟头,终于画完了,王朝闻拿给徐光耀看,徐光耀心里大为赞叹:果真传神!外形上似乎比本人还英俊了些。王朝闻后来成为新中国马克思主义文艺理论和美学的开拓者和奠基人,著名美术家、雕塑家。一代美学大师给自己画像,多年后徐光耀想起来还觉得荣幸得很呢,只可惜这张画像并没能保存下来。

8月23日,文艺学院文学、美术、音乐、戏剧四个系第一班共同举办毕业典礼,就在小李庄的枣树林里。那一日天气晴朗,树影斑驳,蝉声阵阵,鸟声啾啾,有不少老乡站在远处观望,周围时不时传来几声孩子的打闹声,在这样的环境下,一场独一无二的、别开生面的大学毕业典礼开始了。同学们一排排地坐在枣树底下,前面摆着一排桌子,这就是主席台了,成仿吾、沙可夫、艾青等坐在桌后。典礼由文艺学院教务长李又华主持,先由沙可夫讲话,然后由艾青宣布立功受奖名单。而后校长成仿吾发表了热情洋溢的讲话,他表示,同学们经过一年多的努力学习,体现了校训"团结、刻苦、前进、坚定"的精神,他告诫同学们要保持青年的朝气和热情,发扬勇敢、实事求是、谦虚谨慎的精神,到地方上多接近工农,遇事多问地方组织,要做新的知识分子,工农化的知识分子。成仿吾一直被联大师生亲切地称为"妈妈校长",徐光耀觉得这位"妈妈校长"在讲话时真像一个和蔼可亲的"妈妈",给学子以谆谆教导。

接着是颁发毕业证、立功奖状以及照毕业照的环节,这是徐光耀在联大的"高光时刻"。上台领毕业证时,成仿吾亲自给徐光耀颁发,这也是徐光耀第一次这么近距离接触"妈妈校长"。那时成仿吾刚刚50岁,清清瘦瘦、潇潇洒洒，很容易让人生出敬意和亲近感，再加上他给同学们编了许多教材，又是一位老资格的革命者，自然让这些热血青年敬仰。上台后徐光耀红着脸啪地敬了一个标准的军礼，成仿吾还了一个军礼，双手把毕业证递到徐光耀手里，徐光耀接过毕业证时，成仿吾早伸出手紧紧地握住了徐光耀的手，还说了一句："哦，越风！"这让徐光耀心里立马荡起一股暖流，原来成校长连自己的笔名都知道。颁发完毕业证刚一会儿，主持人李又华又叫到了徐光耀的名字，这次是请徐光耀上台发言，他立功最多，要代表立功的同学发言。徐光耀又一次登上了主席台，他的脸更红了，发言虽不算流畅，但是完全出自内心，底下的掌声一阵接着一阵，这时的徐光耀是多么光荣啊。

冀中一带有句谚语："七月十五花红枣"，是说到农历七月十五，枣子就要成熟了。8月23日时值农历七月初八，徐光耀把毕业证书和立功证书紧紧贴在胸前，仰头看着一树一树拇指般大小的枣子，一半青一半红，把树枝压得颤颤巍巍的，迎着阳光的一面已经泛起了红色，徐光耀感觉，这枣长得分外好，今年一定是个丰收年。

毕业前夕的八月初，徐光耀他们编辑的最后一期《文学新兵》，特别邀请到陈企霞、厂民、萧殷等老师给同学们著文寄语，提出希望。陈企霞在这一期的《献辞》中写道："作为一个战士，你们现在要走上战斗的岗位了。多多少少学到了一些本事的人，我应当向你们做诚挚的热情的祝贺。"他告诫同学们，文学的学习是无所谓毕业的，毕业只是学到一个阶段的意思，要"继续我们的学习，学习革命的理论，学习社会的实际，学习群众的智慧"，"工作会锻炼我们更坚强，斗争的实际是无穷的宝藏"。厂民写了《从离别说起》一文,他说:"我们的文艺学习生活虽然暂时是告一段落,但作为一个'文学新兵'还不是一个结束,正是我们战斗的起点。一些辉煌的现实斗争的史诗,正待我们去创造。"萧殷在《片段》一文中对同学们思想上、艺术观上的一些问题再三叮嘱,虽然好多东西他无论在课堂上还是在谈话中已讲过很多次,字里行间的热情诚恳仍然让人感觉到,他恨不得提着每一位同学的耳朵嘱咐。老师们对这批学生真的是关爱有加,充满期待。

毕业后,文学系一班有八位同学留了校:马琦留在了院部,徐光耀、徐孔、李兴华、鲁煤、闻功、陈淼、白石等七人留在了文艺学院的文学戏剧创作组,准备搞专业创作。其他同学有的参军,有的分到了剧社或学校。留了校的同学的身份是研究生,边学习边工作。

第十八章　陈企霞的期盼

徐光耀能够留校，当然应该有陈企霞帮助的成分，这也是陈企霞非常愿意看到的，因为他一直认为联大是徐光耀最适合成长的地方，这里的环境能够让他写出更多更好的，甚至比肩《钢铁是怎样炼成的》的伟大作品，他热切盼望着徐光耀有大部头的优秀的作品出现。从徐光耀英姿飒爽地站在他面前，把"剪报"本递到他手上的那一刻起，陈企霞就对眼前这位能文能武的年轻的"老革命"充满了期待，一直另眼相待，在学习、工作、思想、生活各方面给予帮助和指导。

徐光耀对陈企霞是从"生"到"熟"，从入学到留校，越来越喜欢，越来越钦佩。刚开始接触，跟陈企霞不熟，徐光耀总觉得他像一位冷面书生，不苟言笑，接触多了才了解，"冷面"之下陈企霞的心原来那么热，不仅课堂上充满热情，对人更是一片热忱。

陈企霞在课堂上对作品的分析总是细致、准确而深刻，每次得出的结论都非常具有说服力。因此徐光耀写了新作品也喜欢拿给陈企霞，让陈企霞指导，对徐光耀的每篇作品，陈企霞都仔细分析，悉心指导，比课堂上分析作品还要细致，提出来的修改意见也总是特别具有针对性。

　　陈企霞那里是好学的徐光耀特别愿意去的地方，这一方面是可以当面受教，还有一个原因是徐光耀可以从陈企霞这里借到书来读。在华北联大学习期间，徐光耀读了大量中外名著，这些书一般有两个来源：一是从自己少得可怜的保健费里省出点钱来买书，但钱毕竟是太有限了，买不了几本，因此更多的书的来源是借，开始是向陈企霞借，后来萧殷来了，也向萧殷借，还有蔡其矫等也可以借。《曾国藩的一生》《吕梁英雄传》《我的两家房东》《腐蚀》《晴天》《福贵》《红楼梦》《乱弹及其他》《钢铁是怎样炼成的》……几位老师收藏的书那么多，简直是"财主"，这是在野战部队时徐光耀不曾见到过的。对拿到手的书徐光耀都如饥似渴地读，这种读不是泛泛的，读完每一本书徐光耀总能得到一些启发，对于它好在哪里，不足在哪里，都有自己的见解。比如读《红楼梦》，他会侧重学习作者如何刻画人物；而对《钢铁是怎样炼成的》这样一片赞誉之声的书，徐光耀也能读出他在人物刻画上的不足之处。陈企霞和萧殷的藏书，给徐光耀打开了另一个世界，一个他一直渴望在里面遨游的世界。

　　对徐光耀的成长陈企霞一直关心着，他总觉得徐光耀太沉闷，性格太孤僻，这不是一个作家应有的性格，一个作家对生活应该是敏感的，充满激情的，因此他不止一次当面告诫徐光耀："你性格太刻板了，要大胆起来，要活跃起来，多活跃些，活跃再活跃！"对于陈企霞的告诫徐光耀是听得入耳的，虽然陈企霞也没具体说活跃的内容，但对于自己性格上的不足，徐光耀自己也明白，也一直在努力克服，激发自己的精神和情绪，并不断告诫自己："活跃起来吧，徐光耀！"

可活跃起来谈何容易，闷着头写东西徐光耀没问题，但在生活方面则的确有些孤僻，而且还有点迂，有时迂得都有些可爱。大学时代，情窦初开，年轻男女在一起，难免心生好感。有一个女同学平时和徐光耀走动比较近，也比较主动，这让徐光耀在感情上有些朦朦胧胧的，感觉也许这就是恋爱吧？有一天系里的助理员李黎为此盘问过那位女同学，李黎告诉她不要再发展了，保持原来的关系，最好不要搞恋爱。徐光耀的意思是绝不能因此影响学习，助理员都过问了，虽然没有问到自己，徐光耀还是觉得"事态严重"了，似乎碰触到了"底线"，于是打算主动向陈企霞"交代"，于是他写了一篇《我的恋爱情形》，准备向陈企霞"坦白"，向组织说明情况。徐光耀先在小组生活会上做了自我批评，第二天便找到陈企霞，他觉得自己学习、写作应该心无旁骛，现在出了这种"状况"，似乎辜负了陈企霞和老师们对自己的厚望。

站在陈企霞门口，徐光耀有说不出的不自在，心跳也快了，努力克制自己，心里还是慌得很，谁知陈企霞会发什么样的火呢？这时徐光耀也顾不了许多了，鼓足了勇气喊了声报告。陈企霞在屋里咳了一声算是应了，徐光耀推门进去："有个事跟你谈谈，"他一边说一边关上门，努力笑了一下，开门见山，"我最近发生了一件恋爱的事，你知道吗？"陈企霞说："不知道呀，怎么回事？"陈企霞的回答让徐光耀心中一喜，谢天谢地，他还不知道。徐光耀赶紧从裤袋里掏出报告来："我写了件东西，你看看吧。"陈企霞接过去看，徐光耀坐在他对面，心里又开始忐忑起来，不由得捂了捂脸。幸好陈企霞家孩子坐在桌子上，隔开了徐光耀和陈企霞，不然，徐光耀紧张得该坐不稳了。陈企霞看完了，抬起头说："这没什么呀，你的态度挺好,但是要注意不要妨碍双方学习,不要引起不好的影响。再者这事不要对别人讲,先不必肯定这就是恋爱,应加强双方的了解,就算是朋友吧。"最后陈企霞还告诉徐光耀:"这些事没有什么允许不允许,这是你们个人的事情,只要向组织说明一下就可以了。"他似乎是在向徐光耀解释,这些事组织不干涉,但不能出格。来时徐光耀做好了等待陈企霞狂风暴雨般批评的准备,谁知微风细雨都没有,始终一片晴天。陈企霞对徐光耀总是这么关心,这么体贴,这么和颜悦色,如果换了别的同学谁敢保证他不会火冒三丈呢。徐光耀担心被狠批一顿是有道理的:多年后回忆起陈企霞来徐光耀曾说,他非常佩服陈企霞,觉得陈企霞满腹经纶,讲课深刻,语言简洁,能一下子扎进学生心里。陈企霞为人很正直,很严肃,但他也爱激动,情绪起来大喊大叫,敢和人吵架,批评起人来铁面无私,不留情面。蔡其矫也说过,萧殷是散文气质,陈企霞是诗人气质,同是润物,萧殷和风细雨,陈企霞则电闪雷鸣。

　　徐光耀留校后,陈企霞依然对他那么关心,此外还多了一份同事间的敬重。留校的几个同学都感觉这时候再到陈企霞那里,陈企霞拿他们当干部和客人看待了,说话的口气很宽容,言语之间也流露出以前不曾有过的尊敬,而且蕴含着一种热情和难舍难分的情谊,让人很感动。参加大清河北战役回来后,徐光耀和几个同学找陈企霞打扑克,打了一会儿,陈企霞说光打扑克太单调了,于是拿出钱来让人去买花生米、熏鸡和酒之类的,他知道徐光耀他们生活"拮据",他想要出点钱请大家解解馋。徐光耀他们赶紧拦着,推辞了半天,陈企霞才作罢,但告诉大家想解馋了可以来,酒钱还是有的,陈企霞的热情和体贴让徐光耀他们几个很是感动。

虽然那天推辞了，没让陈企霞破费，但陈企霞那里还是成了徐光耀打牙祭解馋的好地方。有一次晚饭徐光耀去到陈企霞那里，周延也在，三人一道用餐，陈企霞亲自下厨做红烧肉，一边吃徐光耀心里还不住感慨：陈企霞真是能人，样样精通，文章写得好，菜也做得好。还有一次，徐光耀馋了，想吃鸡了，这想法居然传到了陈企霞耳朵里，恰好到陈企霞那里串门，临走时陈企霞专门问徐光耀："听说你想吃鸡了？等发了零用费咱一起吃。"陈企霞的热情深深感染了徐光耀，"冷面书生"陈企霞太有人情味了。两相对比，使徐光耀有些自责，觉得自己平时太冷淡了，热情连陈企霞的一半都没有，陈企霞指出的自己沉闷、孤僻，太对了，真该好好改进改进。

陈企霞对徐光耀的关心更多还是在他的写作上。1947年10月11日，陈企霞与徐光耀有过一次关于写作的长谈，把对徐光耀的期待表露无遗。他鼓励徐光耀："你应该多写些东西的，即使目前无地方发表，将来打入大城市，我可以担保你有多少都可以的，愿意上报就上报，愿出单行本就出单行本。"他建议徐光耀："你应该写你自传式的东西，把你自己这多少年来的经历写下来，不足的可以想象补充。也可以把你所见所闻的人物集中在你身上，甚至可以虚构，来表现一个青年在八路军中的成长。把握住一个主题，尽量表现一个主题，这是很好的……苏联革命后有很多人都是写自传出名的，最好的如《钢铁是怎样炼成的》……"陈企霞甚至教给了徐光耀具体的写作方法："不一定就从头上写起一直写到尾，可以中间写起，也可以从结尾上写起。许多长篇小说不一定都是从头写起的，只要大纲拟好就可以了。"看来陈企霞是经过深思熟虑的，否则不会说得这么具体。

陈企霞的话给了徐光耀力量，也给了他创作的勇气，他想到了自己的家庭、英雄的姐姐,这是多么好的写作素材呀,过去自己写过的《高永嫂》《小被捕》《从斗争中成长壮大》等都可以整理出来,尤其是"五一大扫荡"时期经历的那么多故事,都可以写出来。徐光耀激动地暗暗给自己加油:"光耀,动笔吧! 太阳在前头等着你啊!"《从斗争中成长壮大》是徐光耀很早就开始酝酿的一部长篇小说,从他还在抗战时就想写一部长篇小说,记录那段峥嵘岁月,到了前线剧社,写作条件更好了,他的这个想法愈发强烈,连小说的名字都起好了,就叫《从斗争中成长壮大》,为此他一直在积累材料,总跃跃欲试,但碍于自身的写作水平和技巧,一直未能写成。《从斗争中成长壮大》应该就是《平原烈火》的雏形。

陈企霞的确给了徐光耀莫大的鼓舞,他在日记中写道:"每次听过系主任的课,总得许多启示与鼓舞。他的话我总照办,他让我多写,我半日就写成了一日的创作计划。他让我弄出来鼓舞别人,我在昨天上午一气儿誊完《贺双成》,晚上开夜车,点灯钟后誊完《王连长》,今晚灯下又一气儿誊完《刘刁》。假如不是上课、开会,和遇见了文章的毛病,《鸡》今天也可能誊出来。尽管这样,明日我可以拿出三篇文章或交上级或给同学传阅了。陈企霞确实值得学习和研究。岂止他,在文艺学院艾青和萧殷也是很伟大的,我应该专门有一个本子,记录他们的一言一行,想将来不管研究伟人也好,写文章做理想人物的模特也好,其他也好,都会是珍贵的材料。"

陈企霞对徐光耀的了解是深入的全面的,他十分清楚徐光耀性格上的弱点。1948年5月初,徐光耀和徐孔要离开联大文学系去野战军政治部了,办完手续后,徐光耀要找萧殷、陈企霞告别,在去找萧殷的路上就碰到了陈企霞。陈企霞把他拉进屋里,嘱咐他:"你这个人太单纯,以后要多接触社会，从各方面了解社会。出了学校之后，什么事都要先了解情况，先少发言，做在前头，说在后头。到了部队，部队里有缺点是难免的，天下的事不可能全如个人的意。对缺点的看法取决于每个人的态度，个人必须得有一定的忍耐和等待，但这绝不等于对缺点的屈服和妥协。"还说，"与人相处，要什么人都合得来。天下的人没有一样的，看见别人的缺点，还要考虑到人家好的一面。我们没有权利选择相处的人，但人家有权利选择我们。要学会在什么样的人下面工作和能在什么样的人上面工作。"最后他郑重地告诉徐光耀："有点点成就的时候就感到满足了，这个时候人就没有进步了，这个人也就完蛋了。"陈企霞对徐光耀的关心真是事无巨细，无微不至。徐光耀感慨，陈企霞的话总是这样能打动人的心灵，这样给人以感动、以教育。

其实陈企霞对文学系出来的同学，都有一种特别热烈的期望。他甚至不愿意有的同学毕业后分配到剧团或其他与文学关系不大的部门去，他希望文学系的同学无论如何都要坚守文学阵地，要写出东西来，要多写，要写好。徐光耀他们刚毕业时，陈企霞看着他们特别亲，每次看见眼泪都要流下来了，那时他肯定想到了那些已离开联大奔赴到不同岗位上的同学们。

这时的徐光耀对陈企霞是十分崇敬和信任的，无论是到石家庄参加接收工作还是到获鹿参加土改，见不了面，就经常给陈企霞写信汇报思想和工作，请教问题。

徐光耀没有辜负陈企霞的期望，离校后仅一年多他就写出了长篇小说《平原烈火》，陈企霞尤其高兴，对《平原烈火》的修改和出版给予了无私和巨大的帮助。

第十八章 陈企霞的期盼

1950年6月三联书店一版一印,《平原烈火》最早的版本

其实在陈企霞的鼓励和引导下,写《平原烈火》的想法早就已经在徐光耀心里萌芽了,只是当时战火纷飞,没有时间和精力写一部长篇小说。1949年6月下旬徐光耀随部队驻防天津,听说部队要休整大约半年时间,他编辑的《战场快报》也停刊了,徐光耀有了难得的闲暇,终于可以有时间完成老师的厚望和自己的心愿了。于是徐光耀请了假,在7月7日抗战全面爆发纪念日这天,集中精力开始了《平原烈火》的写作,仅用44天的时间就完成了长篇小说《平原烈火》的初稿。小说的内容就是徐光耀亲身经历的日寇发动的灭绝人性的"五一大扫荡"和我抗日军民进行的可歌可

泣的反扫荡斗争。

《平原烈火》九月完成初稿，正好十月徐光耀到北京采访华北军区秋季运动会（后来运动会因故延期），一共七天时间。到北京后，萧殷带着徐光耀去看望陈企霞，徐光耀拿出带来的稿子，问陈企霞有没有时间看一看，能不能一周内看完。没想到陈企霞一口答应有时间，并且说不用一周，三天就能看完。自己的弟子终于写出了大作品，陈企霞太高兴了，这不正是自己所盼望的吗？其实陈企霞这时担任着《文艺报》的挂名主编，事务相当繁忙。

三天后，陈企霞在自己的办公室里，对徐光耀的《平原烈火》（当时还未定名叫《平原烈火》）提了一大堆意见，总体上认为这部作品还是够出版水平的，多说缺点只是为了更高一步的要求。陈企霞要徐光耀赶快把这部作品修改好拿去出版。徐光耀打算用半年的时间把它仔细地修改几遍，但陈企霞坚决反对，要求徐光耀一个月之内改出来，把稿子交给他。为了徐光耀尽快把稿子改好，那天陈企霞跟他谈了很多关于这部小说修改的意见和建议，极其细致耐心。为了徐光耀有充足的时间修改，陈企霞甚至帮助徐光耀又请了一个月的创作假。

11月23日，《平原烈火》终于修改完成了，第二天徐光耀赶紧给陈企霞写了封信，告诉他修改情况，并问一问陈企霞这本书应该叫什么名字，信中徐光耀写了几个备选书名，让陈企霞可以从中选一个，也可以另起一个。11月30日，徐光耀收到了陈企霞的回信。信中陈企霞鼓励他："确实，你那部东西，也是写得不坏的，我觉得不修改也能发表，当然了修改了是会更好的。"所有老师总是对学生要求更严格更高，这也许是通病，陈企霞也不例外。陈企霞要求徐光耀把书稿抄好后寄给他,他想办法出版,至于书名,自己能定就定一个,不定也可。

1950年1月15日,徐光耀又收到了陈企霞来信。徐光耀形容这次收到陈企霞的来信是"遇着了大事情"。信中陈企霞告诉徐光耀,书稿他看了两遍,比修改前好多了。并告诉他已经把其中一部分介绍给《人民文学》发表,还有几个他生造的字,需他亲自赴京改一下,以便付印。其实几个字的事,本不必作者亲自跑一趟,但陈企霞的意思,这部书稿就好像徐光耀的孩子,一定要让他亲眼看到其诞生的过程,意在鼓励徐光耀。

当天徐光耀就从天津赶往了北京,在当时的交通条件下,徐光耀几经辗转到全国文协时已经差不多是夜里十一点了。已经睡下的陈企霞赶紧又起来,一边给徐光耀找屋子、铺床铺,安排住处,一边还讲了徐光耀文章中的几个弱点和自造字,让他第二天加两节内容,再改一改。

早晨,陈企霞给徐光耀煮了一碗鸡蛋,这在当时几乎是最好的招待,陈企霞是想让徐光耀吃得饱饱地到《人民文学》编辑部改稿子。

晚饭后,陈企霞又拉来严辰、秦兆阳、唐因等,几个人一起讨论书名,讨论了大约有一个半小时,起了起码有三十几个名字,但似乎都不中意。陈企霞便挤对严辰:"你给起一个嘛,你这诗人!"严辰支吾着说起名字他哪里在行。秦兆阳接连说了好几个,最后确定为秦兆阳说的《平原烈火》。陈企霞、严辰、秦兆阳是华北联大的老师,唐因是华北联大文学系的学生,《平原烈火》的书名算是联大师生"集体智慧"的结晶吧,师生如此呵护,《平原烈火》更像是华北联大的"孩子"。

为个书名陈企霞也不惜大费周章,面对学生的成绩陈企霞的兴奋之情简直难以自持,但对于徐光耀取得的这一成绩陈企霞并没有心满意足,他对徐光耀还有更高的期望。起好书名后大家的话题依然没离开徐光耀,陈企霞对徐光耀提出了更高的要求,要徐光耀定一个"五年计划",以《平原烈火》为基础,写成三部曲,树立"纪念碑"。徐光耀觉得这样自己真是有点"好高骛远"了,但陈企霞认为要搞文学就得有这种抱负,这又给了徐光耀很大勇气,认为陈企霞说得十分对,他决心要把周铁汉这些形象"尽量保留在脑子里,发展他,挖掘他,直到我死"。

后来徐光耀一有机会就拜望老师,当面向他请教,陈企霞对徐光耀的厚望依然强烈,一直期盼着他超越《平原烈火》,写出更好的作品。

1951年4月8日,正在中央文研所学习的徐光耀去拜访陈企霞。一见面,陈企霞就问徐光耀学习得好不好,并鼓励徐光耀再写一部小说,主要是要写出一个人物来,并劝徐光耀也可以多写些短篇,再出个短篇集子。

1951年10月13日,一大早陈企霞召集华北联大文学系的老师、同学聚会并在蔡其矫家吃饭,一起来的路上,陈企霞旧话重提,让徐光耀赶快再写一部小说,就写一个农村青年怎么成长为革命干部的,大部分用自己的材料,写成自传体小说,很有意义。那天晚上,在蔡其矫家吃饭时,萧殷、萧殷夫人陶萍、厂民、逯斐、熊焰等都来了,席间大家祝贺徐光耀,为《平原烈火》的出版干杯。吃完饭从蔡其矫家里出来,已颇有醉意的陈企霞还是不忘再次叮嘱徐光耀:"徐光耀,再写一部小说吧,好好想一想,再写一部出来,就以自己的出身为主体……"老师们的热情和期盼让徐光耀感动,独自走在回家的路上,徐光耀对着天空宣誓:一定要把这样一部小说写出来!

第十八章　陈企霞的期盼

　　1953年9月11日，正在老家雄县下乡的徐光耀借回北京参加全国第二次文代会（后来会议延期到了9月23日）的机会，拜访了陈企霞。陈企霞告诉徐光耀，英文版的《中国文学》要他写一篇介绍《平原烈火》的文章，他把小说又看了一遍，他觉得《平原烈火》是中国当时现有小说中最好的之一，它有《毁灭》那样的意义，是会流传下去的。徐光耀觉得老师当然喜欢夸自己的学生，但委实有点言过其实了，简直把自己捧上了天。接下来陈企霞讲了很多，有批评，有建议，有道理，更有期盼。他依然希望徐光耀一定还要写，写出第二本来，并热情地鼓励："你要加把劲啊！"并毫不客气地告诉徐光耀，他近一两年的作品，他都看过，尤其是近来写的一些东西，那不叫作品，不算文艺，它们造作、无力、不自然，生硬的地方太多。他告诉徐光耀之所以这样，是因为他近来生活不深入、不扎实，为什么《平原烈火》是成功的，因为那段生活、斗争和徐光耀自己是一致的，中间没距离，创作起来，作者和生活是合二为一的，多么高明的作家，也写不好生活和自己不一致的作品。陈企霞又一次跟徐光耀强调了人物典型，他说文学创作主要是观察人，可是现在中国作家最大的问题是不去研究人，不注意人。那天陈企霞谈兴很浓，又讲了许多关于工作、关于写作的道理。

　　1950年7月14日，徐光耀收到了七本出版社寄来的《平原烈火》赠书，这是徐光耀真正看到了自己的"孩子"出生了。早在6月《平原烈火》已由三联书店出版发行，这距离1949年7月7日徐光耀专门请假写这本书仅仅不到一年时间，在那个时代这样的出版速度是相当快的，这当然和陈企霞的热心操持、倾力相助是分不开的。

《平原烈火》是新中国成立后第一部反映艰苦卓绝的抗战生活的长篇小说，一出版就引起了巨大反响，也给徐光耀带来了很高的声誉，虽然徐光耀本身并不十分在意这些，但这本书无疑对他以后的人生道路、写作道路都产生了很大、很直接的影响。

到二十世纪五十年代中期，陈企霞交了厄运，自顾不暇，再也没有余力"敲打"和激励徐光耀这个学生了，但徐光耀对陈企霞一直"执弟子礼"，感念师恩。当陈企霞生活遇到困难时，作为学生的徐光耀听说后，毫不犹豫拿出稿费慷慨相助。当老师落难时，徐光耀坚持了为人为学生的操守，在说明材料中和批斗会上只说事实，绝不为一己之私而落井下石。有老师如此，有学生如此，无论是陈企霞还是徐光耀都是幸运的，其师生之谊也当为后学者范。

第十九章　同学情

美好的校园生活过得真快，徐光耀在华北联大文学系一班八个月的学习生活很快就结束了，同学们在艰苦的环境中，在共同的追求中，建立起了深厚的友谊。

联大的同学来自祖国的四面八方，有城市青年，有农村青年，也有像徐光耀一样来自部队的革命战士，是集合在冀中大地上的中华民族的优秀子孙，他们学习，他们争论，他们渴求知识，他们追求真理，这激情澎湃的一群人，充满了青春活力，他们有一个共同目标：为民族崛起、人民解放而奋斗。这群人"精神上，了不得"。

因为有着共同的追求，文学系就像一个大家庭，师生之间不称官衔，也不称老师，都称同志。老师拿学生当孩子、当弟弟妹妹，不只在学习上，在思想、生活上也特别关心；同学们之间像兄弟姐妹一样，互相帮助，共同进步。华北联大文学系一班共有24人一同毕业：陈淼、马琦、任大心、黄山、白石、黎白、肖雷、铁肩、徐孔、鲁煤、闻功、米粒、叶星、周普文、赵慧娟、李兴华、李克、雷英、吴健、克非、杨振、熊铮、王扬、徐光耀。还有50多位同学，在文学系学习过，但没能毕业，有的是因为中途分配工作，有的则是其他缘故，比如周延、吕唐、桑平、田赐、莫堤、刚果、汪洋、前民、鲁琪、王命夫、李笑静、师涛、白原、纪因等。

周延是徐光耀到华北联大文学系插班后接触的第一个同学，是周延领徐光耀进组的，她是徐光耀所在第三组的组长。周延就像一位大姐姐，脸上永远带着微笑，热情细心、乐于助人，她特别擅长跟人谈心，哪位同学有什么事想不通、不高兴，只要跟她拉家常似的一解释，保准一会儿思想就通了，心情也愉快了。入学第一天，周延就告诉徐光耀如何制订学习计划、如何看书、写文章、做笔记、交朋友以及学校的各项制度等等，简直事无巨细，反复叮嘱。徐光耀和同学们也一直把周延当作大姐，十分尊重她。可到下一个学期，周延就调到二班去做助理了，但在联大期间，这个笑容可掬、善解人意的大姐姐在生活上没少给徐光耀帮助，这在那个物质极端匮乏的时期实在难能可贵。

可能是二人性格上的差异，徐光耀和马琦虽然认识得早，但熟悉得比较晚。马琦每天都匆匆忙忙的，日常看到他，总感觉有忙不完的事情，在院系和班级里马琦都是"知名人物"，他不仅当过文艺学院和文学系的学生会主席，还是一班的班长。马琦是班里"联大资历"最老的人，他1945年10月就到了联大，先在联大文工团，后到政治二班学习，学习结束后，领导问他想去干什么，他回答想去文艺学院文学系学习，于是1946年3月马琦又进入了文学系一班。由于自己性格过于内向，徐光耀非常羡慕马琦的口才和组织能力，还有为同学们任劳任怨服务的热心。马琦比徐光耀大几岁，那次参加战斗，他和黄山遇险，正是徐光耀冒死相救，直到这时马

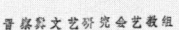

① （左上图）马琦编写的《华北联大文学系史话》
② （右上图）马琦编著的《拾零集》（自印本）
③ （左下图）马琦签赠联大同学铁肩的自印本《拾零集》

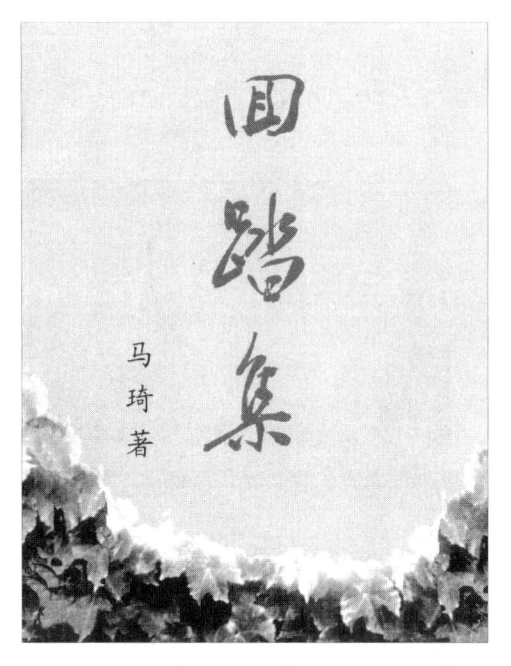

马琦签赠联大同学鲁煤的自印本《回踏集》

琦才了解到，这个小自己几岁的同学原来早有十来年的革命经历了，战斗经验丰富，敬佩之情油然而生。

虽然在文学系学习，但马琦似乎跟戏剧更有缘分，刚到联大时，他在文工团跑龙套，也演小主角，但舞台经验不丰富，难免出一些状况。有一次演秧歌剧《老来红捉俘虏》，马琦是主角，饰演炊事员老来红，剧本讲述的是老来红在送饭路上捉到伪军的故事。本来情节挺简单，表演也不困难，可谁知这个节目前面是王昆、吴坚他们演的《兄妹开荒》《夫妻识字》，几个延安来的大演员演得惟妙惟肖，太吸引人了。马琦在侧幕看得也如醉如痴，入戏太深，早忘了自己还有节目呢，等到舞台监督喊"该你上了！"他这才恍然大悟，挑起担子就上了台，匆忙之中竟忘了摘掉眼镜，台下有人喊："嘿，老来红也戴眼镜了。"马琦这才想起来，在观众的哄堂大笑中，赶紧把眼镜摘下来装进口袋里。戏总算囫囵着演下来了，下了台马琦也紧张得出了一身汗。状况归状况，缘分归缘分，1947年8月，在文学系毕业后，马琦被分配到了联大院部，后来又到了文工团，不过这次不是做演员，而是做团里的秘书、干事。新中国成立后，马琦去中央戏剧学院工作了。马琦对这段时间联大文学系的整体情况了解得比较多，因此在20世纪90年代初，他曾写过《华北联大文学系史话（1945.11—1948.9）》一书，因为是史话，所以叙事线条比较粗，但已足以使人们一窥当时联大文学系之全貌。此外，他还写过许多有关华北联大的回忆文章，这些都是十分珍贵的史料，同时他也为中央戏剧学院的校史研究尽了不少力。

联大的物质生活非常艰苦。学员们都分散住在老乡家里，村里老乡本来住房就紧张，这时也都是挤出一间来给这些"八路军知识分子"住。老乡家里大都只有一条土炕，其他几乎别无一物，如果有张破桌子、破凳子，那简直能算作奢侈品。最难熬的是冬天，那时候冀中一带爱刮黄毛风，大风裹着细细的黄沙，直灌到小屋里来，窗户上的破窗户纸大大小小净窟窿，根本挡不住什么风，风从窟窿里灌进来，呜呜作响，大冬天漫漫长夜，即使和衣而眠再盖上被子，还是被冻得瑟瑟发抖，再加上肚里没食，饥肠辘辘，真是有点"饥寒交迫"的意思。

1990年徐光耀和白石、黎白三人重游联大文学院旧址时，白石任河北省人大常委会副主任，徐光耀任河北文联主席，黎白在总政任职，正借调到总参撰写《贺龙传》呢。眼前的母校旧址，当年同学们住的破屋有的已经拆掉盖了新房，有的只剩残垣断壁，有的基本保持了几十年前的模样，睹物思"校"，三个人感慨万千，当年的艰苦则已化作回忆的装饰，也不再有苦难意味。

当时的生活到底有多艰苦呢，白石在回忆文章中曾写过一件"趣事"，从中可略知一二。那时他跟黎白住一间屋，每次学习回来，一进门总有几只大老鼠，瞪着滴溜溜的小眼睛抬头看着他，也许它们在盼着屋子的主人能带回一些残羹冷炙，可人都整天饥肠辘辘，哪还有什么残羹冷炙。饥饿的老鼠尤其爱咬东西，可这屋里实在没有什么东西可咬，仅有的几件衣服都被穿在身上了。大白天就任由老鼠在屋里造反，反正没什么可咬的东西，也不会有什么损失。可饥饿的老鼠晚上也不甘寂寞，总是吱吱地叫，开始时，大家还不胜其烦，时间一长竟也习惯了，该睡觉就睡觉，让它们闹吧。

一天早上起床，一看黎白，白石吓了一跳：黎白耳朵上出现了一个花生米大小的豁口儿，鼻子上也有豆粒大小的几块伤，仔细一看，原来是老鼠咬的,看来这老鼠真是饿急了。白石赶紧问黎白:"咬了这么多地方,你就一点也不知道?"黎白说:"不知道呀。"白石又关心地问:"疼吗?"黎白说:"不疼。"再仔细观察,老鼠把黎白咬了这么多伤口,居然没流血,身上没有,衣服上没有,被子上也没有,于是白、黎二人打趣:"这畜生咬人还真有点技术。"说完两人哈哈大笑。那时大家都对未来充满了希望,都很乐观,老鼠咬人只能算是个意外的小插曲。但白石还是很自责,毕竟自己比黎白大几岁,生活中却没有保护好这个小弟弟。

黎白当时只有17岁,来自湖南湘潭一个名门望族、书香门第——黎家,其父辈"黎氏八骏"极负盛名。黎白的父亲排行第五,名黎锦炯(黎亮),是著名铁路桥梁专家,黎白是他的独子。黎白的大伯父黎锦熙是国学大师,教育家。1942年黎白随父亲到北平,就住在大伯父黎锦熙家,后来又随父亲由北平到张家口参加了革命,参加革命时黎白只有14岁。

门第虽然显赫,但黎白不贪恋权贵,只身投身革命,一向坚强勇敢,这也令徐光耀十分佩服。

50年代初,王林的抗日题材长篇小说《腹地》受到了一些人的批判,1956年年底,年轻气盛的黎白,也加入到关于《腹地》的论争之中,写长文反驳侯金镜对陈企霞的批判[①]。这篇文章徐光耀和华北联大另一同学李兴华都看过,表示基本同意黎白的观点。然而,文章尚未发表,反右就开始了,创作室把徐光耀和李兴华的短简附在后面,复印成册,发给大家。有人把这篇文章作为把柄,认为黎白、李兴华、徐光耀互相勾结,形成配

---

① 指侯金镜《试谈〈腹地〉的主要缺点以及陈企霞对它的批评》,发表于《文艺报》1956年第18期,主要是批陈企霞,客观上为《腹地》讲了好话。

合陈企霞向党进攻的一翼。斗来斗去，黎白最终落了个"留党察看两年"的结果，竟没有戴上"帽子"，或许正得益于他"敢拍桌子"。① 特殊年代结束之后，文学的春天到来，徐光耀和黎白的小说又一同获了奖，徐光耀的《小兵张嘎》获1954—1979年全国少年儿童文艺创作一等奖，黎白的《龙潭波涛》获三等奖。

李兴华②本来就是一个性格外向、大大咧咧、富有激情的人。徐光耀刚到联大文学系不久，就听同学们讲起过他的"传奇"。联大文学院刚到束鹿县，为了融洽和当地群众的关系，也显示显示"平原宣教团"的"宣教"能力，各系都在村里搭戏台演晚会，以拉近和当地群众的关系。若是音乐系、戏剧系演台晚会，唱戏的、唱歌的、拉琴的，节目丰富又多彩；到了文学系演晚会，节目种类的多样性就难了一些，但也能调动起乡亲们的热情。一次李兴华上台表演，朗诵苏联小说《人民是不朽的》。李兴华没有一点朗诵的基本功，可他功夫不足热情有余，一上台咧开嗓子、粗着嗓门"朗诵"，分明就是在大喊大叫，嘴里一连串苏联人名，一会儿"包加列夫"，一会儿"依格纳底耶夫"。可乡亲们只知道有"丈夫""车夫""伙夫""大夫"，实在搞不清李兴华喊的这些"夫"是什么。虽然听得云里雾里的，大眼瞪小眼，但大家显然还是被李兴华的激情感染了，台上的小伙子演得真卖力气，台下的乡亲们热情地鼓掌叫好，军民很自然地就融合在了一起。演出之后，李兴华的房东逢人就夸："你看我们家那小伙子戏演

---

① 参见徐光耀《昨夜西风凋碧树》中的回忆，北京十月文艺出版社2016年版。
② 李兴华（1927—1980），河北抚宁人。1946年就读于华北联大。1949年后历任中央警卫团政治处秘书、公安警卫师政治部秘书，《文艺学习》编辑，《宁夏文艺》编辑，银川火柴厂干部。1948年开始发表作品。著有评论《评张恨水〈啼笑姻缘〉》《看电影〈春秋〉有感》等。

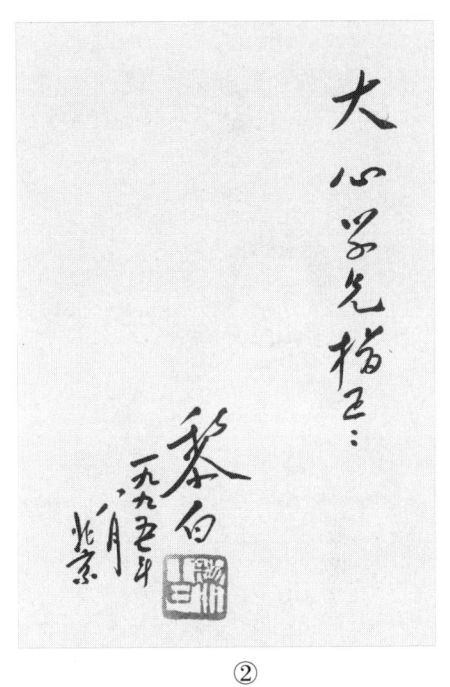

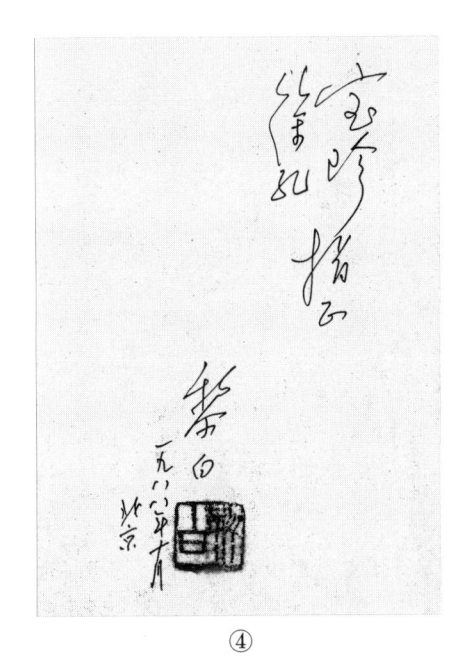

①（左上图）黎白著《贺龙元帅》
②（右上图）黎白题赠联大同学任大心
③④（下图两张）黎白题赠联大同学徐孔

⑤⑥（左上图和右上图）两个版本的《小兵张嘎》(1964、1978) 封面
⑦（右下图）黎白获奖小说《龙潭波涛》封面

得多好！"新中国成立后，李兴华在韦君宜领导下编辑《文艺学习》杂志，因为有这个便利条件，与做《文艺报》主编的老师陈企霞接触较多，成了同学们和陈企霞之间的桥梁和纽带，为同学与老师之间牵线搭桥做了不少好事。

赵慧娟年龄不大，却是一位从延安来的老革命、老党员了。那时联大对外叫"平原宣教团"，有些事情是保密的，例如不允许党员暴露身份。跟部队不一样，在部队是召唤党员，可在这里党员连汇报思想都得躲开同学的视线，党内开会下通知也得偷偷摸摸的。这让"老"党员徐光耀都觉得神秘，甚至有些可笑。因此在很长时间里，同学们都不知道这个聪明、活泼、大方，甚至有些泼辣的年轻姑娘是党员。但赵慧娟自己坚持以一个党员的标准要求自己，热心事务、乐于助人，她会把比自己小的学员当成自己的弟弟妹妹一样，对白石和黎白就是如此，白石和黎白后来都曾深情回忆过赵慧娟对自己的帮助。

赵慧娟的母亲革命资历更老，当时是辛集银行的负责人，有一次来看女儿，带了几尺冀中特产白土布。赵慧娟看到白石、黎白没换洗衣服穿，没舍得把白布给自己用，先给他俩一人缝了一件白背心，这让白石和黎白感动和高兴得不得了。赵慧娟有"老革命"的经验，也特别善解人意。一次行军，白石累得躺下就不想起来，同时羞于跟老乡借盆烧水烫脚。赵慧娟告诉他："要革命，就得每天走路，革命就靠这双脚了呢。快，过来，一块洗。"白石有些不好意思，赵慧娟笑了："一个大男人还怕羞，我都不怕，你怕什么？"然后又严肃地命令："行军后要洗脚，要泡，要烫，等我洗完了，水早凉了。快过来洗。"四只脚泡到了一个盆里，快烫完了，赵慧娟又搬起白石的脚："我看看，起泡了没有？"一看脚上的大水泡，批评道："这脚不想要了，还不想泡！"说着，在炕席上劈下一根"席篾儿"，掐出一个尖，轻轻刺破水泡，把里面的水挤出来，还一劲儿嘱咐："千万不要把皮撕破。"赵慧娟无微不至的关心让白石十分感激，多少年后想起来都不能忘怀。

不但在生活上，在政治进步上，她也关心着同学们。有一天赵慧娟把黎白拉到村边的庄稼地里，对黎白说："你最近进步很快。"听到大姐姐表扬，黎白很得意地点了点头，赵慧娟接着问："为什么不想再进步了？"黎白赶紧辩白："没有啊，谁说我不想再进步了？""那你为什么不要求入党，咱们班只有两个同学没交入党申请书，其中一个就是你。"黎白天真地问："怎么，我还不是党员？"黎白虽然年龄不大，但已奉刘仁部长之命，为党做过许多工作，有几件还是非常危险的工作，很得刘仁部长赏识，连来联大都是刘仁部长让他来的，因此黎白天真地以为自己为党做了许多工作，自然就是党员了。黎白的天真幼稚把赵慧娟都逗笑了，她赶紧告诉黎白入党的程序。第二天，赵慧娟又把黎白拉到村外庄稼地里，递给黎白一份入党的表格，让他填好表格，写一份入党志愿书。没过几天，黎白就被批准入党了。

在联大文学系徐光耀也做过别人的入党介绍人。1947年7月的一天，女同学铁肩突然找到徐光耀，说有事跟他商量，拉着徐光耀到了村北，告诉徐光耀："我早知道你是共产党员了，我想进步，我要入党，做我的入党介绍人吧。"铁肩说得直率，徐光耀想了一下，也爽快地答应了。那时在学校，虽然党员身份保密，但又时常开展一些党组织活动，时间一长，明眼人都能猜个八九不离十。别看徐光耀年龄不大，他1938年入党，到1947年夏天已有九年党龄了。铁肩有眼力，找的入党介绍人在同学里"资格"够老了。这是徐光耀第一次做别人的入党介绍人，心情激动且愉快。他赶紧又找到同是党员的李克，两个人拿着铁肩的表格，一起来到村北，坐在树荫下，商量着把表填好了。为党吸收了一名优秀青年，徐光耀颇有成就感。铁肩的确很优秀，在华北联大毕业后，由成仿吾校长择优选派到渤海军区参军，分配到渤海军区文工团，参加了昌潍、淮海等战役的火线采访和战地写作。1954年调到北京，先在工程兵杂志《工兵》编辑部任编辑，后转业到《文艺报》，任通联组组长。1957年调到民间文学研究会《民间文学》编辑部，任故事组组长，搜集整理了大量民间文学。

李克是一个喜欢闷着头写东西的同学。他比徐光耀大两岁，是跟徐光耀谈写文章、谈语汇都很投机的同学之一。算起来徐光耀和李克应该是老乡，小时候都生活在冀中白洋淀附近，新中国成立后，二人都写白洋淀题材和反映冀中抗战题材的小说，并取得不俗的成绩。李克所著《地道战》和根据《地道战》改编的同名电影成为经典，徐光耀所著《小兵张嘎》和同名改编电影也成为经典。特别值得一提的是，在徐光耀的家乡，他的老政委、曾任冀中十分区政委的旷伏兆将军以"小莫斯科"雄县米家务为中心，在十分区领导开展地道战，首次把地道战运用到了战术层面，和地雷战等结合，有效打击了日本侵略者，扭转了我军在冀中战场上的被动局面。旷政委设计的地道战让徐光耀非常佩服，也特别感兴趣，他跟旷伏兆借来日记，搜集了大量材料，准备写一部以旷伏兆领导的十分区地道战为题材的长篇小说《地道战》，后来徐光耀入朝到前线采访，到老家雄县下乡搞初级合作社，回北京不久又被打成了"右派"，《地道战》动笔写了一部分，但最终未能完成，否则，文坛上肯定会出现同学写同题的有趣情景。

徐孔和徐光耀在联大几乎算是"如影随形"的。徐孔认真、好学、正直，有一股不服输、一条道走到黑的劲头。概括起二人的关系来，可以说是"摩擦不断，又亲密无间"。徐孔和徐光耀的经历也有惊人的相似之处，毕业后二人一起留校进入创作研究室，一起到野战六纵队，后来又一起到杨成武兵团，徐孔做战地记者，徐光耀编辑《战场快报》。朝鲜战争中，二人都深入朝鲜战场，徐孔在朝鲜一待就是六年。从朝鲜回国后徐孔在李兴华陪同下拜望了老师陈企霞，谁知这竟成了他的一条罪状，几乎同时和徐光耀被打成右派，徐光耀被送到河北保定农场改造，徐孔被送到河北黄骅农场改造。相较而言，徐孔的文运似乎比徐光耀差一些，在朝鲜的六年，他积累了大量的第一手资料，回国后就开始整理、写作《朝鲜战事》一书。徐孔这本用生命写就的巨著却历经磨难，直到1999年才得以出版。拿到书时，徐孔老泪纵横，也感到欣慰：自己终于可以用自己的笔告慰那些献身于"三千里江山"的志愿军英雄了。

提起同学来，陈淼是必须再交代几句的。他是徐光耀入学前就认识的几个联大同学之一，徐光耀心心念念想要到联大学习之际，陈淼夸张而颇具感染力的介绍，无疑就相当于一剂助燃剂，让徐光耀的愿望燃烧得更加剧烈。在校期间，他们二人的关系一直很密切，离开华北联大后，徐光耀和陈淼的联系依然密切。新中国成立初期陈淼在全国文协工作。1950年，文协筹建中央文研所，陈淼参与筹建工作。一次见面后，陈淼把筹建文研所的消息告诉了徐光耀，并告诉他如果想来文研所就赶快找陈企霞。当初

第十九章 同学情

离开联大徐光耀就充满了不舍和遗憾，他太希望再一次上学深造了。他赶紧向陈企霞表示，想去文研所学习深造。陈企霞告诉徐光耀，这需要向组织打报告，经组织上同意，文研所这边倒没什么问题。这时徐光耀刚调到华北军区文化部创作组，一请示，部长刘佳和创作组组长侯金镜都表示同意，比起来联大，去文研所显得顺利多了。1950年10月，文研所还没正式开学呢，徐光耀就先到了，于是做起了筹备工作。1951年1月8日中央文研所正式开学，丁玲任所长，陈淼有一段时间做丁玲的秘书，而在文研所期间，徐光耀是丁玲颇为器重的几个学生之一。

文学系一班的同学中有几个人是小红军、小八路，这些人对革命有贡献，多少都有点保健费。徐光耀是小八路，有资格享受这种待遇，因此也是同学们"敲竹杠"的对象。"敲竹杠"是因为同学们之间相处融洽，一方面图个乐子，另一方面打打牙祭解解馋，给艰难困苦的物质生活加入一点点润滑剂。徐光耀有时会主动掏腰包给大家买花生米解解馋，这是小意思。厉害的是带大家伙儿到辛集大集解馋。当时辛集还是束鹿的一个大镇，方圆几十里地的人们都来这里赶集。说是大镇其实就有一个土十字街，前后左右一眼就能看到头；少有的几栋砖房是政府机关、银行和新华书店，街上有不少小摊小贩。一次，徐光耀和黎白等一行来辛集，徐光耀在新华书店买了两本书，还请黎白他们每人吃了一碗豌豆面，外加一个油炸的大馃子，同学们大解其馋，虽还是有点意犹未尽，但也只能就这样意思意思了。若甩开腮帮子吃，徐光耀他们这样的"小财主"准得"破了产"。

而有一次，还真的差点把徐光耀这个"小财主"给吃破了产。也是在辛集大集上，徐光耀请同学们吃炸糕，冀中的烫面大炸糕香脆甜糯，几个同学居然一人吃了八九个，拍拍肚子似乎尚有"战斗力"。"幸好"小摊上的炸糕早被风卷残云般包圆儿了，卖炸糕的老乡都蒙了：炸了半辈子，还没见过这么吃炸糕的，真是半大小子吃起来没饱啊。一群二十左右的小伙子，身体好，精神头好，饭量也好。

有时同学们馋了，敲竹杠就硬敲。编《文学新兵》时，徐光耀正要写些东西，钢笔却不见了，这可把徐光耀急坏了。找来找去，最后在肖雷那里找到了，可肖雷耍赖，拒不归还，好说歹说肖雷才答应：要还也行，得拿好吃的来换。徐光耀这才明白，肖雷这小子拿钢笔不是目的，目的是借钢笔敲诈一笔"赎金"。肖雷知道这钢笔对徐光耀的重要性，才明目张胆地敲竹杠，没办法，徐光耀只能眼睁睁地看着他"阴谋"得逞，最后答应了肖雷买4块钱的花生米，才把钢笔拿了回来。

比起张家口的城市生活来，束鹿农村自然落后不少。冀中的冬天天寒地冻、北风刺骨，春天风沙肆虐、漫天遍野，夏天骄阳似火、炎热难耐，但同学们谁也没喊过苦，似乎没有人在意自然条件的艰苦。这是因为他们每一个人心里都有一团火，为了革命的胜利、人民的解放，他们必须磨炼自己的意志，增长自己的才干，使自己尽快成长为一个对革命有用的人。

多年后，回忆起这段艰苦生活，和这群可爱的同学，徐光耀还满是感慨，同学们的精神境界是值得赞扬的，大家虽然年龄不大，但似乎都超越了物质层面，更在意精神层面的追求，真是难能可贵。

第二十章　战斗在大清河北

华北联大对师生到实践中锻炼尤其重视。徐光耀他们留校念研究生后的第一课，依然是深入部队，上前线参加战斗。这一次，前线在大清河北，战斗非常激烈，也异常艰苦。学校的意思很明确，就是要让他们亲身到工农兵的火热的斗争中去，在与敌人生与死的较量中体验革命战争，接受血与火的洗礼。

大清河是雄县的母亲河，从北向南流入雄县境内，到县城折而向东穿城而过。徐光耀的家乡雄县段岗村就在大清河北。雄县在抗战时属于冀中十分区，是抗战战斗最激烈的地区之一，到抗战胜利，还没来得及喘息，内战又起，多年战火，家乡已遍体鳞伤、满目疮痍。正当徐光耀毕业前后，国民党军队纠集了三万余人正在对大清河北进行所谓"清剿""扫荡"，我军与之展开了激烈战斗。有消息称大清河一带很快就会解放，前方的战事让联大师生欢欣鼓舞，徐光耀更是夜不能寐，他真想插翅飞回去，参加解放家乡的战斗。

毕业留校没几天，徐光耀就接到了通知："准备出发，随军去大清河北,参加战斗,体验生活。"这个消息让徐光耀兴奋不已,从十三岁参军到今天,离开家乡十多年了,现在他终于可以如愿以偿地为解放家乡而战斗了!1947年8月26日,厂民和蔡其矫为队长,文学系新留校的徐光耀、徐孔、鲁煤、闻功、李兴华及美术系应届毕业生马秉铎、邓野、张启等十人组成小分队,背起背包,徒步行军赶往冀中十分区(辖大清河北的京津保三角地带六个县),赴晋察冀野战军第二纵队参加战斗。

在冀中沃野上,小分队或沿着土路疾行,或在高粱地、玉米地、谷子地、棉花地里钻进钻出,大方向则是一路向北。8月29日,小分队到达二纵政治部,鲁煤、闻功被分配到四旅,参加任丘、新镇一带的战斗,徐光耀、徐孔、李兴华被分配到五旅,参加攻打雄县板家窝和昝岗的战斗。徐光耀求之不得,他的老家段岗距昝岗仅三华里,距板家窝也只有五华里,在家门口打仗解放家乡,无比荣耀也义不容辞。

冀中的秋季爱下连阴雨。1947年,秋雨连绵,雨一阵大一阵小,似乎没有停歇的意思。敌人在村里,我军在野外,敌人有掩体,我军暴露在风雨中,这种情况对我军极为不利。徐光耀跟着部队转了半个月,寻找战机。战士们在泥泞的庄稼地里转来转去,深一脚浅一脚,雨大时人人都淋成了落汤鸡,腰带上斜挂着的搪瓷缸子一会儿就能灌满半缸子水,艰难程度可想而知。徐光耀是联大来的"文化人",负责做战前动员,他做过好些关于时局的演说去鼓舞士气。演说时,敌人的飞机就在头上盘旋,敌人阵地射过来的子弹在头顶嗖嗖乱飞,战士们早习以为常,个个面无惧色。

大家对胜利都充满了渴望,怎奈天不佑我,敌人龟缩在民房里和掩体里,负隅顽抗,我军在这阴雨天也组织不起有效的攻势,长时间在雨水中战士们的体力和后勤补给都会出现问题,为避免和敌人打成消耗战,陷入被动局面,最后只好撤出战斗,暂时放弃了对板家窝和昝岗的攻打。

徐光耀明白,尽管我军士气高涨,但目前的客观条件很多都对我军不利,撤出战斗也是无奈之举,可徐光耀心里还是充满了失落。他对解放家乡充满了期待,甚至设想好了,等家乡解放后,他见到父亲、姐姐和妹妹时激动人心的场面,现在却都被这一场没完没了的讨厌的雨搅黄了,这让他倍感丧气。来的时候,徐光耀是有点私心的,其实也是一个最大的愿望,他打算胜利后回家看看,让老父亲看看自己一身硝烟、飒爽英武的样子,也好让老父亲为儿子自豪自豪,现在看来这愿望暂时实现不了了。

在炮火连天中,段岗就近在咫尺,可现在还属敌占区,徐光耀有家也不能回了。撤出战斗时雨依然在下,看到那些逃难的乡亲,徐光耀对这次战斗因天气原因而失利更感懊恼,心一直往下沉,忍不住责问自己:"徐光耀啊徐光耀,在你的家乡,你竟这样无能,连自己的父母、姐弟[①]都被害成这个样子!你把责任尽到哪里去了?"自责归自责,天要下雨,人有什么办法呢?但徐光耀的心气人们都能理解。

撤出战斗时,敌人的飞机在大清河附近一会儿高一会儿低,来回扫射、轰炸,徐光耀他们的队伍只好在人与人之间隔开长长的距离,一路上似乎还能听到开口、昝岗一带的枪声。刚才还稀稀落落的雨,瞬间又哗哗哗下大了,像是从天上直浇下来,地上尽是泥粥,走起来哧溜哧溜打滑,总有人摔倒,赶上死胶泥地,那胶泥粘鞋粘得厉害,稍不注意,人走了,鞋被

[①] 引自《徐光耀日记》第一卷第365页。这应该是徐光耀在战斗失利后,看到逃难的乡亲们而产生的懊恼心情的一种表达,这里的"姐弟"也应该是泛指家乡的兄弟姐妹。

泥粘掉了,还得回身找鞋。这灰蒙蒙的雨中,不小心就迷了路。唉,这鬼天气。

虽说战火无情,但到了家门口的徐光耀无论如何也放心不下父亲,见父亲一面已不可能,于是他想找一位老乡给父亲捎个口信,让父亲带着家人赶紧先到大清河南避一避。路过小庄村村口时,部队稍事休息,徐光耀赶紧跑进村子。这村里有他大姨家,还有徐光耀姐姐的婆家,不过姐姐出嫁时徐光耀已经参加八路军了。他凭着小时候的记忆找到大姨家,想见大姨一面,也让大姨给老父亲捎个信,可喊了半天没人应,原来家里已空无一人。徐光耀赶紧往外走,一出门碰见两个战士正劝一个老乡赶紧离开,说这里很快就要打仗。徐光耀赶紧上前搭话:"大叔,你是小庄的吗?"老乡说是,徐光耀赶紧问道:"那我打听个人",一听大姨的名字,老乡表示很熟悉,知道了徐光耀是段岗的,"你姓什么呀?"徐光耀答:"姓徐。""哦哦,你认识徐志民呗?""那是我亲姐姐,你认识她?""忒认得呗,我们住一个院。"徐光耀也没多想,好不容易遇到个熟人,急忙让他告诉小庄的大姨给父亲捎个信,赶紧到河南避一避。老乡满口答应:"行喽,行喽。"徐光耀最后嘱咐:"我还有事到后边去了啊,这事就全交给你啦。"老乡回道:"全交给我吧,保准办到了。"口信果然捎到了。徐光耀后来才知道,他委托捎信的老乡原来是父亲给自己订的"未婚妻"的父亲,未曾谋面,却在这个时候、这种情形下见了一面,这也真算是奇遇了。

9月15日,小分队的人员会合在了一起。但少了闻功,原来在战斗中闻功和战士们一起冲锋腿受了伤,被送到了后方医院。作为队长,蔡其矫感觉回学校少一个人,没办法跟领导交代,于是对鲁煤说:"你和闻功分在一个团，你应该关心一下他的情况。"鲁煤觉得蔡其矫有批评的意味，于是赶紧向蔡其矫和厂民请了假去团部驻地找闻功。其实鲁煤和闻功虽然在一个团，但不在一个营，更不在一个连，没有横向联系，对闻功的情况一无所知，闻功受伤，他也是刚听说的。

回来之后大家才知道，这次战役他们参战的部队，除了鲁煤他们所在的旅打了胜仗，其他部队都有些失利，但大家并没有失去信心，他们知道这只是暂时的。果然，10月份二、三纵队就取得了清风店战役的胜利，没多久就解放了石家庄，开创了解放军解放大城市的先例。

9月23日，小分队回到了学校，不久，徐光耀就从艾青那里得到一个好消息：院部成立了创作研究室，研究室设立文学组，徐光耀就被分在文学组里，创作研究室主任是崔嵬。

第二十一章　崔嵬和创作研究室

1947年9月28日上午，院部召开创作研究室成立大会，参加人员有艾青、崔嵬、何延、熊焰、桑夫、徐光耀、徐孔、鲁煤、李兴华、白石等，逯斐、李冰、闻功、陈淼缺席。会议确定崔嵬为创作研究室的负责人，熊焰是研究室秘书，下设两个组，一个剧作组、一个文学组，桑夫任剧作组组长，徐光耀任文学组组长，徐孔任生活干事，鲁煤任秘书。

创作研究室成立后开了一个"碰头会"，会上崔嵬极力主张要学习曹禺的《雷雨》等剧作，这可能和崔嵬一直搞戏剧有关，所谈的问题大都是关于戏剧的，几乎没谈文学问题，徐光耀听着其创作观点，感觉和自己的距离较大。

这时徐光耀跟崔嵬并不熟悉，只是在入学前参加过文艺学院欢迎崔嵬、王林的文艺晚会，那是1946年12月31日，正是辞旧迎新的一天，那时王林是冀中文协的主任、崔嵬是副主任，这也是徐光耀第一次见到能编能导能演的崔嵬。

崔嵬是"名人"，他与陈波儿合演的《放下你的鞭子》，开启了去抗日前线演出抗日戏剧的先声，极负盛名。崔嵬在延安时期就是鲁艺的教员，1939年9月，崔嵬从延安来到晋察冀，先在华北联大文艺学院戏剧系任系主任，1942年11月调到冀中军区火线剧社任社长。1947年秋天，崔嵬又调回华北联大文艺学院，任创作研究室主任。这也可见，无论是冀中文协还是联大文艺学院，对创作研究室都是非常重视且寄予厚望的。对抗战时期崔嵬领导的火线剧社徐光耀是了解的，也是佩服的，火线剧社是冀中最大剧社，他们在烽火中冒着生命危险，为战士和群众演出了许多鼓舞人心的节目，给大家带去了难得的艺术享受。1980年代末，徐光耀创作了一部被誉为《小兵张嘎》姊妹篇的中篇小说《冷暖灾星》（又名《少小灾星》），设定里面主人公之一苗秀就是来自火线剧社。

由于崔嵬、徐光耀二人创作的文艺样式不同，创作理念也不一样，这就造成了他们二人在创作研究室共事的那段岁月，既惺惺相惜又磕磕绊绊：惺惺相惜是因为对方的才情和人品，磕磕绊绊是因为创作理念有一些分歧。也正是由于创作理念不同，十几年后崔嵬差点错过一部经典电影的诞生，当然这是后话。

在创作研究室，徐光耀最早读到的同事们的剧作，一个是崔嵬的《对症下药》，一个是逯斐的《大义灭亲》，仔细读后，徐光耀感觉崔嵬的《对症下药》写得"挺糟糕"，达不到上演的水平。徐光耀的这种判断恰恰证明了他们二人在创作理念上的分歧。崔嵬常说"戏剧效果"就是噱头的代名词，戏剧得有"噱头"，得能吸引观众，徐光耀觉得这其实是一种表面化的曲解，戏剧效果不等于噱头，"喜剧效果"也绝不能理解为使观众哈哈大笑,真正的戏剧效果应该是使观众真正受到感动,把剧中的中心思想切实打入观众的心灵。他们二人的观点到底谁更有道理呢?那时徐光耀对戏剧的理解还不深入,多用文学的眼光去看待戏剧;崔嵬在舞台上摸爬滚打了许多年,写过导过演过不少经典剧目,自然有他对戏剧的独特理解,难免用戏剧眼光看待文学作品。二人没有行走在同一个艺术轨道上,发生"误解"也就在所难免了。徐光耀觉得逯斐的《大义灭亲》还不错,矛盾冲突制造得多,情节比较紧凑,但高潮的张力不够。其实这时徐光耀对戏剧创作的理解还是不全面,不充分的,没有深入理解戏剧和小说的差异,舞台艺术和文学作品的不同,直到十年后他同时创作《小兵张嘎》小说和剧本时才有了切身的体会。

在创作研究室,徐光耀不仅担任文学组的组长,还要和鲁煤一起负责《创作》墙报的编辑,这项工作徐光耀比较擅长,毕业之前他就编辑过《文学新兵》。《创作》墙报是以创作研究室的名义创办的,以发表创作研究室的作品和报道创作活动为主。街头诗也恢复起来了,由李兴华负责。街头诗是因为李兴华等人的兴趣引起的,而《创作》墙报则是因为创作研究室成立之后,崔嵬想要做出点看得见摸得着的成绩而组织的,但无论如何这都是创作研究室的同志们锻炼、实践和展示的好机会、好"舞台"。徐光耀他们决心把墙报和街头诗办成创作研究室的文学阵地,要超越文学系一班时的水平。

这段时期,文艺学院的墙报多少有些令人发愁,没多少人写稿支持,出一期太困难。徐光耀和白航①商量了半天学院墙报的事，最后也没定下来。参加全院墙报委员会时，徐光耀因为有经验，发表了一些意见，与会者都很赞同。回到创作研究室后，他便提议将创作研究室的墙报《创作》与文艺学院的墙报合办，大家都很支持，但崔嵬反对，他觉得创作研究室一定得有自己的文学阵地，崔嵬说得不无道理。后来经过讨论，创作研究室的墙报《创作》照样出，院里的墙报也要供稿。那天晚上，徐光耀找崔嵬商量墙报问题时，崔嵬说："有机会咱们好好谈谈，我来了这些日子也没一块聊聊，这很不好。"崔嵬如此谦逊，这让徐光耀的敬意油然而生。

在徐光耀等人的努力下，《创作》第一期终于编辑好也誊抄好了，因没有布条，徐光耀想用报纸来糊，将就着挂起来，这时徐孔、李兴华从院部弄来一些黑布条，虽然黑色不够雅气，但也足以让徐光耀高兴了。徐光耀他们抓紧时间编排，美中不足的是布条有些短，只能撤下了两篇文章，徐光耀就撤下了自己的文章和一篇关于"创作研究室成立"的通讯。从早忙到晚，眼看第一炮就要打响了，徐光耀还真有点人逢喜事的感觉，晚饭居然吃了9个肉包子，晚上都肚胀得难受。

把编排好的《创作》让崔嵬等审阅并首肯后，徐光耀、徐孔、李兴华几个人快步来到大李庄，把《创作》墙报挂在了大会场，文学系2班主编

---

① 白航(1926—2021)，原名刘新民，笔名谢燕白，河北高阳人。1945年6月在晋察冀解放区参加革命工作，抗战胜利后回天津做地下工作；1946年到华北联大文学系学习，1948年毕业后参加中国人民解放军十八兵团文工团创作组任创作员，转战太原、陕西入成都；1950年11月加入中国共产党，历任川北文联创作部主任，四川文联创作研究组组长，《四川文艺》编辑，《星星》诗刊主编、编审，四川省文联委员，四川省作协理事。1988年12月离休，原文艺八级，享受国务院政府特殊津贴。

的《文学新兵》也挂了出来。徐光耀在一旁观望，《创作》前面不如《文学新兵》前面围的人多，这多少让徐光耀有些失望。第二天一大早，徐光耀他们就又把《创作》挂了出去。艾青表扬了不止一次，逯斐、熊焰反馈回来的信息也都说人们反映不错。这是创作研究室在众人面前的第一次亮相，这"成绩单"还算及格。

但对创作研究室的整体创作水平和现状，徐光耀还是不太满意，这也许和他当时年轻气盛有关。鲁煤的诗、崔嵬的大鼓词、李兴华的散文、徐孔的通讯都虽各有长处，但又都有明显的弱点，关键是创作研究室成立了一段时间还没有人能够拿出像样的作品，自己也没有什么像样的作品，比如能够发表或上演的，这样下去创作研究室似乎徒有虚名。

创作研究室想了个好办法，每个人写了作品都要集体讨论，让大家提意见，用集体的智慧和力量打造精品，效果挺好。但这种讨论时间一长有时也变了味，主要是有的同志提意见敷衍，提交作品也敷衍，比如有一次有人提交了一部十幕剧，大部头，但拿出来一讨论大家才发现，这十幕剧主要是素材，没有多少创作的痕迹，本来充满期待的徐光耀感叹原来是一堆"凉砖头"。后来有人又整出了一部六幕剧，也是一堆素材，没有剪裁，这哪是自己在写作品，这不成了集体创作了吗？弄得徐光耀这个组长哭笑不得，但总的来说这种集体智慧当时还是发挥了优势。

徐孔最"厉害"，说他们写的剧本好极了，比《白毛女》还好，有生活，还更具有普遍性，可这剧本最终大家也没看见。对形影不离的徐孔，徐光耀再了解不过了，暗骂"徐孔这家伙什么时候又学会吹牛了！"

时间越长，讨论问题的火药味越差，建设性意见越来越少，浮于表面的多，这些都让徐光耀有些失望，有时也难免"迁怒"于崔嵬。在徐光耀眼里崔嵬一天到外面"瞎跑"，无论是剧本还是歌词，写出来他就不管了，觉得他真是有点"岂有此理"。但一个搞戏剧的，不"瞎跑"哪里来的生活呢？其实对崔嵬的导和演的能力徐光耀是十分赞赏的，对崔嵬的性格、为人也十分赞赏。崔嵬的真诚、正直和徐光耀如出一辙，这也是他们日后都"落难"的原因之一。而崔嵬的豪爽大气、高门大嗓和徐光耀的木讷、害羞又形成了对比。高兴时崔嵬快人快语，声音洪亮，和他那大个子很配，生气时脖子一拧，嘴巴噘起老长，毫不掩饰。有一天，在报纸上看到雄县解放的消息，崔嵬都替徐光耀高兴，他抑制不住心中的喜悦，拿着报纸找到徐光耀屋里，举着报纸大声喊着："光耀，快看，雄县解放了！"这就是崔嵬。

土改前整风，崔嵬的表现使徐光耀对崔嵬更加敬佩了。检查时，崔嵬自我反省了一大段，把"历史包袱""自负""技术观点"都谈了出来，徐光耀觉得以崔嵬这样的地位、声望、资历、才学，再加上参加丰富的革命经历，能在这些"小部下"面前做如此深刻之检讨，绝非易事。后来大家提的意见更尖刻，说他"俨然旅团大干部"，甚至说他是"崔百万"，对这些崔嵬仍然很热心地表示："大家的意见很对，帮我挖掘了许多问题。"看出来崔嵬心情很沉重，但也有决心改造自己。这让徐光耀很感动，他在那天的日记里动情地写道："今后，我应当以爱护革命的心情爱护他，一心一意服从他的领导，发现毛病只有帮助纠正、解决的义务，绝无拆台的责任。""是的，老崔很可爱，其性格为我所特别喜欢。那么，他的思想提高了，不就是一个很理想的领导者吗？"

崔嵬是好演员、好导演，也是好领导，徐光耀佩服他的才情，相处久了，更佩服他的直率。可正是这种直率，有时看问题难免有些片面，这使得崔嵬差一点与经典电影《小兵张嘎》失之交臂。崔嵬对徐光耀也是很看重的，尤其看重他的写作能力，徐光耀要被调到野战军离开联大时，崔嵬曾提议把徐光耀留下。其实从成立创作研究室开始崔嵬就想着和徐光耀好好谈谈，可那时候崔嵬不但在联大有许多工作，还担任着冀中文协的副主任，一直在外面忙，竟一直没有机会坐下来和徐光耀单独谈谈，这就导致崔嵬和徐光耀虽然共事了一段时间，他对徐光耀的认识并不全面。

1960年代初，徐光耀《小兵张嘎》的发表和出版，在社会上引起了很好的反响。徐光耀想把《小兵张嘎》搬上银幕，这时他首先想到了亦师亦友的崔嵬，很快就把《小兵张嘎》剧本寄给了崔嵬，崔嵬对徐光耀的认识显然还停留在十几年前的认知上，他知道徐光耀小说写得非常好，但对他写剧本的能力还是有些怀疑，觉得徐光耀准是"瞎闹"，于是看也没看就放在了一边，忙别的去了。这时的崔嵬导演过《青春之歌》，主演过《红旗谱》里的朱老忠等，并因饰朱老忠一角获首届电影百花奖最佳男主角奖，在导和演上都获得了很高的成绩，这时的崔嵬的确很忙，时间一长竟把这事忘了个一干二净。北京电影制片厂另一位导演欧阳红樱看到了《小兵张嘎》的小说，被深深地感染了，她觉得如果把该小说拍成电影，一定会不同凡响，于是到保定找到徐光耀，谈了想把《小兵张嘎》改编成电影的想法。徐光耀告诉她，剧本早有了，已交给"老崔"了。

欧阳红樱向北影厂厂长汪洋推荐了《小兵张嘎》，当时汪洋厂长也有

《小兵张嘎》拍摄时,演职人员合影,前排中间穿背心者是崔嵬

要为中国儿童拍一部好电影的急切愿望,对欧阳红樱的发现倍感欣喜,同意将《小兵张嘎》搬上银幕。但又担心欧阳红樱对冀中抗日战争的生活不熟悉,把握不准,于是便找来了对冀中抗战生活十分熟悉的崔嵬,决定由崔嵬和欧阳红樱联合执导《小兵张嘎》。崔嵬"失而复得",当他得知了这个决定之后,赶忙翻找徐光耀寄给自己的剧本,等找到剧本一读,崔嵬立刻被吸引了,意识到了它的银幕价值,觉得《小兵张嘎》不但要拍,还一

定能拍好。看来已是"士别三日",对徐光耀得"刮目相看"。小说精彩,剧本也不错,但崔嵬还是觉得要将其搬上银幕,在矛盾冲突和人物塑造上还要加强。于是崔嵬提议,把徐光耀邀到北京来当面研究,再对剧本进行一些修改。

很快徐光耀被邀请到北京电影制片厂。崔嵬依然直爽,提出的修改意见也直截了当,为了银幕效果需要还要加一些"噱头"。抗战时期,崔嵬在冀中生活和战斗了好几年,对冀中一带的抗战生活非常熟悉,他亲自动笔,加了一些情节,比如加了胖翻译这个人物,还把小说《平原烈火》的结尾移植到了《小兵张嘎》的剧本里等,使情节更加丰富,更符合电影的需要了。

1963年年底,《小兵张嘎》在全国公映,好评如潮,崔嵬果然不负所望,电影对《小兵张嘎》的再创作,使更多人认识了"小嘎子",把这部作品又提升到了一个新的高度。不夸张地说,《小兵张嘎》影响和教育了几代人,直到今天,该片依然是中国电影史上的艺术经典。也因为《小兵张嘎》,徐光耀和崔嵬都获得了很高的荣誉,1980年,徐光耀因创作小说《小兵张嘎》获全国少年儿童文艺创作一等奖的时候,崔嵬也因导演电影《小兵张嘎》获得全国少年儿童文艺创作一等奖,这真是"缘分",也是因联大而结下的"缘分"。

第二十二章　周巍峙的赏识

留校，任创作研究室文学组组长，这使得徐光耀有机会更多地接触他心仪已久的艺术家们，周巍峙就是其中一位。

一出《白毛女》，行云流水、干净利落、银珠落玉般的鼓点，直抵人心，早已让徐光耀对周巍峙刮目相看了。徐光耀也早听说过周巍峙的夫人王昆也是一位了不起的演员，她在延安时期就扮演过白毛女，歌声朴实纯真，犹如天籁，非常受欢迎，他们二人是一对献身革命、献身艺术的模范夫妻。

徐光耀第一次真正了解周巍峙还是在前线剧社，那次沙可夫、艾青、周巍峙一起来剧社座谈、指导工作，周巍峙根据剧社的实际情况提了几点建议，很有针对性。首先是趣味问题，他认为趣味可以转移，跟工作实际有很大关系：努力工作，当工作有了成绩时，自然就会来了趣味；再进一步说，作为一名革命战士，不能光凭着个人兴趣去工作，个人要服从大局，当然工作也得照顾个人兴趣和特长，不服从肯定不对，不照顾对革命也不利。徐光耀很赞同周巍峙的发言，不愧是老革命、大艺术家，他的发言展

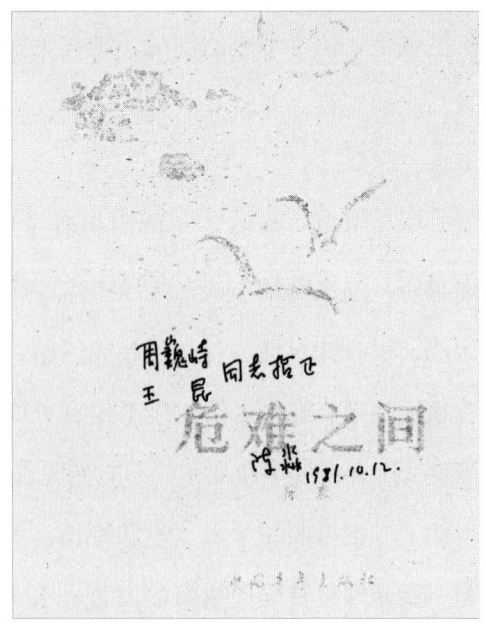

陈淼题赠周巍峙、王昆夫妇
作品《危难之间》

1946年12月30日，徐光耀听周巍峙的"艺术思想"课时所做的笔记

现了很高的思想觉悟，他把个人兴趣和革命的关系讲得非常透彻，这正是剧社许多同志包括自己经常犯糊涂的地方，周巍峙这样一分析，对剧社的领导和同志们都很有指导作用。

幸运的是徐光耀到联大文学系后，他们文学系和周巍峙他们的文工团住得很近，就像一个村一样，这使得徐光耀和周巍峙有了更多接触的机会。徐光耀写了戏剧类的作品愿意向周巍峙请教，周巍峙对徐光耀的写作能力

也非常赏识。

留校后,有一次徐光耀写了剧本和歌词,拿给周巍峙看,请他提意见。周巍峙仔细读着,一边读一边从结构、矛盾冲突、语言、音节等方面说自己的看法,看完后,一边把稿子递给徐光耀一边说:"不错,写得不错,这剧本稍加修改是可以排演的。"行家的肯定让徐光耀很高兴,自己在剧本和歌词创作方面的努力还是很有效果的。

这时,周巍峙又拍了拍徐光耀的胳膊,说道:"光耀,要不这样,你搬到我旁边来住吧,这样咱们好交流,方便讨论剧本。"周巍峙的邀请让徐光耀有些吃惊,没想到周巍峙对自己竟如此热情,如此欣赏自己。他当然乐意搬到周巍峙旁边来住,但这是文工团,自己是创作研究室的人,搬在一起住恐怕还是有难度的,但周巍峙的热情邀请还是让徐光耀心里暖暖的。

其实周巍峙这已经不是第一次直接表达对徐光耀的喜爱和欣赏之情了。徐光耀还在文学系学习时,一次周巍峙给同学们做讲座,讲完后闲谈时,同学们夸奖班里文章写得好的同学,当然会提到徐光耀,说他写诗,写民歌,写小说都挺拿得出手,周巍峙立马要了徐光耀的作品看,尤其对徐光耀搜集的民歌和他自己写的民歌,大加赞赏。周巍峙一边看一边点评,挑出他认为写得最好的两首,跟徐光耀说:"把这两首抄给我,我给它们谱上曲。"这么大的艺术家给自己的习作谱曲,让徐光耀既感到幸运又感到光荣,无疑也给徐光耀的创作增强了自信和动力。

给徐光耀印象深刻的还有周巍峙的平易近人。石家庄解放后,徐光耀和周巍峙都来到了石家庄。一次到剧院看郭兰英主演的《算粮登殿》,散场后在楼梯上碰见了周巍峙，没等徐光耀说话，周巍峙就主动凑到徐光耀跟前，告诉他："你的剧本我看了，明天再看一遍，咱们谈谈。"随后给剧本提了一些意见，让徐光耀再把剧本修改修改，是可以排演的。过了几天，周巍峙居然亲自给徐光耀送来理发费，并告诉徐光耀，他写的剧本已交给搞戏剧的人去看了，可以排演的话再突击完善完善。

周巍峙很赏识徐光耀，徐光耀也特别敬佩周巍峙，他一直觉得周巍峙是一个很优秀的团长，他们文工团给大家清苦的生活带来了许多欢乐，他们的节目水平很高，又接地气，老师、学生、干部、战士、村里的老乡都喜欢看。但在现实生活中，他们也有些小摩擦，不过大都是在工作中因为对工作的理解不同所致。在石家庄时，徐光耀他们得知陈企霞等很多老师、同学都到农村搞土改了，心里难免着急，想着尽快到农村参加土改，到更广阔的天地里去锻炼；而周巍峙和崔嵬觉得，还是要沉下心来，再在石家庄多待些日子，石家庄刚刚解放，多待些日子，可以积累更多的写作素材。土地改革是关系到中国前途命运的大事，年轻人更希望参加到这伟大的历史洪流中，见证社会的巨大变革。周巍峙他们的初衷是让同学们沉下心来，多积累素材，写出更多更好的作品。但在社会巨大变革面前，年轻人的心很难沉静下来，于是在走与留的问题上，两方之间意见相左。最终待了几天后，徐光耀他们奉命到获鹿农村参加土改去了。过后，徐光耀觉得周巍峙他们也有道理，自己还是没有摆脱年轻人好动、不踏实的毛病，如果当初在石家庄踏踏实实多深入生活，积累素材，或许自己也能写出像《红旗歌》一样的作品。

第二十三章　石家庄解放了

联大师生非常关心国家的前途命运，他们一直关注着来自全国各地前线的消息。联大的老师们有一个习惯，他们总是把从报纸等渠道得到的好消息第一时间在课堂上告诉同学们，解放大军每一次胜利都让同学们兴奋不已，都会引起课堂上的一阵欢呼，并成为大家课下谈论的重要话题。这些日子，被解放军围困下的石家庄成了大家关注的焦点，也是大家谈论最多的话题，大家真希望我军赶快以摧枯拉朽之势解放石家庄。

事实上，这些日子石家庄前线的好消息也不断传来，而且一个比一个消息更让大家兴奋。1947年11月9日，说是解放军已攻入石家庄，守卫石家庄的敌人已放弃了第一道防线。创作研究室的同志心都飞到石家庄了，哪还有心思研究作品，讨论话题总不由自主地转移到如何准备好马上动身去石家庄的问题上了，讨论这个话题时每个人都显得那么兴奋。反正这两天人们的话题都离不开石家庄，就连晚上躺在土炕上睡觉前都支棱着耳朵想听一听前线的枪炮声。这让人魂牵梦绕的石家庄啊。

1947年11月12日是一个特殊的日子，也是一个特别值得庆祝的日子。

第二十三章 石家庄解放了

早操时,朱子奇说有一些关于石家庄的好消息,大家立马围拢来,都想一听究竟。朱子奇大声说:"石家庄的敌人11号晚上派代表出来谈投降的事了,要求今天早晨再投降,我军没有答应,让他们马上投降,不要讲条件,双方正在为这事交涉。看这阵势,今天我军就可能全部拿下石家庄了;还有苏联外长莫洛托夫发表谈话说,原子弹对于苏联来说,已不再是什么秘密,这可把美国英国都吓得手忙脚乱了;这两天在胶东我军又解放了好几个县城,国际国内形势对我军都非常有利。大家等着听好消息吧。"

朱子奇国内国际谈了一大堆,都是好消息,无异于给大家打了一针兴奋剂。那天上午创作研究室在讨论剧本时,大家似乎都心不在焉,总不由自主地把话题拐到石家庄解放的事上去,石家庄的消息太激动人心了,每一个人的心都飞到了石家庄了,实在无心再座谈什么剧本。中午忽然响起了紧急集合的钟声,徐孔出去看了一下,很快就跑回来,一边跑一边兴奋地喊:"石家庄解放了,石家庄全部解放了,快去吧,快点!"大家都不约而同地叫了一声好,立刻夺门而出。

徐光耀一阵风似的跑到院部门口,那里早已聚集了很多人,大家有说的、笑的、唱的、跳的,新编的胜利腰鼓打得震天响,气氛高涨,热热闹闹,还有几个人举着红旗迎风摆动着,呼啦啦啦,很有气势。贺敬之站在台阶上振臂高呼着:"石家庄解放了,石家庄解放了!"声音比他唱陕北民歌时还要高亢响亮,但这时声调微微有些颤抖,满带着激昂。在场的人们握手的、拥抱的、互相拍打的,兴奋之情洋溢在脸上,每个人脸上都写满了激动、幸福和自豪。

朱子奇身边被人们围得里三层外三层,他在跟大家讲得到消息的经过："上午给前线打电话，前线说今天12点以前一定拿下石门（石家庄），10点半再打电话一问，前线回答，快啦！到12点整，电话铃响了，赶紧拿起来听，电话里说石家庄全部解放了，这一仗俘虏敌人一万两千人，没有一个人漏网，还缴获了280多辆汽车、四五百匹战马，敌人仓库和房子里的弹药多得是，都归我们了。"朱子奇话音一落，人们一片欢腾，锣声、鼓声、镲声、唢呐声、掌声、笑声、叫声、呐喊声，响彻云霄，震耳欲聋，就连树上的鸟儿都给吓得飞跑了，在小李庄文艺学院院部门口形成了一片欢乐的海洋。一会人们又很自然地形成一支队伍，敲锣打鼓游起行来，由村东到村西，由小李庄到贾家庄，又从贾家庄到郝家庄，浩浩荡荡，一边走，一边唱歌、喊口号，向老乡们宣传，向所有人传递这个振奋人心的好消息。

徐光耀跑到美术研究组，把消息告诉他们，江丰、彦涵、莫朴几个人都激动地站起来，先握住徐光耀的手，然后又情不自禁地鼓起掌来。徐光耀没时间跟他们多说，也顾不得已满头大汗，继续快跑去找蔡其矫、陈企霞、萧殷，想和老师们共享这鼓舞人心的喜悦。从那里出来，徐光耀正好迎上了游行队伍，大家欢庆了一阵就先奔向大李庄，到了大李庄，人们扭着秧歌，呼喊着，直奔校部的南会场，汇入欢乐的洪流。本来不怎么扭秧歌的徐光耀今天也大扭特扭起来，大家用力狂欢，直到尽了兴，方才散去。为了庆祝胜利，学校特地犒劳大家，晚饭吃白面馒头。

吃过饭，徐光耀和创作研究室的同志们赶紧找到崔嵬，不停催他赶紧去请示艾青，让创作研究室的同志赶往石家庄。看来去石家庄是板上钉钉的事了，徐光耀一直处在自豪的亢奋中，回到住处，依然不能自已，取出纸笔，匆匆给姐姐写了一封信，告诉她石家庄解放了，自己要到石家庄去了，他想让家人也分享一下这份喜悦。

嗜读书如命的徐光耀第二天连书都看不下去了，他收拾行李，时刻准备去石家庄。白石他们是第一批慰劳团，下午就出发了，这可真把徐光耀他们羡慕坏了。晚上开劳军动员大会，徐光耀把欧阳凡海送给自己的那副崭新的扑克捐了，这是他浑身上下最珍贵、最拿得出手的礼物了，这样的礼物一定要献给前线的战士们。

晚上得到确切消息，创作研究室要到后天才能出发，徐光耀一想就着急，忍不住抱怨："哎呀，老崔呀老崔，你怎么就不着点急呢，你那急脾气哪去了？你敢情有老婆、有自行车，怎么就不管别人的心情呢，这样的领导真烦死人了。"真是把徐光耀急坏了，连埋怨都显得无理了起来，但也朴实、率真得可爱。

11月14日，文艺学院终于组成了前方工作队，工作队抽调院部创作研究室和文工团创作组两个单位的同志，由崔嵬、熊焰、贺敬之负责，徐光耀任队部秘书。成立大会上陈企霞、艾青、周巍峙分别讲了话，激励大家要敢于胜利，能够胜利，要求大家要接近贫苦的市民和工人，不但要从肉体上解放他们，更要从思想上完成解放。因为这是我党解放和接管的第一座大城市，大家也是第一次进入大城市做工作，因此三位领导都鼓励工作队不要胆怯，要鼓足勇气，坚持正确的创作方向，同时把新的创作方法和作风带进城市。领导们的讲话，给工作队指明了道路，也鼓舞了大家进入新环境的信心和勇气。这时徐光耀也明白了之前不让他们立即进城的原因：到大城市工作是一个全新的考验，大家都没经验，因此不能盲目行动，得做好充分的思想与政策方面的准备。今天的动员会，三位领导讲得够透了。

15日一早，联大文艺学院前方工作队一行30人匆匆吃过早饭，在兴奋中一路向西直奔石家庄。刚一出发，贺敬之就提议："徐光耀是从野战部队来的，有战斗经验，就由他担任我们工作队的行军总指挥吧。"崔嵬、熊焰都赞成，徐光耀也乐于领命。

一队文艺战士在乡间小路上爬沟过坎、奋力前行，他们每个人心里都揣着一团火。解放大军拿下了第一座大城市，他们激动，他们自豪，他们恨不得马上就飞过去，到石家庄，发挥自己所学，为接管这座城市贡献力量。徐光耀的心情何尝不是如此呢，但急躁更容易出现安全问题。面前这支文艺队伍基本没有战斗经验，路上间或还能听到零零星星的枪炮声，头顶上时不时有敌机盘旋，危险随时可能降临。徐光耀深知肩上担子之重，他这总指挥必须挑起重担来。他先指挥大家躲避敌人的飞机，告诉大家行军时要拉开距离，还要前后照应，不要扎堆，也不能走直线，注意隐蔽；最好不要让敌机发现，即使发现了，也不能给它袭击的机会。徐光耀跑前跑后，提醒这个指导那个，挺冷的天却忙得满头大汗。16日这天运气好，在路上遇到了两辆大马车，女同志和走不动的男同志都坐上了车，傍晚终于到了良村，此地距离石家庄还有35里，目标越来越近了，大家的心情越来越兴奋，明天就能进城了！

即便在这样的环境下，徐光耀一路走还一路创作，成型的街头诗就有八九首，他期待进城后再为石家庄服务。因此一路走，徐光耀一路给自己加油：为党，为工作，努力努力再努力！

17日，前方工作队终于到达石家庄，徐光耀这临时行军总指挥算是圆满完成任务。第二天队部就开会，决定大家下区下厂，到和工人群众接触的最前沿，这也是大家一直盼望着的。

这时的徐光耀还没意识到，随着他进入石家庄，他在联大的校园生活就基本结束了，这之后他的联大生活大都是在进厂、下乡、参加土改等实践中度过的。

第二十四章 终于来到石家庄

由农村到城市,既新鲜又兴奋,但还没等这种新鲜和兴奋的情绪舒展开,大家就都投入到陌生而紧张的工作中去了。

1948年春天,鲁煤(中)在石家庄大兴纱厂深入生活,并担任一分厂领导工作

第二十四章 终于来到石家庄

华北联大秧歌队在石家庄大兴纱厂演出

到石家庄的第三天,徐光耀和鲁煤就下到了任栗村,为群众开展阶级教育。他们一接触发现,这里的工人、贫农情绪都很好,性格开朗,做事爽快,思想入时,慷慨大方,不像一般乡村的农民那样保守、封建,这让徐光耀立马有了一种想和他们长期相处的念头。可还没等展开具体工作呢,工作队研究了一番,又安排徐光耀、鲁煤和孟于去大兴纱厂参加工运。

熊焰、陈淼、白石他们来到纱厂,带来一些新鲜的讯息,说是学校很快将搬到正定,全校人员都将下乡搞土地改革,践行新土地法,时间大概是3个月。

大家都感受到了正在发生的翻天覆地的变革,心里痒痒的,想赶快加入到这伟大的改革实践当中去。可现在人在石家庄，那就先干好眼前的事吧。大家讨论了一下，商量的结果是由陈淼顶替徐光耀，和鲁煤在纱厂搞工运，徐光耀脱离纱厂跟白石回任栗村。这也给经典话剧《红旗歌》的诞生埋下了伏笔。

回到任栗村，徐光耀被分配到北大街，发动"穷人"诉苦。这一带住的都是小商小贩、拉脚的、卖艺的，没有直接受人剥削或剥削不集中，而且人们的思想觉悟普遍也没那么高，对社会认识不深刻，工作难度比较大。

徐光耀想深入了解一下村里的情况，就找了一个小组长聊天，那小组长四十来岁，说话倒直截了当，认为自己说得挺有道理，透着那么一股狡黠的聪明，算计到家了。他说自己娶过四个媳妇，两个死了，一个跑了，一个散了，说他搞斗争唯一的要求就是再斗争一个老婆来。他早在西花园一带打听好了，谁娶了三四个老婆，住哪里，他心里都有数。徐光耀一听，心里都发紧：还小组长呢，就这样的觉悟，看来真的需要做大量的艰苦的工作，这工作难度太大了。

不但工作任务重，人员构成复杂，生活环境也非常差，以致徐光耀自己还闹出了一个笑话。有天晚上徐光耀出去小便，外面漆黑一片，这一带的茅房和猪圈都是连在一起的，他摸黑走到茅厕前，尽量往前靠，本以为有猪圈的矮墙挡着，谁知那里没有，一脚踏空，掉进了猪圈里，徐光耀赶忙拔脚跳上来，但一只脚早沾满了粪汤，臭气冲天。幸好这时房东也出来方便，忙把徐光耀扶进屋里。没办法，脱下裤子来洗吧，可又没有换洗的衣裳，在房东的劝说下，只好换上了房东老太太的裤子。徐光耀一边洗着裤子一边看自己，真是滑稽好笑。但为了工作也顾不得这些了，越艰苦的环境才越能锻炼人呢。

工作了几天，徐光耀发现城市市民的思想意识和农民有很大的不同，这是进城之前没有想到的问题，也是新考验。工作难度比预想的要大，工作自然也繁忙了许多，但这样火热的生活，显然更容易激发大家的创作欲望。这期间徐光耀除了写街头诗，还写了《中央社将怎样》《正式的国民党员》《要不是八路军来……》《差点上了当》等作品，剧本《差点上了当》是这批创作的亮点。虽然如此，徐光耀还是受到了刺激，给他刺激的人是陈淼。这段时间陈淼发表了五篇作品，而且都篇幅较长，徐光耀不比不知道，一比真是吓了自己一跳，自己太落后了，居然还没有发表一篇作品。工作再忙也不能丢了本行，文章不但要写出数量，还要写出质量，徐光耀暗下决心，得发奋，发奋，再发奋了。那时在联大文学系，同学们有一个优良传统，那就是在追求进步上喜欢"攀比"，你追我赶，但不嫉妒。

1947年12月10日，终于在报纸上看到了"越风"的名字，标题是《八路军来了》，这让徐光耀稍稍有些安慰，终于发了一篇作品，可以圆圆脸儿，但落后的境况还是明摆着的，还需向先进的同志们看齐，徐光耀再下决心，努力，努力，再努力吧。

在繁忙的工作之余，徐光耀也不忘给陈企霞写信，接连写了好几封，寄给他报纸和同学们写的稿件，请他指导，也让他看看同学们的成绩，高兴高兴。这时陈企霞已经下乡到获鹿搞土改了。不能跟陈企霞一起下乡搞土改，徐光耀总觉得是一大憾事，他太想加入到那社会巨大变革的洪流中去了。

徐光耀他们在这里正开展"挖蒋根"运动。当时流行一句口号，"前方打老蒋，后方挖蒋根"，所谓"挖蒋根"就是要推翻国民党政权赖以生存的封建土地制度，进行土地制度改革，让农民拥有了土地，让他们翻身做主人，提高农民的生产积极性和革命积极性，这样农民踊跃参军，积极支前，保障革命最后胜利。任栗村毕竟是一个"城中村"，是一个农民和手工业者、小商贩、苦力等杂居的地方，土地改革不典型，除了土地分配，还有生产生活资料等的分配，事情琐碎，土改运动远没有广大农村那么轰轰烈烈。可年轻人谁不愿意投入到更轰轰烈烈的斗争洪流中去呢？晚上徐光耀学习联大党内刊物《新高潮》，里边每一篇讲解当前形势的文章都让他心潮澎湃，他想要置身于这伟大的历史洪流。

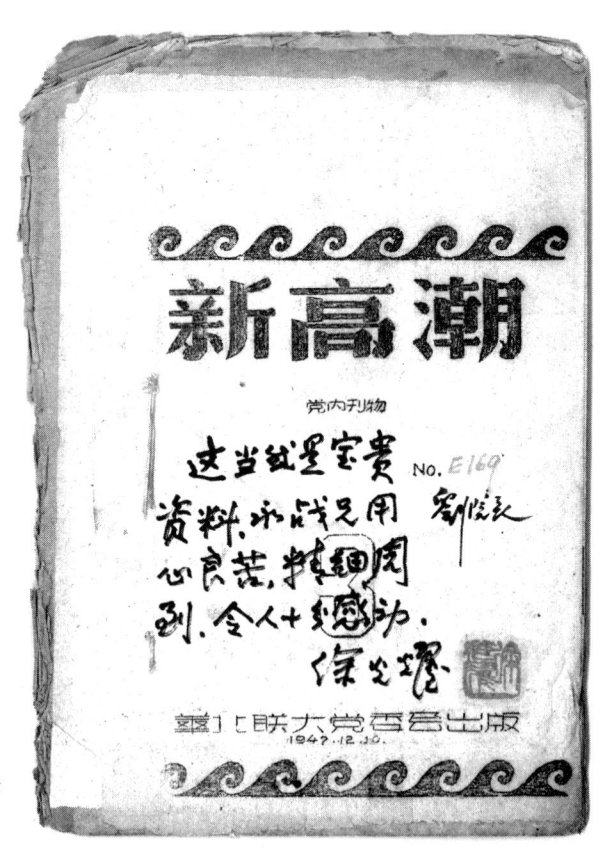

华北联大党内刊物《新高潮》（油印）

第二十四章 终于来到石家庄

在石家庄徐光耀遇到了联大文工团。听文工团的人说,联大已决定迁往正定天主堂了,可能很快就会搬迁。连自己的学校都在发生着这么大的变化,革命形势真是一片大好,太鼓舞人心了。

这时候徐光耀、徐孔他们暗下决心:要到更广阔的天地里去锻炼,比如投身广大农村的土地改革运动。一方面是为了跟上时代,另一方面是在运动中省察自己的思想、立场和作风,绝不能被时代落在后面。不断要求进步,是那个时代像徐光耀、徐孔他们这样的青年人的特质。

12月23日那天,徐光耀还没起床呢,徐孔就跑进来,告诉他,崔嵬已经从学校回来了,学校要求大家26日前返回学校,去搞土改。听到这,

华北联大文工团在石家庄合影

徐光耀几乎是从床上跳了起来，他紧紧抱了抱徐孔，不住地赞叹：徐孔啊徐孔，你真是个福星，怎么好消息都是从你嘴里说出来的！有些木讷、不苟言笑的徐光耀有如此外露的情绪表现，还真是不多见。

徐光耀赶紧找崔嵬求证，崔嵬说要开创作会；就又去见周巍峙，周巍峙主张让大家留下来，继续体验生活、搞创作。这时候鲁煤、陈淼、徐孔、李兴华、贺敬之都来了，大家都想去农村搞土改，都怕留下来，看周巍峙传达上边的意思，好像一时半会儿还走不了，于是大家发了些牢骚，年轻人火头有点大，抱怨来去无非是都想赶快去农村参加土改。这时一位市里的领导来了，说要工作组在这里再搞半个月创作，并表示自己会给沙可夫院长写信解释的，这下基本算是一锤定音了。几个年轻人立马扫了兴，徐光耀急得眼泪都要流下来了。他们似乎还存有一线希望，让崔嵬赶紧给沙可夫写封信，把大家的诉求告诉沙可夫，为大家力争一下。争取是争取，但服从命令是一个军人的天职，不愿意留下来，可以保留自己的意见，创作还是得下大力气搞好的。徐光耀决定就写自己在任栗村搜集到的任四妮的材料，还有那个穷汉子偷粮食的材料。很快，徐光耀的《任四妮九死一生见太阳》就发表在了《石门日报》上。

徐光耀发现这些人虽然是留下来了，但似乎"人在曹营心在汉"，大家讨论了好几次剧本，熊焰、逯斐、陈淼、鲁煤等人的剧本似乎都是在敷衍：罗列材料、长而空、平平淡淡、了无新意，难以达到演出的标准。即便是崔嵬的和贺敬之的作品也没感觉有多好。徐孔大喊自己的剧本能超过《白毛女》，但也只是吹吹牛而已。这些人的心早飞了，留住人，留不住心呀。

第二十四章 终于来到石家庄

既然一时还走不了，徐光耀爽利就修改自己的剧本《打开活地狱》，还写了歌词《张大三诉苦》，写好后拿给莫朴①他们看了，本打算合作，让莫朴配图，弄成连环画，可莫朴仔细看后说文学味太浓了，心理活动多，场面描写少，不适合画连环画，但答应如果在报社发表他可以给画插图。徐光耀相信，像自己这富有民间和地方色彩的作品，真要是配上莫朴的插图，一定会大大增色，因为那时美术系正在束鹿城里搞一家"冀中年画研究社"，出了许多现实题材的新年画，很受群众欢迎，莫朴、彦涵等一些美术系的师生就负责创作、提供画稿。最终莫朴没能给徐光耀的作品作插图，这多多少少是个遗憾，但不久之后他给厂民的散文集《在城郊前哨》作了多幅插图，这本书是厂民为数不多的非诗歌类集子，有了莫朴的插图更加精彩。

熊焰、逯斐、陈淼、鲁煤几个人整天闹着要走，徐光耀也恨不得快点离开石家庄，都想去农村参加轰轰烈烈的土地改革运动，在实践中锻炼自己。在他们看来，不下乡不足以整顿自己的思想，也很难取得更大进步；就像一个战士，不上前线，怎么打硬仗、立大功呀？

到1948年年初，事情总算有了一些转机。1月7日见到沙可夫，大家讨论起土改问题，决定选四个人先去搞土改，其余人留下来继续工作，可到最后这个决定也没有具体化：四个人是谁？什么时候走？都没说。这

---

① 莫朴（1915—1996），别名璞、丁甫、夏仁波，江苏南京人。1933年毕业于上海美术专科学校。曾参加"上海国难宣传团"，赴华北等地从事抗日救亡运动。1940年在淮南参加新四军，后先后任教于鲁迅文学艺术学院、华北联合大学等校。1949年起任国立艺术专科学校教授、绘画系主任，后历任中央美术学院华东分院副院长、浙江美术学院院长、中国美术家协会常务理事、浙江美术家协会主席、全国文联委员、浙江文联副主席等职。其油画作品《清算》《南昌起义》是中国当代美术史上的经典之作。

让大家不由得又怪到崔嵬身上,觉得他"老无生气",消磨时光,一拖再拖。大家在崔嵬屋里大发牢骚,崔嵬最后唉了一声,说:"你们都太着急,其实这里有许多热闹看,有许多素材可挖呢。"大家也叹息,光看热闹,那就耽误了大事了。其实崔嵬是站在戏剧角度说的,可心急如焚的几个年轻人谁还理解这些呢。

年轻人都有一颗火热的心,在去留问题上,他们几位"年轻人"和周巍峙、崔嵬等"老同志"是有观念冲突的,但究其本质,都是想投身更火热的生活中,锻炼自己,收集更有价值的素材,写出更有分量的作品。但似乎几个年轻人都耐不住性子,革命形势的发展让他们热血沸腾。再者,留下来是上级的决定,肯定是基于更多考量的,在对这件事的处理上,"老同志"考虑得更全面一些,更沉稳一些,更讲原则一些,不像几个年轻人一样表现得有些毛躁。

沙可夫来到工作组,终于一锤定音:决定让崔嵬、徐光耀、白石、熊焰、徐孔、李兴华几人先离开石家庄去搞土改。这让徐光耀兴奋不已。

出发前有一个检讨会,果不其然,好多人都对徐光耀提了意见,大家都批评他闹情绪,创作观点有问题,对个人名利考虑得多,看轻工作,脱离群众,作风浮躁等等。那时无论师生之间还是同志之间,批评都是真诚的,有意见就表达得直截了当,知无不言,言无不尽,但绝无个人恩怨,更无人身攻击,都是为了帮助同志克服缺点,取得更大进步。大家的批评触及了徐光耀的内心,比如熊焰说他毕业以来进步很慢,毕业时立了功骄傲了,徐光耀静下心来一想,熊焰说得对呀,自己一段时间以来的确有些浮躁。会上徐光耀也发了言,进行了自我批评,表达了自己改过和检讨的决心，徐光耀的发言是发自内心的，他要借这次批评检讨，给自己来个大检查、大清算，彻底割了翘起来的尾巴，不怕疼，不怕羞，把落后思想的根挖出来，不留余地。晚上他又给蔡其矫、闻功、米粒等人写了信，表示了自己检讨和改过的决心，请他们监督。他也想起了陈企霞说的那句话："决心好下，做起来就难了。"徐光耀就是要"做起来"。看来这回徐光耀是下决心要在完善自我上动真格的了。

徐光耀不知道的是，这仅仅是思想碰撞的开始。参加土改后，还有更深刻的思想、精神和灵魂的洗礼在等着他，让他不断完善自己，不断成熟起来。

临行前的几天，徐光耀不光修改了几篇稿子，还有意外收获，那就是看了几出郭兰英的戏，大过戏瘾。

第二十五章　郭兰英声震石家庄

华北联大文工团人才济济，周巍峙、王昆、郭兰英、贺敬之、陈强、孟于、边军……能写能唱能演，看他们的戏剧十分过瘾。石家庄解放后不久，联大文工团就也到了石家庄，凭借演出宣传党的政策，团结群众、教育群众、发动群众更有优势。此次在石家庄还能看到他们的演出，徐光耀当然高兴。

毕竟是大城市，石家庄的文化生活相当丰富，好多影院、剧场都有很高水平的演出，这段时间徐光耀没少跟贺敬之、崔嵬、牧虹他们一起去看戏和电影，接受艺术熏陶，这是在束鹿农村时想都不敢想的。光是郭兰英的演出就看了好几场，她演的山西梆子《铡美案》《断桥》《算粮登殿》等，实在太精彩了。在联大看郭兰英演出，一般是在野外或场院里临时搭的台子上，也很少演完整出的戏，而这剧场的演出效果真是不一样，徐光耀切实感受到戏剧的魅力和精髓。

其实这次演出，郭兰英一是为了给同行救场，更主要的是表明我党对戏剧的态度。石家庄刚刚解放，战事刚过，百废待兴，大街上冷冷清清。

郭兰英在晋剧《算粮登殿》中扮演的王宝钏

郭兰英和马琦几个人在街上转悠时,路过一条商业街,本该繁华的地方,可依然毫无人气。街里面有个戏园子,引起了郭兰英等人的兴趣,几个人打算进去看看演出情况。到剧院近旁,见剧院门口挂着广告牌,写着要演出的剧目和各角的名字,女须生"九岁红"、花脸"一声雷"、小丑"一斗丑"……郭兰英一看,都认得呀,都是石门的名角,一起上台肯定是一出好戏。一进后台,戏班子的人们都认得郭兰英,于是叫着她的名字围拢过来,很亲热。

郭兰英一问演出情况,班主大倒苦水,告诉郭兰英:"前些日子蒋匪横行,兵荒马乱,哪有什么人看戏,咱们这班子几十号人,吃饭都成问题

火　种

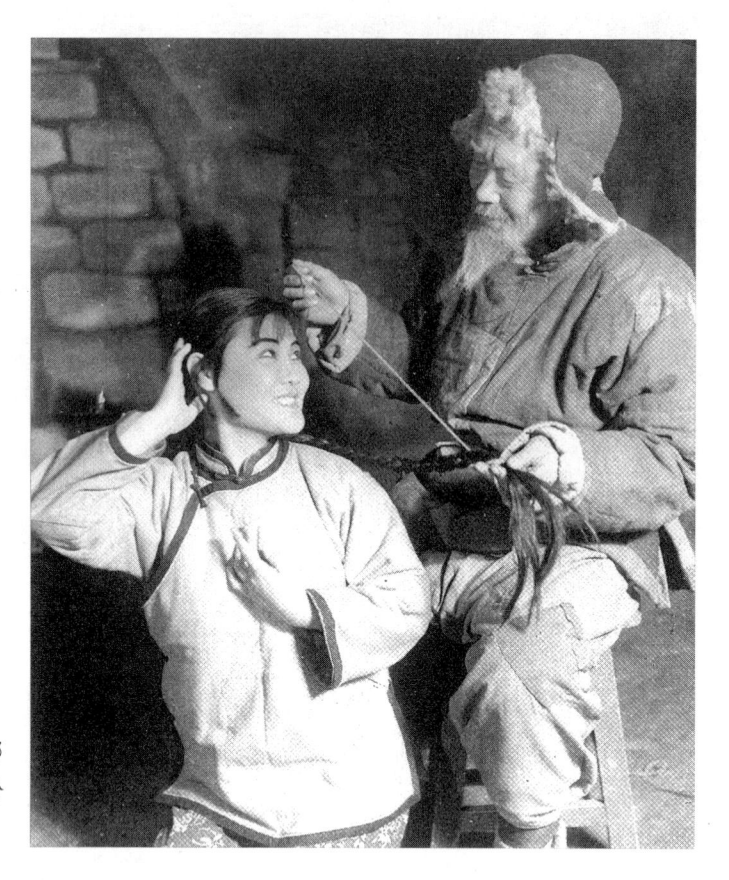

在《白毛女》中，郭兰英扮演喜儿，前民扮演杨白劳

了。好不容易盼着解放了，可人们对你们共产党看不透，很少有人出来看戏，这一天才卖出去十几张票，看戏的不如演戏的多，唉，难呀。"这时有人喊："兰英，帮着我们演几场吧。"郭兰英笑而不答，于是有人又央求马琦他们，马琦他们只好以实相告："这事你们得找我们团长。"

这倒提醒了班主，第二天他就找到了联大文工团，恳求郭兰英帮他们演几场戏，提提人气。副团长牧虹一了解情况，觉得这是个好机会，既可以帮助群众，又可以帮助宣传，更重要的是借此让群众了解我党的政策，于是答应可以让郭兰英同志帮助他们演三场。这可把班主高兴坏了,郭兰英是大名角,把人气拉起来肯定没问题。

班主回去之后,立马在广告牌上写下"特请郭兰英同志友情出演"的字样。郭兰英在这一带的名气真是不得了,广告一出,应者云集。按照约定,郭兰英一连演了三场,分别是《窦娥冤》《秦香莲》《打金枝》,场场爆满。九岁红、一斗丑、一声雷跟郭兰英演对手戏,能跟大名角搭戏,这几个演员也分外卖力气,台下叫好不断。如此盛况一发不可收,三场演完,没看上戏的观众强烈要求加演,没办法,郭兰英只好又加演了三场。这三场戏均是一开锣,戏园子就关上门,防止没票的戏迷硬挤进场子,引起拥挤踩踏的危险。

当下的郭兰英可不是几年前的郭兰英了,通过在联大文工团的历练,郭兰英学到了丰富的戏剧知识和表演技巧,艺术素养有了质的飞跃。比如她演《王大娘赶集》等新剧,非常受欢迎,现实主义的表演技巧已深深地扎根在了她心里。她把在联大练就的嗓音、身段、韵味等表演技巧都集中表现在了她熟悉的晋剧中,给古老的晋剧注入了许多新鲜的元素,更增强了角色的表现力,自成一派。每出戏只要郭兰英一出场一开口,准是满堂彩,观众大呼过瘾:晋剧原来可以这么唱、这么演,真是开了眼了。

郭兰英的演出震动了石家庄,也收到了预期效果,老百姓一看,共产党不光演新戏,也支持旧戏,还允许戏班子挣钱,妖魔化共产党的言论不攻自破。

戏班子更是感激不尽。班主挣了钱,非要感谢郭兰英和文工团,还带着人给文工团送来了不少钱,牧虹团长坚决不收,告诉他郭兰英帮助他们,就是义务演出，因为共产党就是为老百姓服务的。牧虹还抓住时机给班主讲了我党的文艺政策，班主不住点头赞许：这么大名角，演出不收钱，班主这辈子还是第一次遇到，看来真是变了天了。班主实在过意不去，回去后赶紧又带人送来半扇猪肉，一捆粉条，牧虹推托不过，只好收下，给团里人们改善了伙食。吃饭时，马琦他们还开玩笑："这可是兰英演了六出戏给大家挣来的啊。"

更主要的是郭兰英在戏班子登台，起到一种示范作用：商家一看，共产党都帮着戏班子挣钱呢，咱还等啥？于是也都纷纷开门营业，冷清的街道逐渐恢复生机。文工团顺势而为，利用春节这个好时机，进行了许多街头演出，宣传和发动群众，石家庄又一天天红火起来了。郭兰英的演出还释放了一个信息：共产党不但演新戏，也演传统戏，而且能比老戏班子演得还好，让群众了解中国共产党在对待文化问题上，反对的是封建糟粕，而对于优秀民族文化，不但继承，还要发扬光大。

郭兰英一直是联大文工团里徐光耀特别佩服的演员之一，这回徐光耀不仅过足了戏瘾，还学了不少东西。更主要的是，他深深体会到了文艺工作在斗争中的巨大力量，这更坚定了徐光耀做好文艺工作，写出好作品来的决心。

1948年春节时，徐光耀已下乡去搞土改了，大年初一这天，他又回到石家庄。在石家庄工作的那段时间太忙，都没来得及好好逛逛这座大城市，趁过年放假的时间，徐光耀打算好好逛一逛。比起刚解放时的石家庄，此时已经称得上是日新月异。徐光耀一路闲逛，在不少地方都碰上了文工团的节日演出，节目丰富多彩，围观的群众里三层外三层，掌声叫好声欢笑

新中国成立后出版的秧歌剧本《王大娘赶集》，大众书店1950年1月初版

声不断，徐光耀觉得这文工团真是太厉害了。

正在感慨呢，徐光耀迎面碰上了文工团的梁化群①等几个人。离着很远梁化群就笑着迎过来，不停地寒暄，并热情邀请徐光耀第二天看他们演戏。徐光耀打心眼里乐意，可自己的假期只有大年初一这一天，也只好遗憾地婉拒了。

---

① 梁化群(1925—1995)，浙江绍兴人。1945年8月参加工作。北京大学文学院、华北联合大学戏剧系毕业，之后又参加中央戏剧学院苏联专家表演进修班。曾在中央实验话剧院任演员、导演，并兼中央戏剧学院表演课。戏剧史、戏剧理论著作颇丰。

徐光耀对联大文工团评价是很高的,他一直认为在他看过的所有戏里面,联大文工团演得最好。梁化群的戏也是不得了,她早年毕业于北京大学的文学院,是文工团的"老演员"。1947年,桑夫创作了歌舞剧《王大娘赶集》,首演就是梁化群和郭兰英,梁化群饰演王大娘,郭兰英饰演女儿玉池,大获成功。这出戏她们从束鹿一直演到了石家庄,在石家庄也是大受欢迎。梁化群性格活跃,又积极热情,待人和蔼,一直令徐光耀很敬佩。

这时梁化群和郭兰英他们正在石家庄的大街小巷、剧场戏楼一场一场地演出《王大娘赶集》等经典剧目,刮起了一股新民主主义的文艺旋风。这么热情的邀请,这么好的演出,却无暇欣赏,徐光耀满心遗憾。

第二十六章　土改中的洗礼

徐光耀他们觉得年轻人就得要经受更大的风浪，在他们的极力争取下，终于如愿以偿到农村参加轰轰烈烈的土改运动了。1948年1月15日，徐光耀一行人离开石家庄直奔井陉县的威州，参加土改干部培训班。

对下乡参加土改徐光耀是下了巨大决心的，不但要完成好土改任务，还要通过土改深刻改造自己的思想。姐姐徐志民也早就来信嘱咐他："你在查阶级、查思想时，一定要深刻检讨反省，树立起贫雇农思想，坚决跟着贫雇农走！当贫农的儿子！当孙子！"姐姐的话带着老家人的朴素直率，也是对弟弟的期望，话糙理不糙，她希望弟弟永远和人民在一起，为人民做事。因此，徐光耀憋着一股劲儿，他要在土地改革运动中实现"脱胎换骨"。

提出意见也好，意见不一致也好，那都是针对具体问题的观点不同，实质上大家还是为了一个共同目标，就是把革命工作干好，干出成绩。就拿周巍峙来说吧，虽然在留石家庄还是下乡参加土改的问题上，跟人红过脸，有过争执，但在对待同志时，他还是那么热心，不存芥蒂，没有一点架子。1月15日刚吃过早饭,周巍峙就来给大家送行了,虽然他极力主张大家留下来,多积累写作素材,但面对即将投入农村土改运动的同志,他还是热情地鼓励了大家。他专门召集了党小组会,为了到农村更好地开展工作,决定公开党组织,选举熊焰为组长。党小组确定的任务是完成土改,改造思想,创作任务可以不必太急。他还把农村土地改革的复杂艰巨性,对大家做了细致交代,唯恐会有什么疏漏。

完成土改、改造思想这也是徐光耀正想做的,他急于把自己置身这伟大的洪流中,以彻底洗涤自己的思想,把自己熔炼成为一个更纯粹的革命战士了。

行走在山地间的小路上,坎坷而崎岖,一边走徐光耀心里还在回忆、梳理前一天会上大家给自己提出来的意见和批评。个人的缺点和不足自己有时注意不到,而有些东西时间一长就成了"痼疾",站在旁观角度可能看得更清楚,大家开诚布公地提出来,绝对是有益的,是大好事。徐光耀的确是一个善于反省自己的人,看徐光耀在联大这段时间的日记,好多时候他都能在思想、作风、纪律、工作、学习、创作、为人等各个方面反省自己。但正像陈企霞所指出的,知道缺点和错误容易,改起来难呐,尤其是"痼疾",但这次他决心和自己的那些"痼疾"做一个"了断",想到这里,徐光耀心里敞亮了许多,脚步也轻快了许多。

这时,熊焰凑到徐光耀面前跟他解释:"哎,光耀,昨天言重了啊,光顾着提意见了,都没考虑你的感受,不会记恨我吧?"徐光耀笑了笑:"怎么会,同志们都是为了我好,没什么重不重的,你们的意见都是对我很好的督促,我会极力改正的。"看到徐光耀接受批评的态度如此豁达,熊焰一脸释然。

过了获鹿,来到威州"训练班",这是参加土改的第一站,如同一个思想的"驿站",他们将在这里"统一思想",学习研究关于土改的理论和政策。到真正入村搞土改,还有许多准备工作要做:评个人成分;学习研究《土地法》;整顿队伍、查思想、"搬石头"①。

第一项评成分评得很细,来的几个人,从崔嵬、熊焰,到洪涛、徐孔、白石、李兴华、徐光耀都参加了。填表要填三代,这可让徐光耀有些为难,他13岁参军离开家时,爷爷已经不在了,据说爷爷没得很早,连父亲都记得不大清楚,更甭说徐光耀了。徐光耀还是翻出姐姐的信来,才知道了个大概,总算把表填好了。最后徐光耀评的家庭成分是"自立中农",个人成分是"革命军人"。

大家对《土地法》的学习研究都很认真,因为这关系到土改的质量甚至成败。如果个人都没学透用好《土地法》的话,何谈给群众宣传、讲解?所以每个人都必须学习全面,理解透彻,不能有半点马虎。大家在实际学习中也特别认真,对遇到的每一个问题都深入研究,刨根问底。有一次白石提出一个问题:一般贫雇农都已达到了中农水平,而富裕中农的土地是不是还应该被分配? 围绕这一问题大家讨论很激烈,但讨论来讨论去,谁也说服不了谁,最后请来负责培训的领导同志详细解释了这个难题。

徐光耀由此想到,自己之所以家庭成分被评为"自立中农",就是因为家里有些土地,这些地可是父亲当了半辈子木匠攒钱购置的,舍不得吃,舍不得花,省下点钱来就买房子置地。老父亲的这些地,是他的命根子,

---

① 指把"烂石头"一样的坏干部搬掉。

但土改时必须要拿出一部分来，恐怕老父亲到时候得心疼坏了。其实这是徐光耀多虑了，他还在用老眼光看父亲，这些年来，父亲的觉悟早提高了不知多少倍了，形势和政策他分得清。抗战时期，徐光耀参加八路军跟部队走了时间不长，老父亲的家就成了八路军的堡垒户。有一次县委的同志被敌人堵在了村子里，在钻地洞之前，老父亲按照县委同志的指挥，把几颗手榴弹挂在了门楣上，只要鬼子拉门，手榴弹一爆炸就会把鬼子炸飞，但也会房倒屋塌。为了掩护八路军干部，老父亲连房子都豁出去了，眉头都没皱一下。想到这，徐光耀会心地笑了一下，拍拍自己，唉，怎么又小看老父亲的觉悟了呢，拿出多余的土地，支持土改，这点觉悟老父亲肯定还是有的。

这时对徐光耀触动最大的还是整顿队伍，查思想，搬石头。先是自我反省，徐光耀总结出了自己三个方面的毛病：一个是个人主义，习惯从个人出发，好多事里面都有一个"小我"在活动；二是嫉妒，看见别人一有好处就有那么点嫉妒，看见别人遇到问题，有时不同情反而有点高兴，这是一种极其卑劣的心态，根源是自私的个人主义，对一个革命者来说这种心态是绝对要不得的；三是骄傲、自满，这又都隐藏在努力学习、进取心强的表象之下，对人对己更有害。整个晚上，大家交换反省意见，谈到很晚。大家都主动暴露自己的问题，态度诚恳，好多都是一些自以为"见不得人"的缺点，如此坦陈，更利于督促个人改造。开完会回到住处，徐光耀感觉异常轻松：向党和同志们毫无保留地敞开了自己的心扉，心里更敞亮了。

第二天开检查会，徐光耀自告奋勇，首先检查。他按照自己拉的反省提纲一条一条地发言，虽然还是和原先一样面红耳赤，脊背出汗，磕磕巴巴，但总算顺利地讲完了，在历次脱稿发言的情况中可以说是绝无仅有的。或许是因为徐光耀这次检查没有为了"过关"的想法，而是真心在大家面前暴露自己的缺点。

徐光耀说完后大家提意见。虽然平时相处得都很融洽，虽然会担心意见过重伤害了同志的感情，但一旦在会上打开话匣子，大多数同志还是"火力全开"，平时的"感情"早抛到九霄云外了，他们要对党忠诚，对革命忠诚，对同志负责，批评中不掺杂半点个人恩怨，都是真心想看到对方的进步，因此每到批评和自我批评环节时，即使私下关系再好也没人"徇私情"。其实这种"铁面无私"才是一种革命者最纯粹的感情。

会上，前几天还担心徐光耀"记恨"自己的熊焰又指出，徐光耀进步的速度和他的革命经验不成正比，革命责任心不强，思想行动不太像八路军出身。洪涛认为徐光耀是"唯我"主义，发展下去非常危险。徐孔、李兴华、白石等指出徐光耀容易骄傲、嫉妒，创作上进步缓慢。这些意见似乎比前两天在石家庄提的更尖锐更具体。虽然早有思想准备，但听到大家的意见，徐光耀难免有些沉重。这次会后，徐光耀没有像以前一样长出一口气，但到自己检讨结束时，徐光耀内心还是闪现了一下"过关了"的念头，这让徐光耀心生警惕，看来这次徐光耀是铁了心深挖自己的思想根源了，他不怕亮丑，还要坚决改正。后来的事实证明，徐光耀真的说到做到了，他后来的成长得益于这种自省、自警、自励和及时自我修正的作风。徐光耀的思想越来越成熟了。

所有人都检查过关后，才分别被分到区里参加土改。同志们高涨的革命热情毋庸置疑，土改前的培训和检查也非常之必要，这段时间又集中对同志们做了充分的思想动员和政策培训，让大家思想坚定，熟练掌握政策，这是能够顺利完成土改工作的基础。

到区里后，其他六个人按两人一组被分到了一、三、四区，徐光耀被分到了二区。这次参加土改和以前春节下连队实习或到石家庄参加接管工作都不一样，那些都是实践活动，带着学习、收集素材、创作作品的任务，大家都只是参与者，而这次参加土改，则是有正式的工作任务，跟采访实习截然不同，自己要独当一面了。

区里土改有三大主要任务：划分阶级，评定地主、富农；选区代表；清算、分地、分浮财。因为擅长文字工作，徐光耀对政策掌握得比较准确，工作起来不算吃力。而其他系的同志比起文学系来说，就没那么顺利了。比如莫朴，充满艺术家的气质，有时提问题很大胆，却难免不切实际。被大家反对，他也不懊丧，依然自若，有啥说啥，毕竟只有提出问题才能解决问题。实际上，莫朴遭遇的问题也帮许多别的同志解决了问题，徐光耀也从中受益。不过由此徐光耀也生出一些小小的优越感，他觉得还得是文学系理解政策条文又准又深。

中国共产党领导下的土地改革运动，毕竟是新生事物，具体到每一个村的工作中又纷繁复杂，有些"小小优越感"的徐光耀也碰到不少难题。有一天，徐光耀接到熊焰寄来的一封信，信里介绍了许多土改工作经验。徐光耀依葫芦画瓢，用这些方法解决了许多实际问题。徐光耀这才感觉到，别看熊焰提意见时不留情面，可帮助别人时也毫无保留。熊焰是延安过来的"老革命"，徐光耀在一班时她担任文学系一班的助理员，后来又当学院创作研究室的秘书,平时对同学和同志们帮助就很多,既细心又耐心,尤其是对女同学,连她们自己忽略的一些生活小细节,熊焰都会替她们考虑到。徐孔总说熊焰做什么事都特别认真、细心,考虑周全,的确如此,这次徐光耀算是"领教"到了,这封信真是"雪中送炭",徐光耀对她又多了一层感激和敬重。

定成分、选代表,这两项任务,吃透了政策做起来并不难,最难的是分地,对贫雇农、中农、富农、地主都有不同的政策,但也不是只参考政策那么简单,还要根据亩数、产量等具体情况具体分析:有一人两份的,还有两人三份的;不同质量的土地要"掂对"好,旱地、水浇地、麦地或白地,远的还是近的,真让人绞尽脑汁。徐光耀摈除畏难情绪,带领"分地委员会"的干部群众,先做好大量的准备工作,再集中精力分地,仅十

土改中工作队员在教授如何丈量土地

来天的工夫就把地分好了，没有一户提出异议，过了段时间也没见有什么"后遗症"。

顺利完成土改任务后，徐光耀又完成了部队扩编、动员青年参军、征粮等任务。3月底，马琦等人，以及校文工团已经回校了，这让徐光耀深深思念起联大来。4月初，徐光耀去区里开会时，接到了沙可夫和艾青的信，大意是已经到了土改的最后阶段，应该抓紧时间收集写作素材。

1948年4月27日，徐光耀告别获鹿，结束了全部土改工作。

徐光耀此次经历了一个地方土改的全过程，这次下乡搞土改，不只徐光耀，对联大师生来说，几乎都是"脱胎换骨"式的，每个人都达到了"三大提高"——思想觉悟大提高、阶级觉悟大提高、工作能力大提高。徐光耀都没有料到自己能在土改工作中表现得那么沉着、冷静、稳重，处理问题灵活而讲原则，在干部群众中树立起了一定的威信，给学校争了光。现在回头看，自己都能感觉出来这一年多来自己的变化，真的越来越成熟了。

快回校的时候，张营村的干部们还极力劝他回村里再工作几天呢，徐光耀还真就回到张营村帮助做了两天扫尾工作。干部群众都欢迎他这个学校里来的干部，见了面都热情地打招呼，一种满足感和自豪感油然而生。

这段土改工作结束后，徐光耀了解到别的地方的情况时才发现，说满足感和自豪感为时尚早，好多同志其实比自己做得更好。文学系的且不说了，就说美术系的莫朴吧，他不但很好地完成了土改任务，还根据自己在土改中所见所闻创作了木版年画《清算图》，工作、创作双丰收。彦涵就更厉害了，在大河村担任土改工作组的组长。其间还发生了一件有趣的事情。民主选举时，由于农民都不识字，有人想出一个办法：在会场摆上一

第二十六章 土改中的洗礼

木刻《豆选》，1948年彦涵在石家庄参加土改时所作

张长桌子，几个候选人背对着桌子，每个候选人背后桌子上都放上一只碗，投票人选谁就在谁背后的碗里投放一粒豆子，豆子多的人获胜。据此，彦涵创作了版画《豆选》①，引起一阵好评。徐光耀自愧弗如，自己总是感慨工作太忙，没时间搜集素材，似乎有些说不通了。轰轰烈烈的土改生活，那么多激荡人心的故事，自己居然没有写出一篇像样的作品，徐光耀觉得实在惭愧。

---

① 新中国成立后，彦涵在版画的基础上又创作了油画《豆选》，悬挂在全国政协礼堂。

第二十七章 冷遇

　　1948年4月7日,徐光耀到获鹿县城开会学习。第二天早晨,徐光耀匆匆赶到火车站接华北联大参会的老师。火车上下来一群人,可风沙漫卷,视线模糊,徐光耀找不到要接的人,正准备戴上眼镜仔细寻找之际,一抬眼看到了厂民,后面还跟着一个女同志。徐光耀赶紧把防风沙的眼镜掖进口袋,一路小跑着上前和厂民握手,厂民也赶紧握住徐光耀的手,徐光耀顿时感到一股暖流传遍全身。厂民热情地向徐光耀介绍身旁的女同志:"光耀,这就是丁玲同志。"徐光耀赶紧微笑点头,并表示认识她非常荣幸。可丁玲好像没听见一样,场面有些尴尬。徐光耀不明白丁玲为什么如此冷淡。

　　徐光耀带着厂民、丁玲先去报到,而后看了房子,想起刚才备受冷落的场面,徐光耀觉得再待下去也没什么意思,干脆回去看书了。

　　毕竟很长时间没见到厂民了,这次重逢分外亲切,徐光耀还是想跟厂民好好聊聊。晚上,徐光耀又踏着雨后的泥泞满怀热情地去找厂民,可厂民不在,令人有点扫兴。徐光耀更想见厂民了,他真想把在石家庄和获鹿

第二十七章 冷遇

这段时间的经历和思想好好向厂民汇报汇报,就像当初拿着习作请厂民点评、修改一样,也请厂民批评指导一下。徐光耀估计厂民应该在丁玲那里,本想去那里找厂民,可毕竟与丁玲不熟悉,何况白天丁玲连眼皮都懒得抬一抬的傲慢态度让徐光耀有些生畏,怕去了也是自讨没趣。正往回走了几步,徐光耀还是不舍,见厂民的机会太难得了。在这样矛盾的心理中,徐光耀在丁玲住处门口来回踱步,踌躇了好长时间,终于碰到了一位通讯员,一打听,厂民、何洛等果然都在里面。思念之情最终战胜了自尊心,徐光耀仗着胆子敲门进去了,打招呼时,丁玲依然还是冷冰冰的。徐光耀坐在炕沿上听他们说话,偶尔插上一两句,也是了无趣味。丁玲为何如此态度? 让徐光耀觉得有点灰头土脸,丧气。

眼前的丁玲和徐光耀想象中的形象大有不同。他读过丁玲的许多作品,也看过介绍丁玲的文章,身边许多听过丁玲演讲的同学也说起过丁玲,那个平易近人、知识渊博、热情风趣、雷厉风行的大作家早就在徐光耀的脑海里形成了深刻的印象。

1947年冬天的时候,丁玲曾经受邀到文艺学院做演讲,主要讲自己学习毛泽东《在延安文艺座谈会上的讲话》(以下简称《讲话》)的心得体会,台下听演讲的都是从蒋管区来的青年学员们,目的是让他们正确理解《讲话》精神,改造思想,引领他们树立正确的文艺观。听了丁玲演讲的同学都很激动和荣幸,经常对那次演讲津津乐道。

那次会场设在一家财主家的大院子里,主席台就是正房的高台阶,上面摆着一张高桌子,两条板凳,桌子上放着一只裹着棉套的水壶,一只釉面斑驳的搪瓷缸子,这就是文艺学院给一位大作家准备的演讲会场和主席台，这在当时的文艺学院已经是很"体面"的了，也是对演讲人最高规格的待遇了。

快到演讲的开始时间了，艾青陪着丁玲一起来到会场，可进了会场，里面居然空无一人，两人正纳闷会场为何如此冷清时，从东西厢房里忽然拥出了两群人，大声喊着、唱着："丁玲、艾青我们欢迎您，想请你坐'飞机'，哎呀太遗憾，恐怕摔你一身泥！"丁玲、艾青先是一愣，随后很快就被这别致有趣的欢迎仪式所感染了，一面跟同学们点头示意、鼓掌，一面被簇拥着上了讲台。丁玲对讲台的寒酸毫不在意，那天她的演讲谦和、热诚，娓娓道来，没有一点自命不凡的架子。在和同学们交流的环节，她很随和地和同学们讨论起了林黛玉漂亮不漂亮的问题。同学们说林黛玉不漂亮，因为她是个"大肺病"。丁玲分析道："曹雪芹可说她漂亮啊。现在谁再追求林黛玉似的漂亮，那起码他灵魂深处仍然有一个小资产阶级的王国。但我们又不能苛求曹雪芹不那样描写她，时代背景不一样嘛。"那天丁玲的演讲深入浅出，人也如春风般明丽。记起同学的复述，徐光耀感慨怎么今天的丁玲和那个平易近人的大作家判若两人了呢？

几年后，1950年11月9日，筹备中的中央文研所召开全体会议，所长丁玲宣布第一学期的学习计划，这时徐光耀已经是文研所的学员了，这应该是徐光耀第一次近距离听丁玲长篇大论的演讲。丁玲的讲话热情洋溢、激情澎湃、生动泼辣，尤其充满了对年轻人的关爱，有一种鼓舞人的力量。她讲了一个多小时，徐光耀一点也没感到疲劳，甚至一分钟都没有分神，像在树荫下晒太阳，整个人都很舒服。徐光耀觉得这样的丁玲才是自己想象中的样子。那个冷冰冰的丁玲在徐光耀的脑海里开始淡漠起来。

第二十七章 冷遇

在中央文研所，爱才的丁玲对徐光耀的态度与第一次见面时也有了天壤之别，这时候徐光耀的《平原烈火》刚刚出版，正不停地再版，徐光耀已成长为一位全国闻名的青年作家了。对《平原烈火》丁玲是极为肯定并大力推介的，她甚至称赞这部小说比西蒙诺夫的《日日夜夜》只差一点点，比《新儿女英雄传》写得好——《新儿女英雄传》太注重讲故事了，没怎么写人物。在文研所丁玲成了徐光耀特别敬重的老师，徐光耀也成了丁玲特别赏识的学生，当然这都是后话了。

在车站时，徐光耀只见到了厂民和丁玲，正遗憾热情温暖的陈企霞没能来参会。到第二天中午，陈企霞竟来到了会场，轻轻走到北墙边坐下。徐光耀心中大喜，赶紧过去和陈企霞打招呼，可自己日思夜盼的陈企霞远没有预想中的亲切和热情，连握手似乎都有些敷衍，徐光耀感觉陈企霞也有些变了。散会后，徐光耀跟在陈企霞他们后面，几位老师在畅想不久全国解放了，人民都过上了美好生活，可以进大城市，可以坐汽车。徐光耀插不上话，就默默在后面跟着。过了一会儿，陈企霞凑到徐光耀身边，告诉他收到了徐光耀的很多信，但很抱歉一直没有回过。徐光耀说不爱写信是陈企霞的老毛病，陈企霞马上反对，说自己真的是因为没有时间。和朝思暮想的陈企霞见面后，出现一种莫名的生分，徐光耀有些难过。

而厂民还是那么亲切、热情。4月17日那天，会议讲关于阶级划分的问题，厂民托徐光耀给他抄笔记，没等抄完，新的会议又开始了。等晚上去车站送厂民和何洛时，徐光耀想给厂民把那一段笔记背一背，厂民坚决不同意，这使徐光耀想起了在校时，有时同学们要给厂民担水，厂民也是坚决不同意的。联大的老师都是如此，总把自己放到和学生一样的位置上，轻易不会麻烦同学们，想到这，徐光耀也就没再坚持。徐光耀在车站陪两位老师直到上车，孤身往回走时，徐光耀又感受到浓浓的不舍之意，跟老师们在一起还是亲切的、舒适的。

4月22日，莫朴说江丰给他来信了，信里提到，华北联大要和北方大学合并了，这证实了徐光耀之前听到的"小道消息"，不过徐光耀并不知道是应该高兴还是不高兴。前几天，恰好有一位联大的同学来找厂民，这位同学穿着联大校服，紫花学生帽，紫花"抽抽裤（灯笼裤）"，这比那些带补丁的旧军服漂亮了许多，让徐光耀平添了几分羡慕，心想今年能发这样一套校服就满足了，似乎穿上这样的校服才更像一个大学生的样子。听那位同学说，老师和工作人员的衣服是蓝色或灰色的，也许比这更好些。看来联大是比以前更正规了，徐光耀返校的心思也更迫切了。不久，徐光耀接到沙可夫的信，要求他们返校。4月27日，徐光耀和莫朴一路奔往石家庄，到了文工团安置下来，受到马琦的热情招待，这下子终于又让徐光耀感受到了联大同学的亲切和温暖。

第二天，徐光耀和熊焰等赶路去正定，到城南后正在一片梨树下休息，一眼就看见陈企霞来了，徐光耀又激动又高兴，赶忙迎上去问好，还很想扑上去跟陈企霞握手，可陈企霞的回应却是淡淡的，徐光耀最终也没把手伸出去。徐光耀心底又生出了那个念头：莫非他真的变了？怎么连着两次见面都是如此冷淡呢？徐光耀不由联想到自己身上：莫非联大会有什么大的变化吗，自己的命运又会如何呢？从听到的一些消息来看，也许不久联大就不是自己的"立足之地"了。

第二十七章 冷遇

1948年初陈企霞、萧殷在一起

在正定，徐光耀又见到了艾青、厂民、蔡其矫，还有音乐系教员张鲁和夫人，厂民还是一如既往地热情，张鲁夫妇也很热情；而蔡其矫显然没有了原来的热情，艾青也如陈企霞一样有些冷淡。徐光耀不明白，怎么到处是孤冷冷的，联大已不是原来的联大了吗，怎么都丢掉了热情呢？联大肯定会有大的变动，否则艾青、陈企霞他们不会这么冷淡，见到同学们这么伤感。

在徐光耀看来，现在的联大终究和原来是不一样了。吃过晚饭，他一个人出来溜达，呆呆的、讷讷的，也不知道去哪里好，心里堵，也安生不下来。终于有了一件令人高兴的事，和李达一起领服装，可服装只剩下灰

火 种

这是华北联大文艺学院欢迎北方大学艺术学院全体同志的留影,身后是正定天主堂,华北联大在正定的新校址

色的了，没有自己喜欢的紫色的，徐光耀觉得这冷调的灰也令人讨厌起来。

萧殷"五一"结婚，4月30日，徐光耀找陈企霞商量第二天给萧殷送礼物的事，并请教编刊排版的事，陈企霞简单说了一下，最后问徐光耀这段时间下乡出没出什么毛病，又问徐孔这秘书当得怎么样。徐光耀感觉似乎有什么隐情。陈淼、鲁煤他们都在兴高采烈地谈着，徐光耀却无心插话，心里泛起一股莫名的悲凉。鲁煤问陈企霞将来创作研究室是否有变动，陈企霞说："变动是有的。"至于如何变，他拒而不答，这让徐光耀心里更加忐忑了。

晚上，全学院在小礼堂开团圆会，庆祝西北大捷，欢迎从平、津、沪、渝、汉等地来的文艺工作者。在会上沙可夫院长宣布了华北联大和北方大学合并的决定。随后游艺节目开始，唱歌、唱戏、器乐演奏，大家尽情地欢乐。压轴的节目依然是跳舞，音乐一起，艾青带头跳起来，很快一男一女、一对一对地转起来。大家情绪都很好，徐光耀极力振奋自己，尽量张大嘴巴笑，但脸上的肌肉那么僵硬，笑得实在勉强，怎么也欢喜不上来。

徐光耀的预感很快就应验了。

第二十八章　两出联大

"成"也徐孔，"败"也徐孔，这徐孔传好消息，也传坏消息，有时看见徐孔匆匆来去的身影就难免让人心里一紧。1948年5月7日晚上，徐光耀刚一开始写日记，徐孔突然闯进门来，急匆匆地说："不好了，光耀，艾青叫你明天早晨到他那里去一下。"徐光耀正纳闷去艾青那里有什么不好，徐孔脸上有些不情愿地放低了声音沉沉地说："可能是叫你和我一块到野政去。"虽然徐光耀早有一点点预感，听到这消息还是大大吃了一惊。就要失去这么好的学习和写作的环境了，就要结束这宝贵的学习生活了，即便如此，徐光耀心里还是有那么一丝丝留下来的渴望与奢求，这也许已经显得不太切合实际，但联大实在让人太留恋了。

本来这几天空气里就有些风雨飘摇，连学校都传说要转移到邢台去呢。徐孔到野政，前一天就传出了消息，但当时说是他和李冰一起去的，不知为什么突然就变成了徐光耀。徐光耀虽然感到意外，但还是毅然决然地服从组织决定。他在当天的日记中写道："那么也好吧！我是个共产党员，还有什么不行的呢？我希望这次出去能尽全力活动一番，把联大给予我的力量带到部队上去发挥，以取得应得的成绩。"

人要离开联大了，可心还是离不开联大。徐光耀希望离开联大后，这些老师们还愿意经常与他们这些同学保持联系，帮助指导大家在业务上提高。因此，徐光耀决定还得找老师们好好谈谈，希望自己将来能经常与他们通信。他唯一的一点私心是希望能进行一次体检，看看自己心脏上的毛病到底到了什么程度，毕竟该去野战部队了。

5月8日早晨洗漱完毕，心急火燎的徐光耀就赶紧去找艾青。到了艾青那里，艾青先请徐光耀坐下，然后对他说："光耀同志，组织上决定调你去野政任随军记者。企霞同志是愿意让你去的。前线更需要写作能力强的同志，这是一项光荣而伟大的任务，组织上委托我征求一下你的意见。"徐光耀能有什么意见呢，他只说了一些对联大留恋的话，至于检查身体的事早忘到九霄云外了。

早饭的时候，创作研究室的同志们为徐光耀和徐孔饯行，买了四只鸡、二斤熟肉，这是在联大极少见的"盛宴"。崔嵬、何延、熊焰、逯斐、周延、李兴华、桑夫、白石、陈淼、鲁煤等都来了，徐光耀有些吃不下，但这是大家的一片心意，因此脸上尽量表现得轻松愉快些，也好让送行的人们不至于太挂心。

陈企霞对徐光耀千叮咛万嘱咐，那个冷峻的陈企霞现在就好像一个"老妈子"，教给徐光耀如何接触社会，如何为人处世，如何不断取得进步，仿佛徐光耀就是一个涉世未深的小孩子。这让徐光耀一下子觉得，自己离开联大或许内部早有消息，陈企霞前几天的"冷"分明是有所不舍。萧殷给徐光耀写了许多介绍信，萧殷朋友遍天下，他似乎想利用自己的"名望"

和"社会关系"给徐光耀提供更多的"方便"。陈、萧二人师心殷殷可鉴。

离校前,创作研究室每人都对徐光耀和徐孔进行了鉴定,所有人中,对徐光耀评价最高的是崔嵬。他认为徐光耀创作能力相当强,创作多,速度快,写出来的东西较深厚,人物、语言都比较生动,对政策任务也能准确把握,如果生活作风稳重、艰苦、朴实,生活圈子再大一些,对业务上更有好处,并建议徐光耀可以孙犁为借鉴。徐光耀内心感叹:"这个'老崔'呀。"因为创作理念有差别,徐光耀和崔嵬在写作问题上没少"顶牛",但到离别了还是惺惺相惜,得到崔嵬的认可也是不容易的。至于崔嵬建议徐光耀要学习孙犁,又说到徐光耀心里去了,这是徐光耀正在做的,后来孙犁成了徐光耀现当代文坛学习的第一人,有一个阶段在文学上徐光耀甚至到了"言必称孙犁"的程度,徐光耀和孙犁也建立起了深厚的友谊,亦师亦友。

5月9日临近中午,徐光耀和徐孔辞别老师、同学,要赶往野政报到。艾青、王朝闻、何洛、熊焰、周延、白石、闻功、李兴华、白石等都来送行了,大家送出了很远很远,大有"十里相送"的感觉,弄得徐光耀心里怪难受的,最后执手一别,徐光耀心里酸了又酸,差点掉下泪来。

就此也与联大别过,这段美好生活将成过往,徐光耀即将奔往血与火的前线了。为了表示自己的决心,前一天下午打点行装时,徐光耀做出了一个"壮举"。在一只不能带走的箱子里,徐光耀放进了一张纸条,告诉下一个得到这个箱子的同志,能用则用,不能用就坚壁好,写信把地址告诉我;如果我死了,就把箱子交给党,让党审查,如果无用,就帮我寄回家乡,让老父亲和姐姐留个念想,并郑重地写上了父亲和姐姐的名字。从

第二十八章 两出联大

战斗中摸爬滚打过来的徐光耀深知,在前线随时都有牺牲的可能,他一离开联大就做好了随时牺牲的准备。

徐光耀、徐孔一路跋山涉水,第二天终于到了军区政治部,开了介绍信去野政,可一问野政的驻地,才知道野政正在行军中,没有确切地点,二人只好又开了信,回到了中央局等消息。等了几天,闲不住的徐孔独自一人去打听野政的消息。过了会儿,徐孔满头大汗地跑回来了,后面带着美术系的马秉铎几人,马秉铎他们刚从阜平回来,他们已转了好长时间、好多地方,也是在找野政,但最终也没找到,于是埋怨江丰不该让他们这么早出来,弄得个个都像找不到家的孩子,说到伤心处,马秉铎红了眼圈,差点掉下眼泪来。野政的消息一时也得不到,据说有可靠地点得两三个月甚至时间更长。军区政治部只好写信,把徐光耀、徐孔又退回了中央局,中央局给了他们两个选择:一是回校,一是到新兵训练处,等有了命令再走。徐光耀和徐孔一商量,还是选择了回校。马秉铎他们一时还没有决定下步如何安排,只是给伍必端写了封信,托徐光耀他们带给他。

本来满腔热忱上前线,现在又灰溜溜地回来了,徐光耀、徐孔二人担心别人会对他俩"另眼相看",态度冷淡,没想到,一回来大家还是那么亲切那么热情。联大真是一个温暖的大家庭!

回到联大,徐光耀在学习上似乎又有了主心骨,他赶紧找蔡其矫,和他讨论问题,跟他借《水浒传》,但《水浒传》已被别人借走了,书没借到,但蔡其矫告诉他,平时不能光看文艺作品,还得多学些理论,学理论是非常必要的。找萧殷讨论,萧殷也大谈了一番看理论书的重要性,和蔡其矫的说法出奇一致,他知道徐光耀有写日记的习惯,于是又告诫徐光耀,写日记要有思想内容，应该经常简单写出个人思想上的结论和得出的规律，长此以往便可充实和提高自己。这样的谈话是徐光耀求之不得的，从联大老师们身上总是能学到很多东西，这也是联大让徐光耀留恋的最主要的原因。

徐光耀和徐孔回到联大时，联大正在开展"四查"：查阶级、查出身、查思想、查作风，重点针对党内干部。通过"四查"可以暴露出每个人的人生观，参加革命的动机等，再通过暴露的问题谈新的认识，这对师生们来说实际上也是一场学习运动，目的是帮助大家进一步提高觉悟。5月8日，沙可夫作动员报告之后，运动就轰轰烈烈展开了，正值徐光耀和徐孔离校去野政报到的时候，"无功而返"后回到联大，本来因为没找到野政徐光耀和徐孔就有些小情绪，又是半路加入"自查"，因而查得有些马虎，新恢复的创作组组长由熊焰担任，她在工作上依然那么较真，不留情面，批评徐光耀没有土改时那么认真、有深度，听不出明确的彻底改正的决心。

5月23日晚上，文艺学院开晚会，欢迎诗人、作家、翻译家萧三与一位刚从苏联回国的女同志，演完节目后依然是跳舞环节，徐光耀看着还是有些肉麻，但也有些羡慕，惋惜自己始终学不会这样的舞蹈。他又感受到了联大这火热的生活。

创作研究室恢复了其中一个组。徐光耀在联大的生活似乎正在步入正轨、一如既往，谁知刚一定下心来，华北六纵队的萧逸来了，抢人一般，他说他跟艾青要求过了，让徐光耀和徐孔待"四查"运动一结束，就先去他们那里。这真真让徐光耀和徐孔感觉到有些不情愿。

第二十八章 两出联大

萧逸倒是说到做到，5月26日那天临近中午时，徐光耀的"四查"刚结束，萧逸早派人牵着马在外面等着接徐光耀和徐孔一起去六纵了，没说好就强行接人，这不成了"抢"了吗，惹得徐光耀、徐孔二人很不愉快。还是郭锋跑了两趟，艾青才把他们叫过去。进门后，艾青问徐光耀和徐孔的意见，徐孔直截了当说愿意留校多学习一个月，委婉地表达了对六纵"抢人"的不满和拒绝，心里也的确想多学东西。徐光耀也表示愿意抓住这一时期的机会，再学点再写点东西。艾青赶紧解释："现在前线几乎都进入了大反攻阶段，急需用人，六纵来'抢'你们，正说明人家觉得你们是难得的人才。"但看两个人对联大的留恋，艾青稍作了一个妥协，告诉他俩，因为他俩的人事关系还在中央局，等"四查"全部结束，去中央局取回关系来再走。

过了几天，陈企霞为了写文学系的文学活动问题，找徐光耀他们来谈。知道徐光耀和徐孔不大愿意走，安慰了两人一番，并带着他俩到了沙可夫那里，想再说说，看有没有留下来的一点希望，可惜沙可夫没在家。陈企霞对他的学生总是有些"偏心"，尤其是徐光耀、徐孔这样优秀的学生。

徐光耀觉得在联大待下去也不会时间太长了，走是肯定要走的，想到此，徐光耀一边工作一边做好了离开的准备。

5月31日，徐孔拉着徐光耀一起去问沙可夫，他们先说了自己的担心，沙可夫回答得倒干脆："他们（六纵）愿意把你们留下，那就在那里工作嘛。那不就不叫'扣'了。"沙可夫的回答让徐光耀觉得一点保障都没有了。出来之后，徐光耀又和徐孔讨论了半天，拗不过，那就去吧。争论中，二人觉得还是找陈企霞商量一下，让他给拿个主意。陈企霞看了看学院给开的信，答应他俩可以先去看一看，不过，信里的意思是确定跟六纵了，就不要做再回来的打算了。徐光耀一下子更泄了气，面露难色，告辞时，陈企霞又拦住他俩，嘱咐一番："我怎么看着你们好像不高兴呢，情绪可不大好呀。千万不要勉强，出去工作要愉快，不然，搞不好工作。先入为主，你看人家，人家看你都是一样的，第一印象很重要，给人家留个坏印象，以后想要再转变过来可就太难了。这是经验，你们要打通思想，不能勉强。"

陈企霞说的是肺腑之言，也是对他俩的爱护，这些徐光耀都明白，但就是越想越不是滋味，他俩觉得，既然离开联大那就到前线去，那就去拥抱更火热的生活，用自己的笔去鼓舞更多的战士，去六纵算怎么回事呢，去前线的大部队，不更有用武之地吗？

6月6日，徐光耀参加了"六六"教师节庆祝大会，成仿吾、何思敬、丁玲都讲了话，徐光耀坐在后排的凳子上，并没有多少心情去听，迷迷糊糊中就散会了。会后徐光耀在《周子山》一剧中跑了次大龙套，《文学新兵·创作》合刊也挂出来了，上面有徐光耀的《三兄弟》，观看的人也挺多，这也算是徐光耀在联大生活的一个不错的落幕吧。

1948年6月8日，沙可夫让人捎给徐光耀和徐孔一个纸条，约他俩来谈一谈。见面后，沙可夫问二人有什么意见，都到这份上了，还能有什么意见呢。徐光耀壮了壮胆子问："六纵队是不是让我们跳行呀，他们支社已经有三个人了。"沙可夫告诉徐光耀他们，说他们不是成熟的作家，不是专门搞文学的，什么工作不可以搞呢？徐光耀没再说话。难道真的要放弃自己喜爱的文学了吗，自己在联大的努力难道要付之东流吗？不知为什么一向敬重的沙可夫今天说话也这样冷漠呢？

艾青一向主张学生毕业后要到生活中去，到实践中去，到革命最需要的地方去，无论去野政还是去六纵，艾青态度都很坚决。因为徐孔表达想继续留校学习的态度生硬，艾青还当面批评了他。沙可夫虽然说得比较委婉，但观点已非常明确。只有陈企霞态度还有些"暧昧"，可能是他的私心里还是希望文学系的学生要搞文学，何况徐光耀、徐孔都是写作能力强的同志，不搞创作实在可惜，不过似乎陈企霞也无可奈何，只能帮着争取争取而已。

沙可夫、艾青的态度是有原因和背景的，首先，华北联大的办学宗旨就是为中国革命尽快培养大批优秀文化干部；再者，就当时的现实情况看，随着革命形势的发展，需要大批有知识有文化的干部南下中原，投入到开辟新的解放区的工作中去。其实早在1948年1月，华北联大就拉开了大批学生南下的序幕。1947年和1948年新旧交替之际，时任中央组织部副部长安子文专程从西柏坡来到华北联大，目的就是"要人"，中组部准备调集一批干部到西柏坡中组部短期培训后南下中原。当时华北联大政治学院三个班100多人，有90人被批准离校，赴西柏坡培训。1948年1月初，这批学生离校时，校长成仿吾正外出开会，于是写来一封贺信，信中有热情鼓励，有谆谆教导，更有殷切期望，他写道："由于时局的迅速发展，从今以后你们要执行中国人民的伟大历史任务，并在实际中向群众学习了。""革命高潮已经到来，中国人民胜利的日子快到了。你们要坚决勇敢地去奋斗，狠狠打击我们的敌人，你们要昂首走向前线，昂首克服一切困难，诚心诚意为人民服务，要服从人民的意志，自觉地遵守人民的纪

后左起 1.王吉 2.唐因 3.韦崎 4.刘祖慈 5.刘创青 6.白占 7.文辞 8.王凤鸣 9.周扬 10.张之强 11.齐征 12.古鉴兹 13.李兴华 14.闻瓦
15.张光 16.何洛 17.苏英坤 18.陈企霞 19.曹禅 20.袁水白（丁尼） 21.肃殷

徐光耀和华北联大老师、同学合影（后排左数第10人是徐光耀）

律。中国知识青年是革命的,你们要继承'五四'以来中国青年的优良传统,发扬本校几万同学的英勇精神,成为中国人民的优秀儿女。"学校为每一名南下的同学都颁发了一张油印的"南征纪念"卡,上面印着校长成仿吾1948年1月20日的题词手迹:"中国青年知识分子的任务是与工农大众结合起来,为平分土地,彻底消灭封建,建设独立民主自由的新中国而坚决斗争。"无论是贺信还是题词,从字里行间都能感受到成仿吾的一种强烈愿望,希望同学们到人民中去,到工农兵中去,到火热的生活中去,到战斗着的前线去,到革命最需要的地方去,为中国革命勇敢奋斗、坚决斗争! 沙可夫和艾青的观念和成仿吾是一致的,陈企霞的态度因那一点小"私心"而显得有些"暧昧",也是可以理解的。但在大形势面前,这一点小"私心"也是不大合时宜的,徐光耀和徐孔想要多学一些专业知识的想法当然也就不被学院领导所接受。

留校继续学习已毫无希望,野政行踪不定,仍没有准确消息,六纵是非去不可了。6月8日,吃过晚饭,徐光耀和徐孔就告别联大到六纵报到了。心里有多少委屈,服从都是天职,这是一个十多年的"老党员、老革命、老战士"绝对能做到的。

至此,徐光耀在华北联大一年半的学习和工作宣告结束,那个曾经的"红小鬼"正在向一名军旅作家蜕变。

第二十九章 《红旗歌》的刺激

六纵驻地距正定县城不远，还可以随时回学校和老师、同学们请教、交流。虽离开了学校，但并没走多远，这也是让徐光耀比较欣慰的一点。到六纵不久，7月下旬徐孔最终还是去了野政，被分配到华北三兵团（杨成武兵团）任新华分社记者，这让徐光耀有些羡慕。8月下旬因为华北三兵团准备办报，徐光耀也被调到兵团编辑《战场快报》。到前方去，这总算遂了徐光耀和徐孔的心愿。

到兵团后，徐光耀和徐孔又住在了一起，"二徐"又并肩作战了，一个采访，一个编辑，也算"相得益彰"。徐光耀和徐孔随部队先从易县一路向北参加了绥远战役，又参加了平津战役，解放张家口，围困北平，攻克大同，拿下太原，这时期正是人民解放军以摧枯拉朽之势消灭国民党军队并攻城略地之时。

联大如母亲一般让他们割舍不下，徐光耀、徐孔总忘不了联大的老师们和同学们，在战斗的间隙总给他们写信，汇报自己的情况。有一天晚上，在昏暗的油灯下，徐光耀和徐孔都在给老师们写信，徐光耀给萧殷、陈企霞、崔嵬各写了一封信，徐孔给厂民写信，写着写着竟泪流满面，再也写不下去了，把写了一半的信在油灯上烧了。离校很长时间了，也不见什么成绩，跟老师说些什么呢？徐孔这时的心情是复杂的，感情是真挚的，想念老师们，可又没什么"辉煌"的成绩可汇报，实在惭愧。

　　实际上，离开学校后，徐光耀和徐孔接到过不少老师、同学的来信，满是对他们的关心。1948年8月30日，陈淼、白石、鲁煤、李兴华共同给徐光耀写了一封信，告诉他，陈淼、鲁煤仍回石家庄大兴纱厂，白石、李兴华欲赴晋中参加土改，厂民也要下乡了，希望徐光耀他们在部队好好工作，提高思想水平，抓取部队中的形象，写出好作品，很好地反映出我们战争的性质和人民英雄的气魄。9月22日，陈淼又给徐光耀和徐孔寄来一封洋洋洒洒几千字的长信，告诉他们创作研究室的同志们大部分都已提早

鲁煤和陈淼（左）一同在大兴纱厂深入生活

下乡，他和鲁煤决定还去大兴纱厂，把材料整理一下，打算写出一个表现工厂生产的剧本来。陈淼把合并后的华北大学开学时周扬、艾青、艾思奇等的报告较详细地给徐光耀和徐孔介绍了一遍，重点介绍了他们所倡导的文艺思想和创作经验，并替陈企霞、萧殷给他二人捎话，告诉他俩多给他们写稿子，希望他俩写点短小活泼的东西寄给他们。这个时候陈企霞正在编辑《华北文艺》，萧殷做《石家庄日报》的副主编。

陈淼他们果然说到做到，1949年初话剧《红旗歌》问世。《红旗歌》是由刘沧浪、鲁煤、陈怀皑、陈淼、辛大明、刘木铎集体讨论创作的，由鲁煤执笔。对此剧，周扬高度关注，由华北大学文工团边排演边修改。1949年春节华北大学文工团三团在石家庄首演，获得成功。经过精心修改后，1949年5月《红旗歌》演出又大获成功。《红旗歌》是第一部描写工人生产的话剧，第一次在话剧中表现工人和城市人民热烈欢乐、积极向上的新生活气氛；第一次表现了作为工人阶级先锋队的中国共产党在长期、艰难地取得"农村包围城市"的成功之后，是如何尊重、依靠、领导当家做主的工人阶级，并保障他们的生活的，这对消除国民党长期以来对我党的恶意歪曲宣传具有极为重要的意义；它也是第一次把群众生活中最美丽、最生动、最鲜活的语言搬上了话剧舞台，对中国话剧的语言发展具有革命性的意义。《红旗歌》在政治上、在艺术上都获得了巨大成功。茅盾、李伯钊、何家槐等著文赞誉，老舍、胡风等都给了很高的评价。1949年7月，在第一次全国文代会期间演出《红旗歌》，立即引起轰动。《红旗歌》的成功是空前的，也是必然的。1947年11月，石家庄解放不久，鲁煤和陈淼就以华北联大创作员的身份来到大兴纱厂，他们深入生活，和工人、干部、技

第二十九章 《红旗歌》的刺激

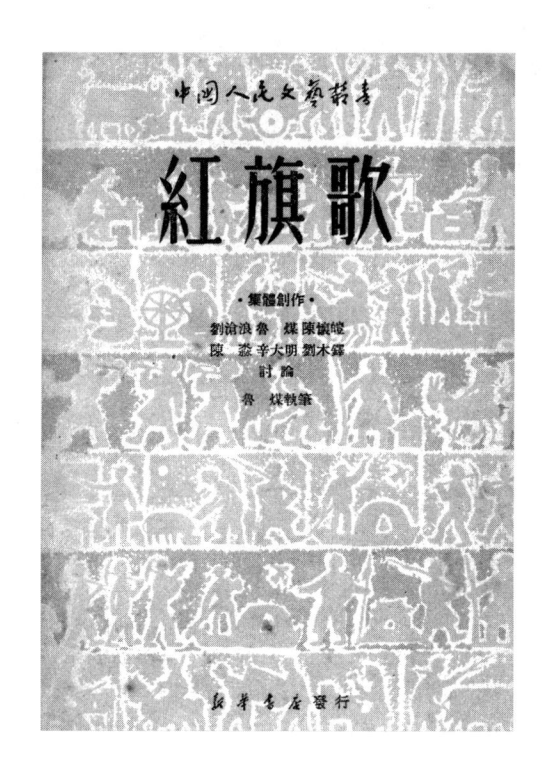

《红旗歌》，新华书店1949年9月初版

术人员都打成一片，鲁煤甚至还担任过一个分厂的领导工作，他们在纱厂一待就是一年多，积累了大量的、丰富的、生动的第一手材料，这是《红旗歌》大获成功的根本。

徐光耀得知《红旗歌》的消息是偶然的。1949年5月17日，徐光耀随手翻阅报纸，看到何家槐的文章《胜利的第一步》，是评论《红旗歌》的。徐光耀一口气看完，在为同学高兴的同时，又颇受刺激。在学校时自己也算是写作方面的"佼佼者"，可鲁煤、陈淼他们已经搞出非常成功的东西来了，自己呢，出了联大快一年了，居然没有一件拿得出手的作品，真是惭愧，真该向他们好好学习，塌下心来，写出像样的东西来。第二天，徐光耀又读了陈淼所写的《红旗歌》的创作经过，心里更加焦急起来，自己必须奋起直追了。晚上，徐光耀给鲁煤和陈淼写了一封信，主要是庆祝他们创作成功，希望他们多介绍经验，多帮助别人。《红旗歌》给了徐光耀极大的刺激，也给了他极大的促进，此后一些日子他一直在考虑如何写出有分量的好作品来。

这时回头想，当初离开石家庄时，周巍峙、崔嵬等极力劝大家留下来，多体验生活，多积累素材，多写东西，确实是用心良苦啊。

6月12日，徐孔从北平回来，带给徐光耀许多令人激动的消息。他参加了联大文学系师生的"来今雨轩"茶话会，介绍了好多老师和同学的消息。大家的消息也鼓舞和鞭策着徐孔，他满怀信心地跟徐光耀说："光耀，同学们在各自的岗位上都干得红红火火，咱们必须得努力，只有努力才能追上别人，鲁煤、陈淼他们写了工厂的《红旗歌》，咱俩为什么不能写一部部队的《红旗歌》呢？"徐光耀想起了徐孔在石家庄时曾夸下海口，要写一部超越《白毛女》的作品，后来没了下文，不过这次徐孔说得有道理，他和徐孔完全可以写出部队的《红旗歌》呀。都怪自己这段时间行为太消极，太不刻苦了，总寄希望于未来，等战后太平了、时间充裕了再写，像寒号鸟一样，白白浪费时间，虚度年华。徐孔说得对，一定要努力努力再努力，拿不出东西来，没人因为你的空喊而动心的。

听说李兴华预备写一个长篇，仿照《新儿女英雄传》的形式，已拟出了一大长串目录，内容是反映土改的。看到同学的雄心，徐光耀高兴，乐见其成。徐孔准备半年之内完成一个像样的创作，题目定了，叫"胜利"，他决心很大，勇气十足，邀请徐光耀合作，这让徐光耀很高兴，也很兴奋。看来同学们创作积极性都很高，徐光耀怎甘落后呢。

徐孔还告诉徐光耀一个消息，在北平好多人都议论，当初他们二人调出联大，陈企霞、萧殷都是不大同意的，但是又没有办法。一年之后，徐光耀终于释然了，想起当初土改任务完成后，回到正定，回到联大，陈企霞似乎变了个人，冷冷的，失去了往日的热情，原来他不是真的冷，是无可奈何，他所希望的文学系的同学最好搞文学化为了泡影，连他认为最适合搞文学创作的同学也没能留在身边搞文学创作，他当时的失落感可想而知。

徐孔说，那天的茶话会一开始，陈企霞就"骂"了大家一顿，数一数全班几十个同学，在各行各业干各种各样的工作，干文学创作的却很少，陈企霞心有不甘。有几个同学希望陈企霞把自己调到文学专业上来，很多人附和，陈企霞批评大家："不要以为上了文学系就能当作家，坚守好自己的岗位，干好自己本职工作才是最重要的。"其实徐光耀理解陈企霞的心情，刚毕业时陈企霞多希望他的学生们都在文学创作上有所成就呀，但他们对党的需要，对组织的工作安排绝对服从，从不打折扣，这是他们在长期的革命生涯中养成的让人敬佩的品质。

1949年6月19日，部队开会传达命令，不久20兵团就要驻防天津，集中整训，初步计划大概半年时间。听到这个消息徐光耀一下子冒出一个念头：半年，好长时间啊！应该抓住这时间来写自己谋划好久的《从战斗中成长壮大》，决心下定了，一定要写。

第三十章　终成《平原烈火》

1949年6月28日下午,经过一天多汽车、火车的颠簸,徐光耀终于随部队从大同来到了天津。7月6日这天,徐光耀给自己订了一个比较宏大的写作计划,半年之内要写出一部长篇小说来。徐光耀这可不是心血来潮,这部长篇小说他已酝酿了很久了,虽然结构尚未成熟,但他有材料,主题、人物也都具备了,初步的故事梗概也有了,再需要的就是时间、环境和自己的决心。

刚到天津,徐光耀就到天津日报社看望了联大同学雷英,雷英请他为"七七"抗战纪念日写点东西,徐光耀便写了一篇《隐蔽中的战斗》交给了雷英。雷英深知徐光耀的写作能力强。在华北联大时,雷英就很爱看徐光耀的文章,还多次当面夸徐光耀文章写得好,这使徐光耀有些羞涩,但的确是一种鼓舞。1949年7月7日《天津日报》副刊刊出了《隐蔽中的战斗》一文,徐光耀觉得这是对他"半年计划"顺利开始的庆贺。《隐蔽中的战斗》包括两个小故事,其中一篇叫《瞪眼虎》,见诸报端的《瞪眼虎》应该比他在联大学习时所写的《瞪眼虎》更成熟了一些,但作为《小兵张嘎》中张嘎

第三十章 终成《平原烈火》

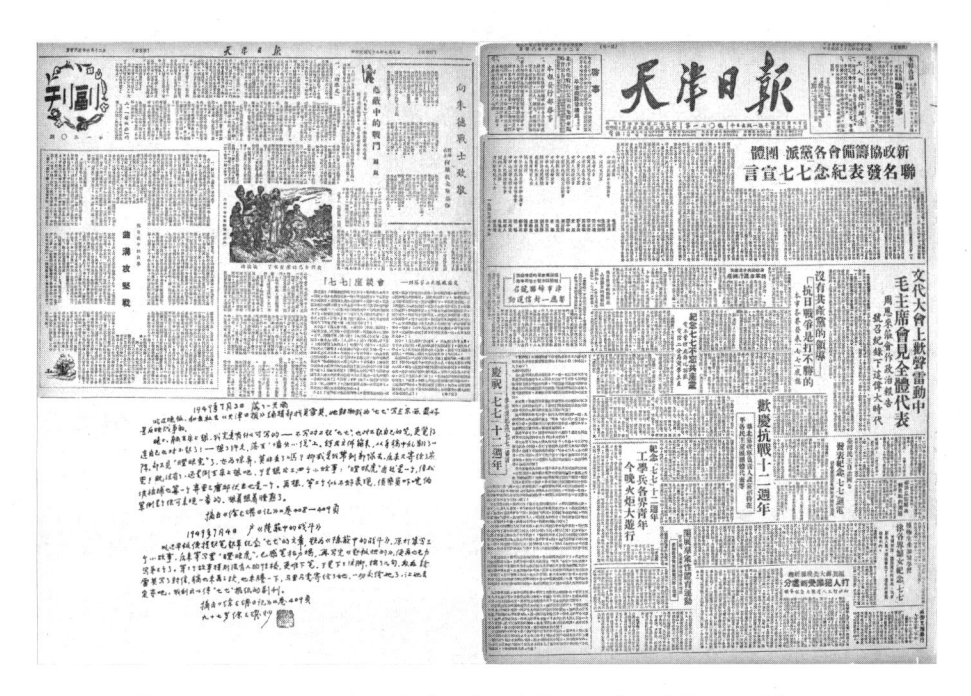

1949年7月7日,徐光耀发表在《天津日报》上的《隐蔽中的战斗》。下方是2022年徐光耀先生手抄日记

的雏形,显然还是过于简单,因此稍后徐光耀又把"瞪眼虎"写进了《平原烈火》中,由于篇幅和情节发展所限,最终还是没能展开写"瞪眼虎",但这个想法一直在徐光耀心中酝酿。

刚到天津时,徐光耀尚有15000多块(旧币),他赶紧上街买了8张白报纸,一瓶墨水,剩下的零钱买了几粒糖球。徐光耀一口气把糖球全吃了,把钱花了个一干二净。这不为别的,刚到大城市,花花世界,一切都新鲜,每人都有逛街的欲念,把钱花干净,就自断了逛街之念,以此排除诱惑,塌下心来写作。徐光耀的确是狠下心来了要实施他的"半年计划"。

可"半年计划"实施没几天,上面要调徐光耀去兵团新华分社当记者,

285

7月12日徐光耀赶紧请了创作假。过了两天，徐孔带来了萧殷的消息，萧殷希望他们多写，拼命地写。徐孔特别谈到了鲁煤的创作态度，他认为鲁煤比同学们都严肃认真，《红旗歌》已改了7遍了，真是文章不厌百回改，精益求精啊。徐孔带来的消息无疑是对徐光耀的激励和鼓舞。徐光耀向徐孔宣布了自己的"半年计划"，这计划让徐孔大为赞赏，告诉徐光耀："光耀，行，你一定行，祝你成功，等着读你的作品。"

徐光耀憋着一股劲，埋头实施他的"半年计划"，专心创作他的长篇小说。从1949年7月7日正式动笔，到9月10日小说结尾，除去这期间接待来津的父亲、妹妹等的时间，徐光耀仅用了44天便完成了《平原烈火》的初稿。"半年计划"目标大幅提前，这是写作之初连徐光耀自己都没想到的。《平原烈火》开新中国抗日题材长篇小说之先，这也使徐光耀成了让人们羡慕的著名青年作家，那时好多学校都请他去作报告、讲创作经验。1951年3月人民文学出版社成立，5月开始出书，出版的第一本书也是徐光耀的《平原烈火》。

《平原烈火》取得了巨大成功是有原因的。徐光耀的决心和努力，他对材料的不断积累，他长时间的打磨和准备都是很重要的原因，这都是内因。但外因也很重要——联大不但提高了徐光耀的写作水平，也提高了他的精神境界，没有在联大时思想、文学水平方面的提高和实践的历练，徐光耀不可能在很短时间内写出《平原烈火》；没有联大老师、同学的鼎力帮助，《平原烈火》不可能那么顺利出版。从某种程度来说，正是联大成就了徐光耀。

联大的学习和实践使徐光耀具备了写长篇小说的能力，《平原烈火》

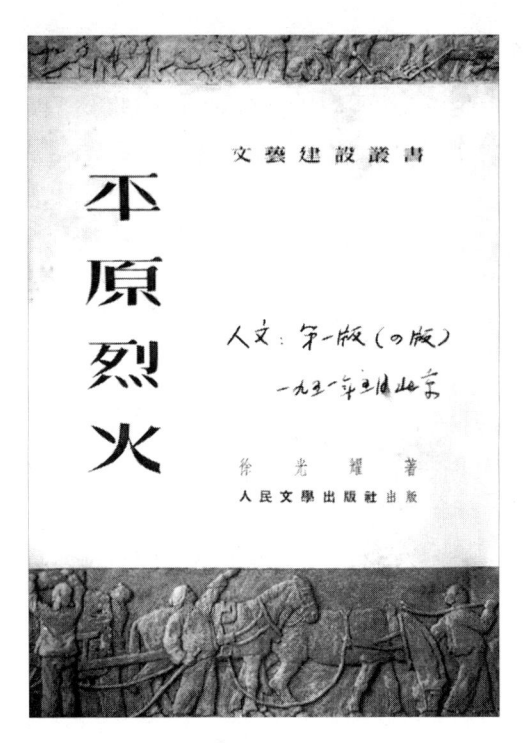

第四版《平原烈火》，1951年5月人民文学出版社出版。这是人民文学出版社成立后出版的第一本书

更像是徐光耀给联大的老师们交上的一份作业，联大老师陈企霞、严辰（厂民）对这份作业那么重视，那么满意，不但帮助"修改作业"，还帮助他在读者面前"华丽"亮相，就像当年徐光耀第一次看到的联大文工团演出《白毛女》一样，获得了"满堂彩"。

这一年，徐光耀只有25岁，他已经成长为一名年轻而成熟的军旅作家了。此后在徐光耀的文学生涯中，联大老师教导的写人、写景、写生活，一直贯穿了他的写作实践。

徐光耀说，在文学领域对他影响最大的老师有三个，其中两个是他联大的老师陈企霞和萧殷，还有一个是他中央文研所的老师丁玲。对联大的老师，徐光耀一直没有忘怀：成仿吾、沙可夫、艾青、陈企霞、萧殷、于力、厂民、蔡其矫、欧阳凡海、贺敬之、俞林、何洛、李又华、何戊双、浦化人、舒强、李焕之、王朝闻、崔嵬……他们讲课的神态仿佛就浮现在眼前，他们讲课的声音仿佛依然回响在耳边。

七十多年了，弹指一挥间。

后 记

2019年5月15日，阳光明媚、微风习习，我们一行六人到石家庄，专程拜访徐光耀先生。九十多岁的徐老，依然精神矍铄、思路清晰、耳聪目明、声音洪亮。老家来人，他显得更加兴奋，热情地和我们聊文学，聊家乡，聊新区规划建设，意趣甚浓。别时徐老签名赠我十巨册《徐光耀日记》，使我喜不自胜，倍感荣幸。

我自以为读了不少徐老的书，也读了不少关于徐老的文章，算是对徐老稍有研究，然而读了《徐光耀日记》才发现，我真正走进徐老的内心世界是从读他的日记始。战争年代，几乎每天都在行军打仗，能坚持天天写日记，那是怎样的一种毅力呀！更可贵的是徐老把这种习惯一直坚持了下来，直至现在还在写。正是徐老的这种坚持与毅力给我们保留下了关于那个年代的第一手资料，让我们在字里行间感知不一样的时代，感受不一样的温度。徐老的令人敬佩更在于他不吝把日记公之于众，把自己的内心世界展示给大家，使更偏重"小我"的"私密"日记，成为一种公共文化产品，发挥了更大的作用。

《徐光耀日记》是一座宝库，我每读一遍都有新发现，都能学到新东西。这期间，和有同好的石家庄小兵张嘎博物馆馆长殷杰先生常有互动。殷杰是石市资深藏家，徐老的忘年交，也是徐光耀资深研究者。此君善组织、协调、谋划，搜集、整理了大批第一手资料，联络了一批新中国第一代文化名人的后人和红色文化的研究者、爱好者，并整合大家的力量，对红色文化深入挖掘、广泛宣传，为传承红色基因、赓续红色血脉尽了很大努力。我曾跟他开玩笑，说他是"高级裁缝"，善于穿针引线、整合资源、凝聚力量，实际上何止于此呢，他还给同道者搭建了许多沟通的桥梁。

　　《火种》能够成书，第一应该感谢殷杰先生，是他鼓励我看了《徐光耀日记》一定要写点东西。一天聊到《日记》，我们把眼光不约而同地聚焦在了徐老在华北联大学习和工作的这段历史上。华北联大是我党在敌后抗日根据地开办的第一所大学，规模大、时间长，为中国革命和建设培养了大批人才，是中国乃至世界教育史上的一个创举，值得大书特书。可我们对华北联大的研究显然还不深入也不全面，有些方面甚至还是空白。虽然掌握的华北联大的资料还不是很多，但徐老的日记给我们展示了联大历史上一个真实、感人的片段，我们就把这一段历史还原出来，以求窥豹之效。文稿写作期间，殷杰先生又无私地把自己所存的相关资料悉数提供给我，以与日记互相印证、补充，让我十分感动。

　　初稿完成后，已九十七岁高龄的徐老对十几万字的书稿逐字逐句进行了审阅，亲笔做了删改，甚至一些错别字都画了出来，并书面提出了修改意见，一再嘱咐我，写纪实作品贵在真实，最忌虚构。书稿交出版社后，徐老又把这句话写在花笺纸上，寄给了我。徐老对历史对文字认真负责的精神令我肃然起敬，徐老不顾年事已高对一名后辈的文稿如此耐心指导细心修改的态度令我感激至深。

该书的出版得感谢闻章先生、潘海波先生，还有《藏书报》的同志，是他们花了大力气对徐老的日记原稿进行释读、整理、编辑等工作，《徐光耀日记》才得以出版。《火种》出版之际，闻章先生百忙中执笔作序让我万分感谢。

还要感谢徐丹先生，是他不辞辛苦在徐光耀先生资料众多的书房里找到了徐光耀先生在华北联大听课时所做的部分笔记等珍贵资料，让我们如获至宝。感谢贾李庄周巍峙、王昆旧居展览馆馆长赵振良先生提供了部分资料。写作本书时，中国人民大学正在致力搜集整理华北联大的资料，李贞实馆长和张丁馆长认真、求实的作风也感染了我。

还要特别感谢人文社的陈建宾老师和本书责任编辑李佳悦老师。是素昧平生的陈建宾老师发现了我的文稿并向人文社举荐，才让此书的出版成为可能。李佳悦老师为此书的出版做了大量耐心细致的工作，使我切实了解到编辑工作的辛苦，为他人做嫁衣竟如此兢兢业业、认真负责、一丝不苟，让我内心充满敬意。

本书写作过程中参考了有关成仿吾、沙可夫、陈企霞、艾青、萧殷、严辰（厂民）、蔡其矫、欧阳凡海、周巍峙、崔嵬、舒强、彦涵、莫朴、伍必端等的传记、纪念文章，马琦、白石、黎白、陈淼、徐孔等的回忆文章、书籍，以及"晋察冀文艺丛书"之《文艺战士话当年》《敌后的文艺队伍》

等，在此对这些书籍和文章的作者谨致谢意。

每一本书的出版都是一个"系统工程"，总有很多人默默付出，在此一并致谢，不再一一列举大名，望海涵。

周永战

2023年盛夏于半瓶轩

参考文献

1. 徐光耀:《徐光耀日记》(第一、二、三、八卷),河北教育出版社,2015年版。

2. 徐光耀:《徐光耀文集》,河北教育出版社,2005年版。

3. 徐光耀:《昨夜西风凋碧树》,北京十月文艺出版社,2000年版。

4. 徐光耀:《周玉章》,1947年2月27日,《冀中导报》。

5. 萧殷:《〈周玉章〉按语》,1947年2月27日,《冀中导报》。

6. 晋察冀文艺研究会编:《文艺战士话当年》(一至十三册,内部资料),1986—2006年版。

7. 晋察冀文艺研究会编:《敌后的文艺队伍(二)》,文化艺术出版社,1989年版。

8. 陈恭怀:《悲怆人生——陈企霞传》,作家出版社,2008年版。

9. 程光炜:《艾青传》,北京十月文艺出版社,1998年版。

10. 舒晓鸣:《成长的印记》,中国电影出版社,2011年版。

11. 白炎:《彦涵传》,吉林美术出版社,1993年版。

12. 孙志远:《感谢苦难:彦涵传》,人民文学出版社,1998年版。

13. 中国人民大学高等教育研究室、中国人民大学校史编写组编:《血与火的洗礼:从陕北公学到华北大学回忆录》,中国人民大学出版社,1997年版。

14. 《人民的大学:华北联大介绍》,东北书店,1948年版。

15. 中国人民大学前身时期校史读物编委会编:《人民的大学:华北联合大学(1939—1948)》,中国人民大学出版社,2017年版。

16. 王永志:《蔡其矫:诗坛西西弗》,海峡文艺出版社,2018年版。

17. 鲁煤:《鲁煤文集②话剧卷·红旗歌》,中国戏剧出版社,2009年版。

18. 邢小群:《丁玲与文学研究所的兴衰》,河南文艺出版社,2013年版。

19. 《沙可夫诞辰100周年纪念专辑》,《新文化史料》2004年第一期。

20. 马琦编著:《拾零集》,自印本,2002年。

21. 马琦:《回踏集》,自印本,2005年。

22. 晋察冀文艺研究会艺教组编、马琦编写《华北联大文学系史话》(油印),1992年。

23. 文化部党史资料征集工作委员会、中央戏剧学院编,刘运辉、谭宁佑主编《沙可夫诗文选》,文化艺术出版社,1990年版。

24. 舒强:《跋涉》,中国文联出版公司,1993年版。

25. 严辰:《小沈庄》,文化工作社,1950年版。

26. 闻章:《小兵张嘎之父:徐光耀心灵档案》,河北大学出版社,2011年版。